Tristana

Clásica
Narrativa

BENITO PÉREZ GALDÓS

TRISTANA

Edición de Germán Gullón

Guía de lectura de Heilette Van Ree

AUSTRAL

ESPASA

Obra editada en colaboración con Editorial Planeta – España

Benito Pérez Galdós

© 2011, Espasa Libros, S. L. U. – Madrid, España

Derechos reservados

© 2023, Editorial Planeta Mexicana, S.A. de C.V.
Bajo el sello editorial AUSTRAL M.R.
Avenida Presidente Masarik núm. 111,
Piso 2, Polanco V Sección, Miguel Hidalgo
C.P. 11560, Ciudad de México
www.planetadelibros.com.mx

Diseño de la colección: Compañía

Primera edición impresa en España: 2006
Primera edición impresa en España en esta presentación: agosto de 2011
ISBN: 978-84-670-3782-1

Primera edición impresa en México en Austral: febrero de 2023
ISBN: 978-607-07-9559-6

Impreso en los talleres de Impregráfica Digital, S.A. de C.V.
Av. Coyoacán 100-D, Valle Norte, Benito Juárez
Ciudad De Mexico, C.P. 03103
Impreso en México –*Printed in Mexico*

Biografía

Benito Pérez Galdós (Las Palmas de Gran Canaria, 1843 - Madrid, 1920). Novelista, dramaturgo y cronista español, es uno de los principales representantes de la novela realista del siglo XIX y uno de los más importantes escritores en lengua española. Su estancia en Madrid, donde estudió Derecho, le permitió comenzar a realizar colaboraciones en revistas y frecuentar los ambientes literarios de la época. Sus obras, de un nítido realismo, fueron un reflejo de su preocupación por los problemas políticos y sociales del momento. Gran observador, su genial intuición le permitió plasmar fielmente las atmósferas de los ambientes y los retratos de lugares y de personajes. De su producción literaria destacan *La Fontana de Oro*, *El audaz*, los *Episodios Nacionales* (serie empezada en 1873 con *Trafalgar*), *Doña Perfecta*, *Fortunata y Jacinta*, *Tristana*, *Realidad* (su primera obra de teatro), *La loca de la casa*, *Casandra*, *Electra* y *El caballero encantado*. Galdós fue elegido miembro de la Real Academia Española en 1889 y candidato al Premio Nobel de Literatura en 1912.

ÍNDICE

INTRODUCCIÓN
TRISTANA, LA MUJER DE LA TRISTE FIGURA

PALABRAS INICIALES : LA VIDA ENTRA EN LA NOVELA

Benito Pérez Galdós (Las Palmas, 1843-Madrid, 1920) resulta uno de los genios de la narrativa decimonónica europea, y dentro de España es reconocido como el más ilustre novelista después de Miguel de Cervantes [1]. La grandeza de sus novelas de tema contemporáneo (publicadas entre 1881 y 1887), que gozan del favor crítico, proviene de la representación hecha en las mismas de un extenso panorama histórico-social de la España decimonónica. Conjunto denominado el mejor mapa de nuestro país por el ilustre crítico Joaquín Casalduero [2], porque utiliza la ciudad Madrid [3]

---

[1] Ricardo Gullón, *Galdós, novelista moderno,* Madrid, Taurus, 1987. «Respecto a la jerarquía de Galdós, es un un hecho que, salvo el autor del *Quijote,* nadie en nuestra lengua ha creado mundos imaginarios tan convincentes» (pág. 12).

[2] *Vida y obra de Galdós,* Madrid, Gredos, 1951. Existen numerosas reediciones de este trabajo.

[3] Ramón Mesonero Romanos, *El antiguo Madrid,* Madrid, Establecimiento Tipográfico de F. de P. Mellado, 1861; *Memorias de un sesentón, natural y vecino de Madrid,* Madrid, Ilustración Española, 1881; *Escenas matritenses,* Federico Sainz de Robles, ed., Madrid, Aguilar, 1956.

como escenario físico, siguiendo el diseño básico trazado
por Ramón Mesonero Romanos [4], y lo puebla con una am-
plia muestra de representantes de la emergente sociedad
burguesa del XIX. La variedad de temas tratados en las
obras cobra vida gracias a la invención de personajes inol-
vidables [5], y rubrican una narrativa de valor universal. Muchos de los personajes fueron bosquejados siguiendo el
perfil de seres salidos de su entorno, especialmente en sus
ficciones de madurez [6]. Cuando roza la cincuentena de
edad la realidad contemporánea no es ya la principal maestra de su existencia, sino que ha sido sustituida por la observación y las experiencias vitales. Esta manera novelesca
(reflejada en las obras redactadas entre 1888 y 1897) es a
la que pertenece *Tristana* (1892). Galdós entiende ya algo
explicado años después por José Ortega y Gasset, que la
realidad resulta interpretable de muchas maneras, depen-
diendo de las circunstancias, mientras la experiencia vital
es única y personal. De ahí el calor humano que despren-
den sus páginas.

---

[4]   María del Pilar Palomo Vázquez, «Galdós y Mesonero (una vez
más costumbrismo y novela)», *Galdós. Centenario de 'Fortunata y Jacinta' (1887-1987). Actas,* Julián Ávila Arellano, ed., Madrid, Universidad Complutense de Madrid, 1989, págs. 217-238. La visión clásica del
costumbrismo la ofrece José F. Montesinos en *Costumbrismo y novela,*
Madrid, Castalia, 1965.
[5]   El mejor comentarista de los entresijos del universo social refle-
jado en los textos galdosianos fue José F. Montesinos en su *Galdós,* 3
vols., Madrid, Castalia, 1968-1972.
[6]   Los elementos autobiográficos empiezan a asomar en sus textos a
partir de *Fortunata y Jacinta* (1886-1887) con mayor frecuencia. El personaje de Evaristo Feijoo, amante maduro de Fortunata, es un retrato
parcialmente biográfico, que representa el carácter conservador del autor
en su proyección social combinado con el de trasgresor en lo referente a
sus devaneos sentimentales.

Como sucede con la mayoría de los genios literarios, la firma suele ir asociada con una determinada obra o parte de un *opus*. En el caso de nuestro escritor, hay quienes prefieren sus novelas simbólicas de la primera época, como *Doña Perfecta* (1876); otros reivindican las excelencias de la novela histórica, alguno de sus cuarenta y seis tomos de *Episodios nacionales*. Mientras, como adelanté, la crítica manifiesta una decidida predilección por sus novelas propiamente realistas, de tema contemporáneo, como *Fortunata y Jacinta* (1886-1887). Las de madurez, escritas al borde de la cincuentena, entre las que contamos la aquí editada, son narraciones modernas, como las denominó Ricardo Gullón [7], porque evidencian un realismo profundo, que permite auscultar la personalidad humana. La representación de los rasgos físicos y de la conciencia [8] del ser humano tuvieron prioridad en las maneras anteriores, ahora el narrador se centra en auscultar lo que le mueve desde el interior.

Hay, al menos, dos Galdoses. El que desde la juventud se interesa por los problemas de la sociedad en que habita, reflejándola en sus páginas, revisando su historia, los problemas causados por las diferencias económicas, de educación, de físico, de inteligencia, y el escritor maduro. Este hombre se preocupará por la persona concreta, por entender lo que la mueve por dentro. Volveremos luego sobre el asunto, de momento digamos que la madurez personal le

---

[7] Ya lo hizo en la «Introducción» a su seminal edición de *Miau,* Río Piedras, Universidad de Puerto Rico, 1957.

[8] Entiendo por conciencia ese sentir humano fomentado por la sociedad, a veces reforzada por la doctrina de la Iglesia, que determina qué es bueno y qué es malo. Cuando trasgredimos una regla social, y cruzamos la raya que separa el bien del mal, la conciencia nos avisa del traspié.

llevó a fijarse mejor en los sentimientos concretos de quienes vivían a su alrededor.

La biografía galdosiana, como la del autor del *Quijote,* fue agitada, especialmente en el apartado sentimental. Cuando redactaba *Tristana,* el escritor concluía una enriquecedora relación amorosa con la escritora gallega Emilia Pardo Bazán (1851-1921), de la que conservamos un interesante testimonio en treinta y dos cartas enviadas por la ilustre condesa al escritor fechadas entre 1889 y 1890 [9]. Acto seguido, en el año de 1891, Galdós tuvo una hija con otra amante, la asturiana (Bodes, Oviedo) Lorenza Cobián. Cargado con este equipaje emocional conoce por entonces, durante los ensayos de una obra teatral suya, *Realidad,* a otra mujer de vida emocional complicada [10], de la que se apasiona al tiempo que le inspira la presente novela. El carácter y entrega de la joven le obligaría a reconsiderar dos aspectos de su novelística en orden de contar bien la historia, por un lado, el formal, hubo de buscar un modelo innovador para incorporar al texto el trato íntimo con una mujer, y, por otro lado, lo temático, el puesto social de la mujer en su siglo. En el año transcurrido desde que conoce a la futura protagonista de la ficción hasta que redacta la novela no tuvo tiempo suficiente para pensar o calibrar a fondo la personalidad de Concha, que así se llamaba la mujer amada, pero sí se percató del acento trágico añadido a la re-

---

[9]   Emilia Pardo Bazán, *Cartas a Galdós,* Carmen Bravo-Villasante, editora, Madrid, Turner, 1975.
[10]   María Concepción Morell Nicolau (1864-1906) tenía por aquel entonces otro protector, un hombre mayor que la mantenía. María de los Ángeles Rodríguez Sánchez aporta información importante al respecto, «Aproximación a Concepción Morell: Documentos y referencias inéditas», *Actas del Cuarto Congreso de Estudios Galdosianos, II,* Las Palmas, Cabildo Insular de Gran Canaria, 1993, pág. 512.

lación amorosa debido a que el hombre fuese maduro y la mujer mucho más joven, el precio del amparo: la experiencia de la persona entrada en años tiende a negar la espontaneidad y la ilusión juvenil.

Lo sorprendente es que también comprendió el origen social de la seducción masculina, la necesidad de que converjan una serie de factores para que se pueda producir, porque no es un suceso natural. El seductor maduro carece de la energía e iniciativa del joven, y por ello, como el don Lope de la obra, se vale del artificio para engañar y conseguir su objetivo [11]. Galdós contaba con un ejemplo de seducción extraordinario, y que él conocía bien, el ofrecido por Leopoldo Alas *Clarín* en *La Regenta* (1885). El escritor de Oviedo había novelado la seducción de Ana Ozores por don Álvaro, un hombre mayor que ella, y explicado con minucioso detalle que la sexualidad era secundaria a la alevosía del seductor. Probablemente, Concha Morell le contó la seducción sufrida por ella tras la muerte de su madre, pasando su protector a ser el modelo de don Lope.

La mujer seducida cae primordialmente en la red que le tienden no por satisfacer un deseo sexual, sino porque la arman una trampa. Quienes han descontado esta obra galdosiana por considerarla una novela corta, menor, la leyeron sin entender este enorme agujero negro en el pavimento social por el que deambulaba Galdós, el de la aborrecida seducción. La uniformidad de la conducta burguesa siempre temió lo diferente, fuera la posible seducción de un hijo o

---

[11] Jean Baudrillard, en *De la seducción,* Madrid, Cátedra, 2000. Dice: «La seducción nunca es del orden de la naturaleza, sino del artificio —nunca del orden de la energía, sino del signo y del ritual» (pág. 9).

hija o una expresión de deseos reprimidos. El canario hurgaba en ese punto flaco de una sociedad que temía el poder del cuerpo, estigmatizado por la Iglesia, y metía la pluma en sus propias entrañas, donde el verdadero amor que sentía por la Pardo Bazán, con quien hablaba de estética y de cómo hacer novelas, se mezclaba con la pasión por una mujer joven y bonita.

Galdós, como era habitual, jugaba con fuego. Sus amigos santanderinos, José María de Pereda y Marcelino Menéndez Pelayo, desaprobaban semejantes veleidades, porque aireaban aspectos de la vida social española que ellos creían que debían permanecer ocultos. Incluso su amiga y amante, Emilia Pardo Bazán, se sorprende de que un hombre tan comedido en el trato diario fuera tan atrevido en los temas abordados en sus obras. En verdad, Pereda y Menéndez Pelayo, representantes del pensamiento conservador español, tenían bastante con los excesos de sus novelas de tema contemporáneo, que ellos achacaban a la infección naturalista sufrida por su amigo. Evidenciada en los temas tratados, como la prostitución de Isidora Rufete, el adulterio de Juanito Santa Cruz y así, para que encima el colega se dedicase a auscultar almas, que, en su opinión, mejor quedaban inexploradas, pues jamás sabemos qué vamos a encontrar. Y llevaban razón, porque lo que Galdós encuentra en esta última época de su vida es, como veremos, la fragilidad del individuo. La clase media exigía de los de estamentos sociales inferiores honestidad y dignidad en la pobreza, incluso en la adversidad.

A lo largo del texto observaremos el prolífico uso que el autor hace de renombrados prototipos literarios relacionados con el amor, desde los propiamente idealistas, extraídos de *La divina comedia* de Dante, pasando por aquellos en que el hombre seduce a la mujer, del *Don Juan Tenorio* de

José Zorrilla[12], a los que competen directamente a la problemática del hombre mayor que enamora a una joven, tratados, entre muchos, por Leandro Fernández Moratín en *El sí de las niñas*[13]. Todos estos prototipos se dan de alta en la obra, funcionan a modo de espejos literarios donde se autocontempla el texto galdosiano, y en los que el autor busca una respuesta al eterno dilema del amor. Tampoco debemos olvidar al leer la obra el hecho de que el futuro de la amada trazado en el texto todavía no había sido vivido. Hecho crucial, según advertiremos después.

Debido a los veloces cambios actuales, provocados por la globalización y la expansión del mundo digital, la lectura de textos históricos se ha convertido en un ancla o refugio de muchas personas, que buscan en el pasado respuestas a los dilemas del presente. La exploración del futuro apenas ha quedado para los científicos. Curioso resulta que Galdós, amante de la historia, según consta su enorme producción de novelas de carácter histórico, los *Episodios nacionales,* al tiempo que redacta *Tristana* comenzaba a escribir la cuarta serie de episodios. Esta entrega presenta un carácter especial, como ha señalado la crítica[14]. En lugar

---

[12]   Ignacio-Javier López, *Caballero de novela, Ensayo sobre el donjuanismo en la novela española moderna, 1880-1930,* Barcelona, Puvill, 1986. También recomiendo, José Lasaga Medina, *La metamorfosis del seductor. Ensayo sobre el mito de Don Juan,* Madrid, Síntesis, 2004.

[13]   Este tema lo hemos investigado numerosos críticos. Roberto Sánchez abordó la tradición teatral europea; Noël Valis analizó sus relaciones y significado dentro de la narrativa continental; Sadi Lakhadari, en la «Introducción» a su edición de la novela, sitúa también la obra en un contexto literario europeo; Germán Gullón revisó los prototipos literarios subyacentes en la creación de los tres personajes protagonistas de la obra. Véanse las referencias en la bibliografía adjunta.

[14]   Me refiero a Vicente Lloréns y a Rodolfo Cardona. Véase el libro de Cardona, *Del heroísmo a la caquexia:* los *Episodios nacionales de Galdós,* Madrid, Ediciones del Oro, 2004, págs. 22 y 23.

de ensalzar el pasado épico de la nación, por ejemplo, la heroicidad manifiesta por el pueblo español ante la invasión napoleónica, como hiciera en los *Episodios* precedentes, se detiene a contar el decaimiento espiritual acontecido en la época de la Restauración. Este pesimismo sobre el presente y, en concreto, sobre el poder de actuación de la burguesía, le lleva a mirar el futuro con desesperanza, porque la Restauración supuso la vuelta a la imposición del poder por el poder mismo, de los regentes, dueños del poder económico de España, con el consiguiente desprecio de la voluntad de la gente. En este cuadro socio-cultural se inserta la novela que nos concierne. Y regreso a lo dicho, el futuro de la Tristana de la novela, todavía no vivido, adivina el triste futuro real de Concha Morell.

La actitud de Galdós con respecto a la mujer en sus novelas resulta excepcional en la narrativa española del XIX. Quienes le clasifican de feminista o de antifeminista sobrepasan la frontera de lo sensato [15]. La obra de un autor hombre exhibirá características varonistas, precisamente porque el autor es un hombre, lo que en absoluto implica que sea feminista o antifeminista. Pienso que sólo las escritores mujeres lo pueden ser. Lo excepcional de don Benito reside en que concibe a sus personajes femeninos como objetos de deseo, capaces de despertar amores pasionales, pero, a la vez, el narrador de sus novelas, la contrafigura del autor en el texto, o un personaje destacado, suele asumir la responsabilidad de concederle su libertad personal, de entenderla

---

[15]   Una mera interpretación feminista de la obra, centrada en los derechos de la mujer y las posibles violaciones hechas por un padre, marido o amante, estrechan el núcleo emocional desde donde esta obra fue escrita. Son explicaciones inválidas, porque utilizan una conducta tópica para explicar lo que proviene de un acto creativo complejo.

como una persona individual. Recuerdo el caso del médico Miquis para Isidora Rufete, de Evaristo Feijoo y Fortunata, o del propio narrador de *Tristana,* el autor, y la joven protagonista, doble de la persona real Concha Morell, que como veremos le pone delante a la mujer un espejo, el texto de la novela, donde podrá leer su futuro. El hecho de que por estas fechas naciese una hija suya contribuyó sin duda a que en esta obra la pasión amorosa y el cariño hacia el otro formen un compuesto del amor extraño, atractivo, que seguirá intrigando a las generaciones venideras. El escritor Galdós se haría en este año de 1892 un hombre maduro. Tenía 49 años.

Podríamos denominar al realismo de esta obra, basado en un asunto autobiográfico, realismo íntimo. Muy distinto al realismo basado en la reproducción de personajes intuidos en los contactos con el mundo [16]. De Concha o Tristana sabremos cosas que el autor conoció muy de cerca, en la intimidad del trato personal. En esta etapa de la novelística galdosiana asistimos a una interiorización de la experiencia, fomentada por la propia biografía y por la creciente tendencia de la novela europea de su tiempo a interiorizarse. Pienso en las obras de Leo Tolstoy como *Anna Karenina* (1873-1876) o *El discípulo* (1889), de Paul Bourget [17]. Galdós emprendía esta trayectoria con la publicación de *Ángel Guerra* (1890-1891) [18].

---

[16]   George Lukaks, *Ensayos sobre el realismo,* Buenos Aires, Siglo Veinte, 1965.

[17]   Existe una estupenda traducción reciente de este libro, clave para entender la narrativa de los siglos XIX y XX. Paul Bourget, *El discípulo,* traducido por Inés Bértolo Fernández, Barcelona, Debate, 2003.

[18]   Sadi Lakdari, *'Ángel Guerra', de Benito Pérez Galdós. Une étude psychoanalytique,* París, L'Harmattan, 1996.

El contacto del autor con la novela europea [19] le había proveído en sus primeras novelas, publicadas en los años setenta y ochenta del siglo burgués, el incentivo para representar la realidad cívica en sus textos, y que por medio del ejemplo indirecto provocado por el reconocimiento de situaciones injustas contribuir al progreso social, enseñando a sus contemporáneos a cruzar las barreras morales levantadas por una sociedad con tendencias inmovilistas. Tarea aplaudida por los institucionistas, muy en especial por Francisco Giner de los Ríos [20]. Ahora, en los años noventa, su propia biografía le ofreció un tema que no podía esquivar, y gracias a él, *Tristana* será una obra donde veamos al ser humano por dentro y muy cerca, lo más próximo que se puede penetrar en una persona con el verbo. Entremos en la obra por sus pasos contados, para entender este impulso vital hecho creación novelesca.

A. CONTEXTO LITERARIO

La novela europea del XIX

La idea tópica de la narrativa europea decimonónica viene a expresar que se trata de unas novelas donde aparece copiada, y escojo el verbo con cuidado, la sociedad de entonces. Se menciona con frecuencia la conocida expresión del novelista francés Stendhal de que el autor copia con pa-

---

[19] Stephen Gilman, (1981) *Galdós y el arte de la novea europea, 1867-1887,* Madrid, Taurus, 1983.
[20] Véanse las consideraciones hechas por Francisco Giner de los Ríos en «Sobre la *La familia de León Roch*» (1878), *Ensayos,* Madrid, Alianza, 1973.

labras el reflejo habido en un espejo lo de que pasa por el camino [21]. Todo parece sencillo y resulta un poco prosaico. Naturalmente, esta idea pobretona de la novela del XIX se originó a finales del siglo, cuando aires más literarios, simbolistas o modernistas, habían invadido el mundo de las artes. Entonces todo aquello de mirar al mundo, a lo cotidiano, había perdido el favor de los literatos, quienes preferían redactar textos ornados, que apenas rozasen la realidad, enlazando un poco con la literatura romántica por la vía de que lo inventado prevalecía sobre lo certificable en el mundo palpable. La historia de la literatura de los últimos doscientos años, la denominada Edad de la Literatura [22], se caracteriza por las alzas y las bajas del aprecio de la literatura realista. Hoy está de nuevo en una curva ascendente.

Lo esencial de la literatura denominada realista fue que los autores pretendían ofrecer por encima del retrato de lo visible una idea de las maneras en que los seres humanos configuraban su mundo, incluyendo las ideologías, los hábitos políticos y las costumbres cotidianas. Esto era como si dijéramos la base de la trama novelesca, y sobre ella se organizaba un argumento donde unos determinados personajes desarrollaban una acción que seguía los conocidos pasos de una enunciación del problema, el nudo y su resolución. Tal plantilla ha sido denominada tradicional, porque el tiempo y el espacio son abordados en una forma sencilla, sin distorsiones, y el desarrollo argumental seguía sin desvíos las normas de la causalidad. La representación textual

---

[21] Las palabras de Stendhal que aparecen en su novela *Rojo y negro* (1831), tomadas del Abbé de Saint-Réal (1643-1692), son: «La novela es un espejo que se pasea a lo largo de un camino».

[22] Consultar Germán Gullón, *La modernidad silenciada: la cultura española en torno al 1900,* Madrid, Biblioteca Nueva, 2006.

de la realidad pretendía servir al lector para conocer su época en profundidad, como guía para conocerla e interpretarla. La novela había sustituido a la filosofía como el espacio cultural donde se planteaba la problemática humana.

Los novelistas europeos de la segunda mitad de la centuria, a quienes me ciño en estas consideraciones, introdujeron novedades en el arte de novelar en varios de sus componentes. Desde el punto de vista técnico, la mayor innovación apareció en lo referente a los modos de contar, ampliando los registros narrativos[23]. De la narración omnisciente, donde la obra es contada por una voz, que utiliza la tercera persona para expresarse, actuando a modo de un dios o ser supremo que lo sabe todo, propio de la novela romántica, de Mariano José de Larra o de José de Espronceda, pasaron a utilizar a los propios personajes para contar la historia e incluyeron las voces semiocultas de la conciencia y los sueños[24]. Dicho con una denominación actual, la ficción pasó de ser monologal a dialogal. Cada autor famoso añadió novedades técnicas al arsenal narrativo. Gustave Flaubert, por ejemplo, fue el inventor del estilo indi-

---

[23]   En los años sesenta y comienzos de los setenta esta perspectiva crítica fue estudiada en referencia a la picaresca por Fernando Lázaro Carreter y por Francisco Rico, mientras Darío Villanueva lo hacía con referencia a la novela del siglo XX. El estudio de los aspectos narrativos en Galdós lo inauguró Ricardo Gullón, en *Técnicas de Galdós,* Madrid Taurus, 1970. Mi aportación al estudio de las técnicas narrativas en diversos novelistas del ochocientos se tituló *El narrador en la novela del siglo XIX,* Madrid, Taurus, 1976. Entre las recientes, destaca la de contribución al tema de John Kronik, «Lector y narrador», en *Creación de una realidad ficticia: Las novelas de Torquemada de Pérez Galdós,* coordinadora Yolanda Arencibia, Madrid, Castalia, 1997, págs. 79-114.

[24]   Consultad Francisco La Rubia Prado, *Retorno al futuro: amor, muerte y desencanto en el romanticismo español,* Madrid, Biblioteca Nueva, 2004.

recto, al incluir en el texto del narrador las palabras que supuestamente dicen los personajes, llevado a una maestría difícilmente igualada por Leopoldo Alas *Clarín* en la citada *La regenta* y en *Su único hijo*. Otro español, Galdós introdujo en la novela el uso de la segunda persona narrativa, tú dijiste, la manera en que un personaje interroga a su conciencia, lo que ocurrió en su genial *La desheredada* (1881). Emile Zola introdujo con el naturalismo la narración objetiva, haciendo como que la obra se cuenta sola. Y Henry James, el americano afincado en Inglaterra, narró sus obras filtrando a través de la conciencia de uno de los personajes la perspectiva dominante en sus textos. Todos estos ejemplos prueban por sí solos que las acusaciones de prosaísmo hechas a la novela realista orillan la labor dedicada por sus autores a la construcción novelesca, la parte literaria de las mismas.

Así pues, por encima de la capacidad concedida a la novela por los realistas para incorporar al texto una representación de la vida de su tiempo y los valores que la rigen, la habilidad de contarla a varias voces, quiero destacar, porque es importante para Galdós y sus novelas del último período, el modo de crear personajes llenos de vida, más concretamente de la vida, de la pasión, experimentada por los propios autores. Son novelas llenas de biografía, de mundo experimentado. Lo opuesto de lo sucedido en las novelas románticas, obras creadas por autores que contemplan el firmamento [25]. La gran novela europea decimonónica gusta

---

[25] Lo importante de esta contraposición no reside en encontrar contrarios, sino en matizar la diversa manera en que el componente biográfico entra en la novela decimonónica. Mariano José de Larra fue un escritor que sincronizó vida y literatura, sobre todo en sus artículos de prensa, mientras que en las novelas lo personal aparece relegado al trasfondo.

hoy a los lectores por varias razones, por supuesto, siendo una de las principales el carácter tradicional, que cuenta una historia con su principio, un medio y un fin, pero también porque los personajes que encarnan el argumento viven con fuerza sus papeles. Cuando el narrador de Flaubert o de Galdós cuenta la historia de una mujer no puede interpretarse que vive una pasión inventada, por lo general es una pasión que revive en el texto una pasión sentida o experimentada por el narrador. De ahí la fuerza de tales textos, que cuando comenzamos su lectura resulta difícil dejarlos de lado, porque dicen cosas que tienden a grabarse en un hueco interior, que metafóricamente llamamos alma.

Tristana encaja perfectamente en todo lo dicho, las características de novela tradicional, dialogal, y muy principalmente la pasión aquí reflejada, el amor sentido por el autor hacia una joven actriz, dotan al texto de una enorme fuerza dramática. Y ya lo anticipé, novelas como *El discípulo* de Paul Bourget u obras de Tolstoy son los caminos que la novela de fines del XIX abren para la expresión de sentimientos vitales intensos. La realidad, repito, se ha interiorizado, hecho vital. Lo que en realidad pide traducirse por complicada. La belleza de las novelas de Tolstoy, Bourget o Galdós proviene de que mezclan lo bello, lo certificable como tal, la mujer de porcelana que es la señorita Reluz, y la imagen de Tristana sin una pierna, chocante, que da miedo, pena, y quizá haga correr una lágrima por el alma o la mejilla del lector. La podríamos denominar la belleza inarmónica.

Esta belleza del realismo de las dos últimas décadas del XIX carece de la armonía y simetría de la belleza clásica. Tiene algo sublime que se escapa a la belleza romántica de la literatura precedente y de la simbolista que le siguió, ambas estéticamente semejantes. No obstante, la figura protagonista de la novela, Tristana con una pierna de palo posee el atractivo de la belleza compleja en vez de la definible de con un solo trazo. Esto es seguramente lo que atrajo a Luis Buñuel, su belleza imperfecta.

Moral y sociedad

El lector español de obras del siglo XIX suele llegar prejuiciado en contra del mismo, abocado a poner el acento interpretativo en los aspectos burgueses del texto o en la homogeneidad de la conducta social advertida en los personajes. Sin embargo, la novela europea representa ese mundo de la clase media, que usa como base narrativa para presentarnos precisamente la cara oculta de la realidad, los aspectos de la conducta humana que encajan mal en la ideología burguesa. De ahí que equiparar el realismo con lo exterior resulta un absurdo; la realidad es como una pintura de base que se aplica en los textos narrativos de la segunda mitad del ochocientos, al que después se le añade entraña, color y vida.

Los españoles tenemos la justa sensación de que se trata de un período cuando la conciencia europea nos coloca en los márgenes de la historia y se olvidó de nosotros. La capital del siglo fue París, como dijo Walter Benjamin. Fue el lugar donde las artes y las modas triunfaban o pasaban al cementerio del olvido. Mientras los centros intelectuales de la centuria estuvieron en Alemania, y en parte en Inglaterra. Los sucesos políticos impidieron una vez el progreso racional y ordenado de la historia nacional. El siglo entero fue testigo de una continua lucha por impedir el traspaso del poder al pueblo, tan cruenta y empecinada que se extendería hasta bien entrado el siglo XX, cuando la guerra civil

(1936-1939) nos llevaría una vez más al estancamiento en el desarrollo de las bases del desarrollo democrático. Sufrimos invasiones, la napoleónica, disputas monárquicas, entre Carlos IV y su hijo Fernando VII, guerras civiles a consecuencia de la derogación de la ley sálica, que trajo el reinado de Isabel II. La revolución de 1668 destronó a los Borbones, vino un rey extranjero, Amadeo de Saboya (1870-1873), luego conocimos brevemente el régimen Republicano (1873). Los Borbones fueron restituidos a la corona por obra y gracia de Antonio Cánovas del Castillo en la persona de Alfonso XII (1875), estableciendo una falsa democracia, manejada por un odioso sistema caciquil, que repartía el turrón, expresión de Juan Valera [26], según los méritos más serviles. Cerramos el siglo con el asesinato de Cánovas a manos de un esbirro de los independentistas cubanos (1897) y con la derrota de 1898, cuando perdimos el resto del imperio colonial. Galdós noveló todo ello en sus cinco series de novelas históricas, los *Episodios nacionales*.

Por si los sucesos históricos fueran poco, y me meto de lleno en el terreno cultural, toda la centuria conocerá una superposición de ideologías socio-estéticas que contribuyen a su vez a impedir la entrada en España de un pensamiento renovador. La base del pensamiento español lo formaban las ideas ortodoxas, inspiradas en una moral católica tradicional, expuestas por Balmes y Donoso Cortés en la primera mitad del siglo, y apoyados en la segunda mitad por Marcelino Menéndez Pelayo. Convivía en conflicto permanente con el pensamiento romántico, antimoralista, expan-

---

[26]   Lo repite continuamente en sus cartas. Hasta ahora tenemos cuatro volúmenes de la *Correspondencia,* de Juan Valera, pulcramente editados por Leonardo Romero, María Ángeles Ezama Gil y Enrique Serrano Asenjo, Madrid, Castalia, 2002-2005.

sivo, juguetón, que daba preferencia a las expansiones del
«yo» que a las preocupaciones sociales. Formaban dos caras
de la moneda, que las gentes corrientes e incluso los intelectuales combinaban de la mejor manera posible.

No olvidemos que la sociedad poseía una cultura cotidiana y familiar bastante estricta, escasamente tolerante.
Las mujeres ocupan en ese orden una posición secundaria.
El conocimiento de lenguas extranjeras y la educación eran
por lo común extraordinariamente conservadoras, y dadas a
pocas alegrías. Había un miedo a los libros peligrosos, entre los que se contaban las novelas, el mal uso que de ellas
se podía hacer. Los establecimientos religiosos guardaban
celosamente el orden moral en la sociedad española. Galdós no olvidemos denuncia ya pasada la raya del fin de siglo en *Electra* (1901), la imposición de esa moral en los co-
legios e instituciones religiosas.

O sea, que la capacidad de pensar diferente, ser de otra
manera a como exigía la sociedad y sus regentes, los que
establecían los valores predominantes resultaban harto li-
mitadas. Las grandes ciudades, Madrid y Barcelona, eran
los lugares donde se encontraba la progresía, tanto cívica
como intelectual. El entorno cívico añadía color a la vida
oscura decimonónica, la decoración laica, que llegaba de
París, los cuadros impresionistas, las fotografías, diversa
suerte de adornos, llevados a cafés y vistos en los edificios
públicos, ofrecían un aspecto bien distinto del oscuro de la
vida religiosa. No olvidemos que Madrid, por ejemplo, iba
cambiando de faz, los conventos y edificios religiosos que
ocupaban el centro de la ciudad se mudaban al extrarradio,
y la capital se iba llenando de edificios grandiosos pertene-
cientes al ámbito civil, como el de Correos o la sede del
Banco de España en la plaza de Cibeles, cuya construcción
se menciona en la novela que tenemos entre manos. La vida

en las provincias, por contraste, donde la iglesia y el pensamiento conservador gozaban todavía de mano alta, quedó bien retratada en *La regenta* de Leopoldo Alas *Clarín*. Por eso sólo allí, en una provincia, un hombre joven como Alas puede pensar de otra manera.

Por encima, Galdós tuvo la suerte de ponerse en contacto con los maestros renovadores del pensamiento español decimonónico: los krausistas u hombres de la Institución Libre de Enseñanza. Ellos le relacionaron con modos de pensar abiertos, modernos, diferentes del rutinario estudio hecho a base de la memoria y de la repetición.

Benito Pérez Galdós siempre sufrió los ataques de los conservadores por ser un escritor, un intelectual, con un no sé qué diferente al ciudadano común. Él lo sabía, e incluso llegó a novelar esa peculiaridad en su contrafigura literaria, Evaristo Feijoo en la novela *Fortunata y Jacinta* (1886-1887), una persona que sabe perfectamente cuál es la diferencia entre él y la sociedad en que vive: el temple moral. Imaginemos por un momento a este joven hombre, que llega a Madrid para iniciar la carrera de Derecho, que se dedicará a vivir la vida de un estudiante, es decir, sin tener mayores obligaciones ni compromisos. Que asiste a la Universidad, donde escucha a los maestros krausistas hablar con un acento nuevo, que piden una mayor difusión de la educación para que se armonicen mejor las clases sociales, que luego asiste a la Revolución de 1868, cuando en cierta manera nace la democracia española, cuando los españoles consiguen algunos de sus derechos humanos esenciales, pero que luego se ve defraudado por la Restauración de Cánovas del Castillo, que resulta una farsa democrática, dominada por el sistema caciquil. Permítase que emplee una expresión muy moderna: Galdós vivía en la cresta de la ola de la innovación social.

Por eso, sus principios morales, las normas que permiten una igualdad social, que guardan la paz y el orden de la misma, le venían un poco estrechas, porque él vivía en el borde de la novedad, de la innovación, lo mismo que le pasaba a Leopoldo Alas *Clarín* y a Emilia Pardo Bazán y lo que les separaba de Fernán Caballero o de José María de Pereda, o del propio Marcelino Menéndez Pelayo. Galdós vivía fuera de esa geografía cultural de la España conservadora, por eso sus conexiones morales se hacían a otro nivel, alejadas de las normas del catolicismo conservador, y se acercaban a las normas laicas que llegaban a España en las corrientes del pensamiento filosófico innovador.

Galdós asustaba a los amigos constantemente, y no de una forma grata para ellos, porque en cada novela, a cada entrega les mostraba una nueva fractura de las normas sociales. Nada tan innovador como su tratamiento de la mujer, su búsqueda de una mujer que fuera igual al hombre; Galdós no se conforma como Juan Valera con la figura tradicional de la mujer española[27], sino que quiere encontrar y representar en las novelas el valor de las mujeres que ha conocido en su vida, desde la tiesura de su madre Soledad, cuyos valores eran los mismos de la moral tradicional de su tiempo, a la ternura de sus hermanas[28], o a la inteligencia de algunas de sus amantes, como Emilia Pardo Bazán.

La sociedad española decimonónica le pagó con la moneda que se paga a quien nos traiciona.

---

[27]   La novela de Valera *Doña Luz* (1879) ofrece tanto el estereotipo femenino conservador de la época como el ideario que lo sostiene, aportado por los comentarios hechos por el narrador.

[28]   Pedro Ortiz Armengol en *Vida de Galdós,* Barcelona, Crítica, 1996, trata estas relaciones con acierto.

Cervantes en Galdós

Pocas obras de Benito Pérez Galdós están atravesadas
por la vida con tanto filo como la presente, y junto con *La
desheredada* y *Fortunata y Jacinta,* resulta una auténtica
creación de origen cervantino [29]. No en la retórica, sino en
el fondo de la creación misma. La genialidad narrativa del
inmortal Cervantes consiguió engrandecer a un personaje
llenándole de ensueños, haciendo que la imaginación le
convirtiera en un verdadero caballero andante, aunque el
hidalgo manchego soterradamente entendía que sus sueños,
sueños eran, y que la vida exige el duro canon de que ac-
tuemos dentro de los límites de lo real. Galdós sigue en
Tristana el patrón novelístico cervantino en lo referente al
diseño del personaje, probado con éxito al bosquejar los
personajes de Isidora Rufete y de Fortunata. Llena a la joven Reluz de ensueños quijotescos, para luego enfrentarla a
la realidad; la diferencia entre don Quijote y Tristana es que
el hidalgo vivió poco tiempo sabiendo que su exaltación
idealista de la realidad era un engaño, mientras que ella
vive para contarlo, resignada al triste destino de ser la esposa de Lope Garrido. Tristana descubrirá la imposibilidad
de sus sueños y por encima deberá soportar un prosaico y
triste destino.

También hay otro factor del cervantismo que debemos
apuntar aquí: la frustración humana sentida por un hidalgo
manchego, un hombre entrado en la madurez, la cincuentena, que para entonces era una edad respetable. Vivía sin
holguras de sus rentas en un apartado pueblo manchego,

---

[29]   Quien mejor ha estudiado la cuestión es Rubén Benítez, *Cervantes en Galdós,* Murcia, Universidad de Murcia, 1990.

atendido por una sobrina, y en sociedad con gentes de medianas luces, el cura y el barbero entre otros vecinos. Cosa lógica parece que a esa edad le entraran ansias de correr una aventura para escapar de la rutina pueblerina. Aventura que le devuelve la energía vital, aunque tenga que hacer sus arreglos. Por ejemplo, tiene que sublimar su sexualidad en la persona de Dulcinea del Toboso, tras la que se escondía la persona de una vecina de su pueblo, que conocemos con el nombre de Aldonza Lorenzo, que en su momento debió provocar sus deseos. Se arma caballero para correr aventuras, como las leídas en los libros de caballerías, los *thrillers* de su tiempo, y se lanza a la aventura, cómicamente ataviado, con defensas apuntaladas con cartón, y flanqueado por un grosero campesino. Las que le salgan al paso serán todas ellas cómicas, o trágico-cómicas, si consideramos el trastorno que sufre el hidalgo, que ve gigantes donde hay molinos. Surge así una especie de épica bufa, donde el héroe no es tal héroe, sino un loco, aunque al final, y por el camino más duro que existe, el de la autocomprensión, llegue a saber que todo ello fue la necedad de un hombre cuando vio que la vida se le iba. Sólo entonces, decidió vivir de verdad. Don Quijote encarna la figura de la frustración de tanto hidalgo español, de quienes en vez de lanzarse a la aventura americana, a descubrir el nuevo mundo, permanecieron en la yerma Castilla, custodiando los blasones. Tristana vive, como veremos, una frustración parecida, la de una mujer que desea ser algo, tener una profesión, pero que la sociedad no lo consiente.

Cuando hablo de realidad o realismo refiriéndome a la novela de Galdós no aludo simplemente al ismo literario, al concepto histórico-literario, sino a algo que tiene verdadero relieve en la obra: la reflexión autorial sobre la conducta del ser humano. Exhibe un cierto y profundo escepticismo sobre las apreciaciones ideales de la vida, concretamente referidas a la pasión, que cuando se desbordan parecen incontenibles. Galdós estaba poniendo bastante de sí mismo en la obra, es decir, su pluma de novelista iba enriquecida por la conciencia y reflexión sobre problemas humanos que le habían preocupado a él en su biografía, como enseguida veremos. Ahí constatamos su profundo cervantismo.

B. BIOGRAFÍA

Datos biográficos: la madurez personal y literaria de Pérez Galdós

La vida literaria de Pérez Galdós alcanzó su cima en la década de los años ochenta, cuando la novela de tendencia realista-naturalista se impuso como el género supremo entre los artísticos en el panorama literario español. No ajeno a tal éxito fue la libertad personal y social alcanzada gracias a la Revolución de 1868. Flanqueado por sus amigos Leopoldo Alas *Clarín,* Emilia Pardo Bazán, José María de Pereda, y literatos como Juan Valera y José Ortega y Munilla, Pérez Galdós se convierte en el primero de sus iguales, tanto por la calidad de su obra como por la variedad de géneros que tocará, pues además de la novela se convertirá en el otoño de esta década en nuestro dramaturgo más importante, sin dejar de aumentar su importante labor periodística. De *La desheredada* (1881) a *La incógnita* (1889) y *Torquemada en la hoguera* (1889), pasando por sus grandes obras como *El amigo Manso* (1882), *El doctor Centeno* (1883), *Tormento* (1884) y *La de Bringas* (1884), los *Episodios nacionales* ilustrados por Arturo Mélida, *Fortunata* y *Jacinta* (1886-1887) y *Miau* (1888). Clarín fue uno de los primeros en reconocer el mérito extraordinario del escritor canario, y por ello le organiza un Homenaje Nacional, celebrado en Madrid, el 26 de mayo de 1883.

Durante la década de los ochenta, viajará al extranjero incesantemente. Cito sólo algunos de sus viajes, en 1883 visitará Inglaterra, Francia, Alemania, Holanda, Suecia; en 1884 Italia, y dos años después ya había viajado por Portugal, Francia, Bélgica y Alemania. También en España mantiene contacto con numerosos escritores, especialmente de Cataluña, donde acude a visitar la Exposición Universal en 1888. Tampoco cabe olvidar que su segunda residencia fue siempre Santander, su casa «San Quintín», cuyas obras de edificación comienzan en 1891 y terminan en 1893.

Su personalidad pública recibe numerosos reconocimientos, como la designación por Mateo Sagasta como Diputado a Cortes por Guayama (Puerto Rico) en 1886, y la elección como miembro de la Real Academia Española en 1889, aunque no tomará posesión hasta 1897, pronunciando el célebre discurso «La sociedad presente como materia novelable», contestado por Marcelino Menéndez y Pelayo. También conoció una gran tristeza, la muerte de su madre en 1887.

En la década de los noventa lo encontramos asentado en la fama, afianzada si cabe por su renovada dedicación al drama [30]. El mismo año de la publicación de *Tristana* estrenará la versión teatral de la novela *Realidad* (1892). Y justo en los ensayos de la obra conoce a una joven actriz, Concepción Morell, con la que enseguida tendrá una relación

---

[30] Yolanda Arencibia presenta un excelente panorama de la novelística galdosiana de este período en la «Introducción» a la edición de *Narazín* y *Halma,* Madrid, Biblioteca Nueva, 2002, especialmente las págs. 9-24.

amorosa, que todos los miembros de la compañía conocen. Nace María, la hija habida con su amante Lorenza Cobián, suceso que coincide con el comienzo de los amores complicados con Concha Morell. Galdós, debemos recordarlo vivía siempre con sus hermanas, en un ambiente familiar donde él era la persona a cuidar. A la muerte de su cuñada Magdalena, pieza fundamental en el enclave madrileño de la familia canaria, tanto en lo afectivo como en lo económico, se produjo un acercamiento a su fiel sobrino José Hurtado de Mendoza («don Pepino»). Por otra parte, su situación financiera le hará vivir los difíciles momentos de la ruptura con su editor J. Cámara, a quien gana un pleito en 1897, pero sus problemas económicos le perseguirán hasta la muerte.

Una parte importante de la biografía de Galdós se relaciona con Santander, donde acudirá a pasar los veranos, e incluso, cuando está comenzando a redactar *Tristana,* en 1891, adquiere un lote en el Sardinero e inicia la construcción de una casa, «San Quintín», que, como adelanté, estará terminada en 1893. Allí pasará algunos de los días más felices de su vida. Le quedaba cerca de Arriondas, la villa asturiana donde pasaban los veranos Lorenza Cobián y su hija María.

En resumen, su vida en la década en que escribe la novela que hoy editamos es sumamente compleja si bien llena de honores: la publicación de sus obras más famosas, el éxito en el teatro, las colaboraciones en *La Prensa* de Buenos Aires que llevan su fama al otro lado del Atlántico, pero también de una enorme turbulencia personal, por las complicaciones amorosas, la muerte de seres queridos, y las crecientes obligaciones económicas, que acabarán con su patrimonio, a pesar del caudaloso número de títulos que publica. Por otro lado, como veremos, cuando hablemos más puntualmente de las mujeres en la vida de estos años, la experiencia vital de autor le servirá para llevar una fuerza dinámica a sus libros.

La mujer en la vida y en la obra de don Benito

La relación de Galdós con las mujeres juega un papel central en su vida. Nunca se casó, ni mantuvo relaciones formales o de compromiso matrimonial con mujer alguna, viviendo siempre al cuidado de sus hermanas y familiares, pero conocemos por varios testimonios y correspondencias que su estado afectivo fue bastante agitado, por decirlo con prudencia. En la época cuando redacta la obra son tres las mujeres con las que tiene trato habitual, fuera por supuesto de sus hermanas, la condesa Emilia Pardo Bazán, aristócrata y señora de posibles, una asturiana, Lorenza Cobián, mujer bastante llana y modesta, y la bulliciosa y alocada Concha Morell, aspirante a actriz sin medios económicos propios [31]. La primera y la última son el tipo de personas que obligan al escritor a salirse de sus casillas, de sus costumbres rutinarias y burguesas. Lo que el escritor celebra, pues le provee con material abundante para sus ficciones, aunque a la vez le llena de inquietudes. La Pardo Bazán, para hacernos una idea del tipo de relación, le escribe lo siguiente en una carta publicada por Bravo-Villasante: «El quererme a mí tiene todos los inconvenientes y las emociones de casarse con un marino o un militar en tiempo de guerra. Siempre doy sustos». Por otro

---

[31] Sobre su figura ofrece útil información Benito Madariaga de la Campa, «Concepción Morell en la vida y en la obra de Galdós», *Páginas Galdosianas,* Santander, Tantín, 2001, págs. 95-109.

lado, Lorenza le permite ser quien era, y tener la compañía de una mujer.

La Pardo Bazán, amante de Pérez Galdós, habló mucho con él sobre novela, según dice en las cartas, viajaron juntos por Europa, compartieron la intimidad sin secretos. Ella llegó incluso a confesarle que le había sido infiel y él la perdonó el devaneo. Sus intercambios orales y epistolares les permitió entender la sustancia de que están hechos los quereres, las percepciones, los sentimientos, y su intensidad les recomendó su inclusión en el texto novelesco. Juntos descubrían la fuerza del amor, no del amor matizado por la conveniencia social, por los arreglos hechos por la familia. Ellos supieron sincronizar su modo de sentir moderno, gracias a los viajes efectuados por Europa, que tan por delante iba de España, visitando museos, donde colgaban las obras de arte de su tiempo, entre otros, los cuadros impresionistas, el arte de la sensibilidad individual que iba imponiéndose en el continente y las novelas que apuntaban hacia el simbolismo. A nadie debe sorprender que Juan Valera, Emilia Pardo Bazán y Galdós, fueran los literatos españoles con mayor sensibilidad moderna, porque atravesaron con frecuencia los Pirineos, donde en verdad se estaba fraguando el mundo futuro, tanto en el terreno industrial como en el ideológico.

Quienes interpretan la relación amorosa de Galdós con la Pardo Bazán fijándose en los pormenores ociosos del adulterio cometido por ella, porque estaba todavía casada, pierden lo esencial, el que gracias al trato, a ser dos personas capaces de verbalizar sus sentimientos, la novela española se benefició enormemente, pues cambió de piel, y permitió que tanto en las últimas obras de ella como del escritor de Las Palmas surgiese un nuevo modelo novelesco, capaz de representar sentimientos desnudos, el amor sin las limitaciones impuestas por los condicionamientos sociales. Las novelas *Insolación* y *La incógnita,* a las que enseguida atiendo, constituyen pruebas irrefutables.

Pérez Galdós vivió una época en que el papel de la mujer en la sociedad española estaba cambiando, pues los políticos reconocían la necesidad de otorgarle el derecho de igualdad ante la ley, como ocurría en el resto del continente europeo, y la aprobación de la Ley de Sufragio Universal en 1890 así lo prueba. No obstante, el ambiente español no estaba para muchas alegrías, y las mismas escritoras progresistas tenían que medir sus palabras, como la propia Pardo Bazán, que cuando escribe de la situación de la mujer en España para una revista inglesa lo hace con mayor libertad. La verdadera emancipación necesitaría varias décadas para hacerse efectiva. La dependencia económica de la mujer del jefe de familia era total, y no existía alternativa alguna, fuera de la prostitución o de profesiones afines. Tristana sufrirá, al igual que su madre, de este varoncismo social, que impedía a la mujer valerse por sus propios medios. Recordemos asimismo que la joven protagonista de la novela caerá en desgracia, en buena medida, porque a la muerte de su madre se vio obligada a vivir bajo el amparo de don Lope, quien la seducirá, ya que carece de dinero alguno. Lo mismo que le había pasado a su madre, aunque se salvó de ser otra víctima del donjuanismo del protector por su débil estado mental. Esta circunstancia la había novelado ya Galdós en su novela *Tormento,* de hecho, la protagonista se llama allí Amparo, y una relación con el cura Pedro Polo, correlato de la habida por Tristana con don Lope, la coloca en una situación social precaria. Resuelta gracias a la intervención de un buen hombre, Agustín Caballero, nombre simbólico ajustado perfectamente a su papel, y a que ambos emigran al extranjero, donde nadie les conoce. En *Tristana,* Galdós pone un final sin concesiones: la protagonista carece de un futuro sonriente, es más, la encadena con su cojera a su anciano «valedor». En resumen, las circunstancias socioeconómicas de la época eran adversas a la mujer.

Desde el punto de vista personal, está claro que Galdós fue fuertemente marcado por el carácter de su madre, persona de difícil trato y autoritaria, con la que el joven hombre mantuvo una relación complicada. Su marcha a estudiar Derecho a Madrid se relaciona con un amor juvenil [32], el despertado por María Josefa Washington, Sisita, hija natural de la norteamericana Adriana Tate y de un tío suyo, José María Galdós. La madre que sin duda desaprobaba semejante relación debió de acelerar la puesta de mar de por medio entre los jóvenes enamorados. El hecho de que Galdós volviese con escasa frecuencia a Canarias se debe probablemente a esta complicada situación personal. Nunca podemos olvidar la importancia de la madre en la obra galdosiana, especialmente en *Doña Perfecta* (1876). La madre era la que llevaba las riendas de la familia, doña Soledad Galdós, que crió nada menos a ocho hijos, siendo Benito el benjamín.

El Galdós que comienza la redacción de *Tristana* en 1891 en nada recuerda al muchacho que llegó a Madrid a estudiar la carrera de Derecho. El hombre maduro conoce el mundo, saborea las mieles de la fama, ha sido nombrado diputado, elegido miembro de la Academia de la Lengua, y disfruta de una vida plena de alicientes personales. Su carácter, en cambio, sigue siendo el mismo, introvertido y reservado en exceso. Su probada timidez le llevaba a comportarse en público con rigidez, pareciendo una persona gris, que apenas hacía suponer al atrevido narrador de las novelas. En 1883 conoció, como dijimos a Emilia Pardo

---

[32]   Es muy posible que hubiera otros.

Bazán, que vivía separada de su marido, y con la que mantendrá una prolongada relación amorosa. Además de sus
encuentros en Madrid, sus mencionados viajes europeos,
en jornadas que disfrutaron enormemente conociendo gente
de letras[33], visitando museos, catedrales y gozando de la
vida del visitante de las grandes capitales europeas, París,
Zurich, Fráncfort, Munich, Amsterdam, La Haya, y más. Ella
era una mujer apasionada y con muchos recursos, que gustaba de lanzarse a la aventura y vivir intensamente. De ahí
que se dejase seducir fácilmente, como le ocurrió siendo todavía amante de Galdós con el joven y apuesto José Lázaro
Galdiano[34]. Un amigo catalán del canario, como Narcís
Oller, o Leopoldo Alas, entre otros, censurarán la conducta
personal de la escritora gallega. Galdós, por su lado, siempre
fue un hombre que pensaba primero las cosas, racional, y
que actuaba con enorme cautela, enemigo de todo barullo y
publicidad. Él mismo noveló las infidelidades de la Pardo
Bazán en una excelente ficción, personificando a la gallega
en Augusta, la protagonista de *La incógnita*. La propia condesa por su parte había ficcionalizado una infidelidad[35] en la
novelita *Insolación (Historia amorosa)* (1889)[36].

---

[33]   La Pardo Bazán conoce la literatura francesa de la época como
ningún otro escritor español, y además frecuentó en sus viajes a Francia
a los hermanos Goncourt, a Zola y a Huysmans.

[34]   Fue un hombre influyente en su tiempo, fundador y editor de la
importante revista *La España Moderna*.

[35]   La destacada especialista Cristina Patiño Eirín estudió con su habitual precisión el tema en «La aventura catalana de Pardo Bazán», en
*Del Romanticismo al Realismo. Actas del I Coloquio. Sociedad de Lite-
ratura Española del siglo XIX,* editores Luis F. Larios y Enrique Miralles,
Barcelona, Universitat de Barcelona, 1989, págs. 443-452.

[36]   Esta novela está bien estudiada. Remito a dos de los mejores trabajos: Marina Mayoral, editora, «Estudio introductorio» a *Insolación,*
Madrid, Espasa Calpe, 1987, págs. 29-36; Ermitas Penas Valera, «Introducción» a *Insolación,* Madrid, Cátedra, págs. 9-50.

Mas, conociendo ya a la Pardo Bazán, Galdós había entablado relaciones amorosas en 1884 con Lorenza Cobián, una mujer sencilla, sin mucha educación formal, pero con la que el escritor debió de sentirse muy a gusto, porque satisfacía sus necesidades sin exigir demasiado a cambio. La retrató, según muchos estudiosos, en el personaje Leré de *Ángel Guerra*. Con Lorenza Cobián tendrá una hija, María, con la que Galdós mantendrá siempre una buena relación. Desafortunadamente, en 1906, cuando María tiene todavía dieciséis años, se suicida la madre.

Anoto también que la hija tenía apenas un año cuando Galdós conoce a María Concepción Morell Nicolao, la joven aspirante a actriz, la inspiradora del personaje Tristana, que se convertirá pronto en su amante. Concha tenía a su vez un amante, persona de edad, que la mantenía. Por las cartas escritas por Concha a Galdós sabemos que la joven poseía una imaginación desbordante y que tenía un carácter voluble. Pronto sabremos de las respuestas dadas por Galdós a estas cartas, cuya existencia ha sido recientemente descubierta [37].

Los amores habidos con Pardo Bazán y Concepción Morell resultaron cruciales para la redacción de esta novela, porque Galdós aprendió en el trato con ellas, acrisolado por las emociones experimentadas en sus relaciones con Lorenza Cobián y las provenientes de la paternidad, que esa avalancha de sentimientos, la riqueza emocional femenina valía poco a la hora de canalizar sus pretensiones profesionales hacia un puesto de trabajo concreto. Fue esta, pienso yo, una de las principales lecciones recibidas del trato con las mujeres amadas. Vivió de cerca la incapacidad de Con-

---

[37] La biblioteca Casa-Museo Pérez Galdós albergará en breve esta documentación desconocida hasta el presente.

cha para encontrar un trabajo congruente con sus habilidades y las frustradas aspiraciones de la Pardo Bazán, a quien le fue denegada la entrada como miembro en la Academia de la Lengua y los continuos retrasos en cumplir su deseo de ser catedrática de universidad, por su condición femenina [38]. La frustración consecuente se halla estupendamente novelada en la obra que tenemos entre manos.

Tras la muerte de Concha (1906), que arrastró una vida difícil, marcada por episodios de índole diversa, como la conversión al judaísmo en Bayona (Francia), adoptando el nombre de Concha Ruth Morell, Galdós conoció a una vizcaína en 1907, Teodosia Gandarias, de cuarenta y cuatro años, cuando él tenía veinte más, y que será su último amor, y con quien se reunirá en una casa en la calle de Juan de Austria de Madrid, donde comparte las primicias de sus obras de teatro, y ella, que era probablemente maestra o al menos persona de sólidos conocimientos, se las comenta con entusiasmo [39].

C. LA NOVELA *TRISTANA*

Con el teatro de fondo

Adelantamos que la obra fue escrita cuando Galdós preparaba el estreno de la versión teatral de *Realidad*, donde en buena medida ficcionalizaba sus amores con la Pardo

---

[38] Fue finalmente nombrada por el ministro Julio Burell del gobierno de Canalejas catedrática de Literaturas Neolatinas de la Universidad Complutense de Madrid en 1916.

[39] Sebastián de la Nuez Caballero, *El último gran amor de Galdós. Cartas a Teodosia Gandarias desde Santander (1907-1915),* Santander, Pronillo, 1993.

Bazán, y los devaneos de ésta con Lázaro Galdiano. La propia autora asistió a algunos ensayos, donde por cierto conoció a la aspirante a actriz Concha Morell. La lectura de la obra en su forma novelesca le había desagradado, en lo que coincidía con muchos críticos. La Pardo achacó el fallo a que el autor andaba comprometido en dos empeños a la vez, preparar la obra teatral y redactar una novela. Sin embargo, lo que sucedió fue, en mi opinión, lo contrario, que Galdós comenzó la redacción de la obra influido ciertamente por el teatro, pero los arreglos para el estreno dramático le afectaron positivamente. Desde que terminara *Fortunata y Jacinta* cinco años antes, andaba empeñado en escribir un tipo de novela distinto a las anteriores, precisamente más dramática, con abundante diálogo y situada en un escenario escueto. Buscaba un formato nuevo, donde lo exterior, los lugares donde sucedía la obra y el tiempo de la acción, contaban menos que en esfuerzos precedentes.

El escenario madrileño de *Tristana* resultaba apropiado para el empeño, pues se hallaba en lo que hoy denominaríamos el extrarradio, exento de edificios de referencia, iglesias conocidas y demás. Los aledaños del Depósito de Aguas, al final de la calle de Santa Engracia, pegando con Cuatro Caminos, donde habita don Lope con Saturna y Tristana, lindaban con enormes descampados, que se extendían en donde actualmente se sitúa la plaza de Castilla. Es más, los exteriores aparecen desdibujados, porque los interiores, la casa donde habitan don Lope y Tristana o el estudio de pintor de Horacio, desempeñan un papel mayor. Galdós estaba añadiendo a su arsenal literario un importante componente, el espacio íntimo, un lugar donde representar los intercambios emocionales, que permitiese conocer de cerca a los personajes. Nada de dejar que las acciones sean las que determinen el progreso del argumento, como ocurre cuando un personaje toma una decisión, la ejecuta, y el lector se entera así de que estamos ante una nueva situación narrativa. Lo que sucede en esta obra recuerda el cambio de las acciones en el teatro, donde el contacto entre los personajes tiene lugar en un espacio reducido, el escenario. La dramatización de la acción permite conocerlos mejor, y advertir sus peculiaridades. Estamos entrando en una narrativa donde los sucesos del argumento se mudan en escenas narrativas. Galdós sustituyó el telón de fondo histórico de su obra y los grandes trazados, por unas escenas apropiadas para observar de cerca los movimientos anímicos. Así la novela se interioriza. Al narrador le interesa más contar la evolución de los sentimientos del personaje que seguirle los pasos por una trama de sucesos. Esto se refleja, por supuesto, en el mismo lenguaje empleado. El habla de Tristana, a diferencia del de Fortunata, ejemplifica menos el modo de expresarse de una determinada clase social que un vehículo verbal donde podemos medir la sensibilidad y los movimientos anímicos del personaje.

Recordemos asimismo que la escenificación de un drama vibra gracias a la presencia de los actores, su impronta en las tablas determina en muchos casos el éxito de una obra. Este efecto lo recoge la novela donde predominan los interiores, porque recurre a los diálogos, es decir, a que los personajes estén presentes en las escenas. Esta mayor cercanía obliga a que los conozcamos mejor, los oigamos hablar con frecuencia.

Otro segundo elemento donde percibimos la influencia del drama en la novela es en la reducción de los trozos narrativos dedicados a la descripción, que ceden espacio a los dialogados y a las cartas. El narrador parece un director de escena, el encargado de montar la situación novelesca en vez de alguien preocupado por contextualizarla con detalle, ofrecernos los antecedentes históricos o la situación geográfica concreta donde trascurre. Le importa sobre todo llegar directo al corazón del tema, que veamos a los personajes desvelar sus movimientos anímicos.

O sea, que Galdós en las obras que escribe por estas fechas, y cito dos de sus novelas, *La incógnita* (1888-1889) y *Realidad* (1889), la primera novela epistolar y la segunda dialogada, está llevando a cabo una trasformación en su narrativa. Los enmarcados ideológicos o históricos, el trasfondo habitual de sus obras de la etapa anterior, de *La desheredada* a *Fortunata y Jacinta,* donde la historia desempeña un papel importante, en la que el narrador explicita los valores vigentes en la sociedad representada, cede su puesto a unos escenarios novelescos, y perdóneseme la expresión, más pelados. No hemos llegado a la novela, nivola, de Miguel de Unamuno, donde el decorado pudiera bien ser una sábana blanca, pero sí variamos el enfoque. Se sustituye la lente que capta el panorama, el ambiente por la que permite enfocar mejor a la persona, al personaje.

Las explicaciones que justifican semejante mudanza son varias. Por un lado, el desarrollo de la historia y de las ciencias sociales permiten a la novela dejar de lado las minuciosas descripciones de los lugares y de los sucesos históricos, porque existe otro tipo de libros donde son presentados con precisión y minuciosidad. Por otro lado, la edad de la ideología, de las grandes construcciones ideológicas que explican el mundo en términos generales, va cediendo su puesto a teorías filosóficas centradas en la persona. Digamos que surgen modos de pensar que se adecúan mejor a la persona individual. Y en tercer lugar, y directamente relacionado con lo anterior, la persona se instala en el centro del interés. Importa ahora tener en cuenta la sensibilidad personal, el sentir individual. Es como si el individualismo romántico alcanzase su madurez en la última década del ochocientos.

Todas sus novelas de este último momento, desde la serie de *Torquemada,* pasando por *Nazarín* y llegando a *Misericordia,* el broche de oro de su narrativa, son obras donde se apura la sensibilidad humana, por donde la narrativa española encuentra un camino hacia la exploración del hombre en su entraña viva.

Vaivenes emocionales

Cuando la lente narrativa trabaja tan a pie de obra, el autor puede seguir los movimientos anímicos de los personajes en detalle. Le permite ir captando el cambio de emociones en sus rostros y actitudes. La cercanía, el *close up,* le obliga a indagar en las profundidades del ser creado, en su estado de ánimo. La segunda parte de la obra, cuando Horacio y la señorita Reluz se hacen amantes, el narrador se mete y nos mete a los lectores en su intimidad, desde donde podemos advertir sus vaivenes emocionales. Convenimos con el narrador que Horacio y Tristana se elevan en sus éxtasis amorosos con excesiva facilidad a la estratosfera del ideal, y que don Lope los sigue en el trasfondo, infatigable en el despliegue de estrategias de seducción, que ponen una nube negra sobre las esperanzas de los amantes.

Galdós había comenzado en *Miau* (1888) (Espasa Calpe, Austral, núm. 470) con el tratamiento, por ejemplo, de Abelarda Villaamil, una joven que vive enamorada de un tal Víctor Cadalso, pero consciente de su fealdad se confiesa a sí misma que sus ojos son incapaces de expresar el amor, y entonces el amado nunca puede aprender de su amor a través de su mirada muerta. Esta intimidad trágica es la que Galdós explorará en estas novelas de su última época, y donde encontramos el carácter más humano de su novelística.

La novela como ha reconocido la crítica está llena de elementos psicológicos. Por ejemplo, vienen estupendamente descritas varias depresiones. Me detengo un momento en la primera, sufrida por Horacio.

> Como contrapeso moral y físico de la enormísima exaltación de las tardes, Horacio, al retirarse de noche a su casa, se derrumbaba en el seno tenebroso de una melancolía sin ideas, o con ideas vagas, toda languidez y zozobra indefinibles. ¿Qué tenía? No le era fácil contestarse. Desde los tiempos de su lento martirio en poder del abuelo, solía padecer fuertes ataques periódicos de *spleen* que se le renovaban en todas las circunstancias anormales de su vida. Y no era que en aquellas horas de recogimiento se hastiara de Tristana, o tuviese dejos amargos de las dulzuras del día, no; la visión de ella le acosaba; el recuerdo fresquísimo de sus donaires ponía en continuo estremecimiento a su naturaleza, y antes que buscar un término a tan abrasadoras emociones, deseaba repetirlas, temeroso de que algún día pudieran faltarle.

Observamos en estas líneas el vaivén entre el momento de alta excitación, cuando se reúne con ella en su estudio, y el desfallecimiento emocional cuando de vuelta en casa cae derrumbado con una melancolía que le deja sin fuerzas. Se trata de una depresión clásica, que roba las fuerzas a quien la sufre.

En *Tristana* hay muchos momentos donde el bisturí del novelista corta la carne del personaje, y los lectores no podemos menos que sentir la pobreza y cortedad de eso que denominamos sentir humano, una invención que Galdós pone al descubierto. Ningún pasaje tan cruel como la primera visita de Horacio, recién llegado del pueblo, a la Tristana que yace en la cama tras la amputación de la pierna. La visita trascurre tal y como el cuco don Lope predijo, nada se dice de matrimonio, la prueba de fuego del amor. Una subsiguiente conversación con Horacio le confirma que en las intenciones del joven falta la de ir al altar. El lector comprende que la mutilación del cuerpo ha cambiado las intenciones de Horacio. Y Galdós, valiéndose de una conciencia tan turbia como la de don Lope, nos confirma la endeblez de la solidaridad humana en determinadas ocasiones.

Ya lo había predicho el viejo, cuando le cortaron la pierna: «esas bobadas del amor eterno, del amor ideal, sin piernas ni brazos, no son más que un hervor insano de la imaginación». De un plumazo la literatura, la idea del amor ideal muestra su frágil consistencia, la pobreza humana para tolerar la adversidad. La fuerza del espíritu se arruga ante el escamoteo del placer corporal que supone, o al menos supone para Horacio, la amputación. Tristana sin la pierna no es la Tristana ideal. Aquí no hablamos de Madrid, ni de la historia. Nos enfrentamos con un dilema humano, donde los que fallan no son los gobernantes, sino nosotros, un ciudadano corriente, Horacio Díaz.

Las cartas y la intimidad femenina

Las cartas cruzadas entre Tristana y Horacio son una de las partes más interesantes del libro [40]. Comienzan después de que los amigos se hagan amantes. Las referencias conti-

---

[40] En el trabajo de Gonzalo Sobejano, «Galdós y el vocabulario de los amantes», *Anales galdosianos,* 1, 1966, págs. 85-99, se estudia el asunto en profundidad.

nuas a obras italianas de la edad media, *La divina comedia,* de Dante, a dramas de Shakespeare, entre otras, conceden una textura muy especial a estos capítulos, que curiosamente, reflejan el lenguaje empleado por Concha Morell cuando escribía a su amante Benito Pérez Galdós, según podemos apreciar cotejando ambos textos [41]. Dentro de poco podremos leer, según adelanté, las cartas enviadas por el escritor a Concha Morell, cuya existencia pública se dio a conocer en el año 2004.

La interpretación del significado de estas cartas resulta esencial para poder comprender la riqueza de la obra y de su protagonista. Aquí asoma de nuevo el profundo quijotismo galdosiano. Tristana por medio de las cartas y por la posterior exaltación ensoñadora de la figura de Horacio, cuando éste se aleje de ella y pase una larga temporada en Villajoyosa cuidando a su tía, hace lo mismo que don Quijote, se apodera del espacio simbólico de la obra y cede el real [42]. Igual que el caballero manchego se dedica a emular a los grandes héroes de los libros de la caballería andante, Tristana vive emulando, comparándose con las heroínas del mundo del amor cortés italiano.

Vive como don Quijote un momento de lucidez, cuando yace en la cama, recién operada, y viene a visitarla el amado Horacio, cuyos rasgos apenas recuerda. Cuando le tiene delante, le parece otro, distinto a como se lo imaginaba en sus encarnaciones literarias, en las evocaciones hechas mediante el lenguaje de los amantes. Este Horacio tostado del

---

[41]   Gilbert Smith, «Galdós's *Tristana* and Letters from Concha Ruth Morell», *Anales galdosianos,* 10, 1975, págs. 91-210.

[42]   Jean Baudrillard, *op. cit.,* dice: «[Las mujeres] no entienden que *la seducción representa el dominio del universo simbólico, mientras el poder representa sólo el dominio del universo real»,* pág. 15.

sol alicantino, de aspecto saludable, conseguido recorriendo sus posesiones, apenas encaja con el Horacio de los sueños. La realidad aplasta la construcción simbólica.

O mejor será decir que la amputación de la pierna le permite apreciar la realidad sin las lentes rosadas proveídas por la literatura. Tras el odiado momento del corte, Tristana reconoce que la fuerza de su imaginación, de los símbolos, nada pueden hacer para contrarrestar la imagen de la mujer coja. Le cuesta imaginarse moviéndose con gracia. Así queda Tristana en su silla de ruedas, incapaz de desplegar sus dotes de seducción, porque no las posee, de obligar al antiguo amante a casarse con ella, aunque fuera por pena, por alejarse de la casa del hombre que la sedujo.

Pero Tristana es la mujer de la triste figura porque acepta su destino. La fuerza y energía que le proveía su imaginación mientras vivía enamorada de Horacio, le venía de dentro, brotaba espontáneamente. El placer es eso, algo que sale de dentro sin que medie ninguna estrategia. Esto la diferencia de don Lope, que el galán trama la seducción, mientras que ella se entrega a su amante Horacio arrastrada por el deseo de gozar, de vivir, y eso sólo se consigue con una entrega total.

Las cartas de Tristana a Horacio, la manera de hablar de Tristana, constituyen un impresionante documento de las preocupaciones, emociones y pensamientos de la mujer de su época, condicionadas por la imposibilidad de hacerlos efectivos de una forma constructiva. Aspecto trágico de la obra, el que los vaivenes emocionales de Tristana no sirven en última instancia para nada, sólo testimonian la frustración profunda de la mujer en su época.

Una pregunta importante que dejé antes sin respuesta es por qué Galdós contó la historia de Tristana antes de saber más de ella, de la mujer Concha Morell, de su destino. La convierte en personaje literario apenas conocerla. Galdós se adelantaba a los acontecimientos, y los juzgaba augurando un futuro negro, vista la mutilación del personaje. Mi única explicación es que el autor quería prevenir a la joven, ofreciéndole un espejo donde mirarse. La novela ofrecía a Concha una catarsis, la posibilidad de reconocerse en el espejo textual, donde podría entenderse a sí misma. Ella podía ver a qué llevaba el vivir inmersa en ese vaivén de emociones permanentes, el peligro de seguir relacionada con un hombre mayor, con el que por supuesto Galdós no se identificaba. Se refería a un señor bastante mayor que el autor que la mantenía en la época cuando conoció a Galdós.

El lenguaje de los amantes cesa cuando le amputan la pierna, al tiempo desaparece, como dije, la energía humana generadora de alegría, de gozo. Por eso Tristana como don Quijote termina siendo una personas triste, porque se le seca la fuente de la alegría, y ninguna cura o receta puede devolverle el contento. Lo dice bien su última habilidad, la de repostera. Aprende unas recetas y sabe preparar unos dulces que encantan a don Lope, pero estas recetas sólo traen un contento momentáneo al paladar.

La palabra en un espacio intermedial

Los conceptos de lugar y de espacio que venimos utilizando en la crítica se han quedado estrechos para describir el espacio de las obras modernas, especialmente aquellas que nacieron cuando ya existía la fotografía y el cine, debemos en este caso hablar de un espacio intermedial. Lugar es el sitio donde ocurren los hechos narrados en un texto, identificables geográficamente, sea un mapa real (Oviedo) o ficticio (Vetusta). Reservamos el concepto de espacio para aludir al lugar sensibilizado por una perspectiva personal. Lo que hace de una casa de ladrillos y cemento, un lugar, un hogar, la perspectiva, la vivencia que le añade su dueño. Mientras que el espacio intermedial que intento esbozar correspondería con ese mismo espacio, pero no sólo concebido desde una perspectiva personal, sino complementado, suplementado por imágenes. El espacio intermedial sería el lugar donde la palabra y la imagen visual se completan, se manifiestan a la vez.

En *Tristana* la palabra, lo verbal, domina el texto. La escritura domina absolutamente a cualquier otro medio de comunicación que se invoque en el texto. De hecho, la imagen visual aparece ripiosa y pobre, no por ello menos interesante, mientras que la narración es un bordado espectacular de palabras en varios idiomas y popularismos que seducen al lector, lo que calificamos como el lenguaje de los amantes. Porque *Tristana* acaba seduciendo al lector con su incontenible poder de invención verbal.

Veamos, por contraste, dos imágenes en que se subraya el contenido visual de las mismas:

Contemplaban [Tristana y Horacio] al caer la tarde el grandioso horizonte de la Sierra, de un vivo tono de turquesa, con desiguales toques y transparencias, como si el azul purísimo se derramase sobre cristales de hielo. Las curvas del suelo desnudo, perdiéndose y arrastrándose como líneas que quieren remedar un manso oleaje, les repetían aquel *más, siempre más,* ansia inextinguible de sus corazones sedientos. Algunas tardes, paseando junto al canalillo del Oeste, ondulada tira de oasis que ciñe los áridos contornos del terruño madrileño, se recreaban en la placidez bucólica de aquel vallecito en miniatura. Cantos de gallo, ladridos de perro, casitas de labor; el remolino de las hojas caídas, que el manso viento barría suavemente,

amontonándolas junto a los troncos; el asno, que pacía con
grave mesura; el ligero temblor de las más altas ramas de
los árboles, que se iban quedando desnudos; todo les causaba embeleso y maravilla, y se comunicaban las impresiones, dándoselas y quitándoselas como si fuera una sola
impresión que corría de labio a labio y saltaba de ojos a
ojos.

Otra imagen semejante encontramos en el siguiente
trozo:

El arte se confabuló con la naturaleza para conquistarle [a
Horacio] , y habiendo pintado un día, después de mil tentativas infructuosas, una marina soberbia, quedó para
siempre prendado del mar azul, de las playas luminosas
y del risueño contorno de tierra. Los términos próximos y
lejanos, el pintoresco anfiteatro de la villa, los almendros,
los tipos de labradores y mareantes le inspiraban deseos
vivísimos de transportarlo todo al lienzo; entrole la fiebre
del trabajo, y por fin, el tiempo, antes estirado y enojoso,
hízosele breve y fugaz; de tal modo que, al mes de residir
en Villajoyosa, las tardes se comían las mañanas y las noches se merendaban las tardes, sin que el artista se acordara de merendar ni de comer.

Todas estas escenas en que se bañan los novios, y él muy
en particular, no son precisamente las preferidas por Tristana. Escuchen sus palabras: «no quiero alas ni alones, ni
andar entre ángeles sosos que tocan el arpa. Déjenme a mí
de arpas y acordeones y de fulgores celestes. Venga mi vida
mortal, y salud y amor, y todo lo que deseo». Más claro imposible. «Aspiro [añade] a no depender de nadie, ni del
hombre que adoro». Así funciona la mente de Tristana. «Si
vieras mi cerebrito por dentro, te asustarías», le dice al

amante. Ella es el cerebro, la cabeza, y, desde luego, el verbo, mientras que él es un contemplador, el embebido, cuyos cuadros constituyen una descripción sensible del paisaje que ve, mientras lo de ella viene de dentro, de su cabeza, y se expresa en palabras.

Monigote, ¿en qué consiste que cuanto más sé, y ya sé mucho, más te idolatro?... Ahora que estoy malita y triste, pienso más en ti... Curiosón, todo lo quieres saber. Lo que tengo no es nada, nada; pero me molesta. No hablemos de eso... Hay en mi cabeza un barullo tal, que no sé si esto es cabeza o el manicomio donde están encerrados los grillos que han perdido la razón grillesca... ¡Un aturdimiento, un pensar y pensar siempre mil, millones más bien de cosas bonitas y feas, grandes y chicas! Lo más raro de cuanto me pasa es que se me ha borrado tu imagen: no veo claro tu lindo rostro; lo veo así como envuelto en una niebla. Y no puedo precisar las facciones, ni hacerme cargo de la expresión, de la mirada. ¡Qué rabia!... A veces me parece que la neblina se despeja..., abro mucho los ojitos de la imaginación, y me digo: «Ahora, ahora le voy a ver». Pero resulta que veo menos, que te oscureces más, que te borras completamente, y abur mi señó Juan. Te me vuelves espíritu puro, un ser intangible, un... no sé como decirlo. Cuando considero la pobreza de las palabras, me dan ganas de inventar muchas, a fin de que todo pueda decirse. ¿Serás tú *mi-mito?*

En toda novela se dirime una especie de política del estilo, la manera en que el narrador asigna valores a los personajes. En *Tristana,* el narrador, Galdós, asigna la palabra a la joven Tristana, mientras Horacio se queda a este respecto muy por de bajo. Parece que le corresponden, por su condición de pintor, las imágenes, y éstas, tal y como podemos observar en las trascritas, son tópicas y carentes de mayor originalidad. Así, esta novela supone, cuando estamos a punto de entrar en el siglo XX, cuando tendrá lugar la revolución visual, una afirmación del poder de la palabra.

Tristana *llevada al cine por Luis Buñuel*

Afirmación curiosa a la vista de que el genial cineasta aragonés Luis Buñuel llevaría la novela al cine, después de haberlo hecho ya con *Nazarín* [43]. La manera en que interpretó el personaje de Tristana es muy distinto de como la pensó Galdós. Luis Buñuel la comprendió de una forma estrecha, perspectivizó el texto galdosiano desde la relación de un don Juan envejecido que tiene relaciones con una mujer a la que dobla en edad. Este tema lo sometió a un tratamiento freudiano, donde el cinismo, la religión y la frustración sexual juegan un papel destacado en la configuración de las conductas de los personajes.

Buñuel dejó de lado el aspecto fundamental que señalamos en la novela de Galdós, el tratamiento íntimo de los personajes, la cercanía con que el narrador de la novela utiliza para desvelar el yo del personaje, para comprenderlo, que es una de la características del canario. Buñuel resulta muy español porque juzga, interpreta a Tristana no desde la persona, sino desde una visión colectiva, tribal, de un cineasta español. La grandeza del personaje galdosiano se deriva de la cercanía del trato del narrador con la protago-

---

[43]   Rafael Utrera, ed., *Galdós en pantalla,* Las Palmas, San Nicolás, 1989, recoge la producción fílmica galdosiana y un manojo de buenas interpretaciones de la misma, firmadas por Max Aub, Octavio Paz y Andrés Amorós, entre otros.

nista, evidenciado especialmente en las cartas que ella escribe a su amante y novio Horacio, para contarle de su vida. El narrador quiere saber de ella, averiguar cómo es, cómo se siente; no olvidemos que las cartas son una copia de las enviadas por Concha Morell al escritor, y en ellas vibran los anhelos de la persona Concepción Morell, el deseo de ser libre. Todo esto es elidido en la película de Buñuel.

Incluso traslada el escenario a otro tiempo y lugar, en vez de ocurrir a comienzos de los años noventa del siglo decimonono en Madrid, ocurre a finales de los años veinte del siglo XX en Toledo. Esta traslación es puramente ideológica, por parte de Buñuel, que desea acorralar a los protagonistas en la ciudad de Toledo, en un mundo aún más estrecho, donde el personaje esté inmerso ya de entrada en un ambiente provinciano, con curas, guardias civiles, calles estrechas, donde resulta difícil respirar los nuevos aires de la modernidad.

La *Tristana* de Buñuel, no obstante, complementa la de Galdós, es una lectura diferente de la mujer española y de su situación, de su sumisión al hombre, pero sobre todo a la cultura española, muy dominada por la iglesia católica, que exige una absoluta fidelidad a sus preceptos, sin que le haya importado nunca la persona en sí[44]. Parece como si Buñuel añadiese a la versión galdosiana lo que éste hubiera puesto en la novela si la hubiera escrito una década antes, en su etapa novelística anterior, cuando se preocupaba más de proveer un contexto. Buñuel sí lo provee, aun-

---

[44]   Las lecturas críticas de la película y las relaciones que guarda con la novela son numerosísimas, y pueden encontrarlas en la bibliografía. Un buen comienzo puede ser el trabajo de Cristina Martínez-Carazo, «*Tristana:* El discurso verbal frente al discurso visual», *Hispania,* 76, 1993, págs. 365-370.

que sea un poco posterior a los propiamente galdosianos de la Restauración.

El que exista una versión en filme de la novela me parece de extraordinaria importancia para quienes lean este texto, pues constituye una extensión de la misma. Podríamos decir que constituye un espejo adicional, donde podemos contemplar la narración galdosiana, y encontrarle aún otros significados. Atestigua, además, que la obra sigue viva. Posteriormente ha sido llevada al teatro, y con seguridad, no será la última vez[45].

---

[45]   Versión teatral dirigida por Salvador Collado, y protagonizada por Victoria Vera y Manuel de Blas. El estreno tuvo lugar en el teatro Maravillas de Madrid, el día 4 de noviembre de 1993.

BIBLIOGRAFÍA

REPERTORIOS BIBLIOGRÁFICOS

HERNÁNDEZ SUÁREZ, Manuel, *Bibliografía de Galdós,* I, Las Palmas, Cabildo Insular de Gran Canaria, 1972.

HERRERA NAVARRO, Jerónimo, *Bibliografía de estudios sobre Galdós,* Madrid, Fundación Universitaria Española, 1998.

SACKETT, THEODORE A., *Pérez Galdós: An Annotated Bibliography,* Albuquerque, University of Nuevo México Press, 1968.

VAN REE, Heilette, «Bibliografía reciente sobre Benito Pérez Galdós: (1990-1993)», Madrid, *Ínsula,* 561, 1993, págs. 18-19.

WOODRIGE, HENSLEY C., *Benito Pérez Galdós: A Selected Annotated Bibliography,* Metuchen, Nueva Jersey, Scarecrow Press, 1975.

—, *Benito Pérez Galdós: An Annotated Bibliography for 1975-1980,* Lexington, Erasmus Press, 1981.

BIOGRAFÍA

ARMAS AYALA, Alfonso, *Galdós: lectura de una vida,*
Santa Cruz de Tenerife, Servicio de Publicaciones de la
Caja General de Ahorros de Canarias, 1989.

BERKOWITIZ, H. Chonon, *Pérez Galdós, Spanish Liberal
Crusader,* Madison, University of Wisconsin Press, 1948.

DE LA NUEZ CABALLERO, Sebastián, *El último gran amor
de Galdós: Cartas a Teodosia Gandarias desde Santander (1907-1915),* Santander, Concejalía de Cultura
del Excmo. Ayuntamiento de Santander y Ediciones Li-
brería Estvdio, 1993.

MADARIAGA, Benito, *Pérez Galdós: Biografía santanderina,* Santander, Institución Cultural de Cantabria,
1979.

ORTIZ-ARMENGOL, Pedro, *Vida de Galdós,* Barcelona, Crítica, 1996.

REFERENCIAS BIBLIOGRÁFICAS SOBRE EL AUTOR
Y SU ENTORNO CULTURAL Y LITERARIO

*Actas del Primer Congreso Internacional de Estudios Gal-
dosianos,* Las Palmas, Cabildo Insular de Gran Canaria, 1977.

*Actas del Segundo Congreso Internacional de Estudios
Galdosianos,* Las Palmas, Cabildo Insular de Gran Canaria, 1978.

*Actas del Quinto Congreso Internacional de Estudios Gal-
dosianos,* I, II, Las Palmas, Cabildo Insular de Gran Canaria, 1992.

Actas del Sexto Congreso Internacional Galdosiano (1997),
CD Rom. Yolanda Arencibia, María del Prado Escobar

y Rosa María Quintana, editoras, Las Palmas, Cabildo Insular de Gran Canaria, 2000.

Actas del Séptimo Congreso Internacional Galdosiano: Galdós y la escritura de la Modernidad (2001), Yolanda Arencibia, María del Prado Escobar y Rosa María Quintana, editoras, Las Palmas, Cabildo Insular de Gran Canaria, 2004.

AIKEN, HENRY D., *The Age of Ideology,* Nueva York, Mentor, 1956.

ALAS, Genaro, Francisco García Sarriá, editor, (1887), *El darwinismo,* Exeter, University of Exeter, 1978.

ALAS, Leopoldo, *Galdós,* Madrid, Renacimiento, 1912.

ALDARACA, Bridget A., *El ángel del hogar: Galdós y la ideología de la domesticidad en España,* Madrid, Visor, 1992.

ANDREU, Alicia G., *Galdós y la literatura popular,* Madrid, SGEL, 1982.

APARICI LLANAS, María Pilar, *Las novelas de tesis de Benito Pérez Galdós*, Barcelona, CSIC, 1982.

ARENCIBIA, Yolanda, ed., *Zumalacárregui,* Las Palmas, Cabildo Insular de Gran Canaria, 1990.

— ed., *Creación de una realidad ficticia: Las novelas de Torquemada de Pérez Galdós,* coordinador Yolanda Arencibia, Madrid, Castalia, 1997

— ed., *Nazarín /Halma,* Madrid, Biblioteca Nueva, 2002.

ARIZA, Carmen, *Los jardines de Madrid en el siglo XIX,* Madrid, Avapiés, 1988.

ARMIÑO, M., ed., *La emancipación de la mujer en España,* Madrid, Júcar, 1974.

AYALA, Francisco, *Galdós en su tiempo,* Santander, Cabildo Insular de Las Palmas de Gran Canaria, 1978.

BAQUERO GOYANES, Mariano, «Introducción» a *La regenta,* Madrid, Espasa Calpe,1984, págs. 9-59.

BENÍTEZ, Rubén, *Cervantes en Galdós,* Murcia, Universidad de Murcia, 1990.

Benito Pérez Galdós, un clásico moderno, coordinador Germán Gullón, Madrid, *Ínsula,* 561,1993.

BERENGUER, Ángel, editor, *Los estrenos teatrales de Galdós en la crítica de su tiempo,* Madrid, Comunidad de Madrid, 1988.

BERKOWITZ, H. Chonon, *La biblioteca de Benito Pérez Galdós: Catálogo razonado precedido de un estudio,* Las Palmas, El Museo Canario, 1951.

BERNARD, Claude, *Introducción al estudio de la medicina experimental,* 1865, Buenos Aires, Losada, 1944.

BEYRIE, Jacques, *Galdós et son Mythe,* 3 volúmenes, Lille-París, 1980.

BLY, Peter A., *Galdós's Novel of the Historical Imagination: A Study of the Contemporary Novels,* Liverpool, Francis Cairns-Liverpool Monographs in Hispanic Studies, 1983.

—, *Vision and the Visual Arts in Galdós: A Study of the Novels and Newspaper Articles,* Liverpool, Francis Cairns, 1986.

—, ed., *Galdós y la historia,* Ottawa, Ottawa Hispanic Studies, 1988.

—, *The Wisdom of Eccentric Old Men: A Study of Type and Secondary Character in Galdós's Social Novels, 1870-1897,* McGill, Queen's University Press, 2004.

BONET, Laureano, ed., *El naturalismo,* Barcelona, Nexos, 1989.

BOURDIEU, Pierre, *Las reglas de arte: Génesis y estructura del campo literario,* 1992, Barcelona, Anagrama, 1995.

BRAVO-VILLASANTE, Carmen, *Galdós visto por sí mismo,* Madrid, Magisterio Español, 1970.

CARR, Raymond, *España (1808-1939),* Barcelona, Ariel, 1969.

CASSIRER, Ernst, *An Essay on Man: An Introduction to a Philosophy of Human Culture,* 1944, Nueva York, Doubleday, 1953.

CASALDUERO, Joaquín, *Vida y obra de Galdós (1843-1920),* 4ª ed., Madrid, Gredos, 1961.

CAUDET, Francisco, *et al., Madrid en Galdós: Galdós en Madrid,* Madrid, Consejería de Cultura, 1988.

CHARNON-DEUTSCH, Lou, *Gender and Representation: Women in Spanish Realist Fiction,* Amsterdam, John Benjamins, 1990.

CORREA, Gustavo, *El simbolismo religioso en las novelas de Pérez Galdós,* Madrid, Gredos, 1962.

—, *Realidad, ficción y símbolo en la novelas de Pérez Galdós,* 1967, Madrid, Gredos, 1977.

DÍAZ, Elías, *La filosofía social del krausismo,* Madrid, Edicusa, 1973.

ELIZALDE, Ignacio, *Pérez Galdós y su novelística,* Bilbao, Publicaciones de la Universidad de Deusto, 1981.

ENGLER, Kay, *The Structure of Realism: The Novelas contemporáneas of Benito Pérez Galdós,* Chapel Hill, North Carolina Studies in the Romance Languages and Literatures, UNC, Department of Romance Languages, 1977.

ENTENZA DE SOLARE, Beatriz, *Benito Pérez Galdós,* Buenos Aires, Centro Editor de América Latina, 1967.

EOFF, Sherman H., *The Novels of Pérez Galdós: The Concept of Life as a Dynamic Process,* St. Louis, Washington University Studies, 1954.

ETREROS, Mercedes, «El naturalismo español en la década de 1881-1891», *Estudios sobre la novela española del XIX,* Madrid, CSIC, 1977, págs. 55-131.

FAUS SEVILLA, Pilar, *La sociedad española del siglo XIX en la obra de Pérez Galdós,* Valencia, Imprenta Nacher, 1972.

FERNÁNDEZ ALMAGRO, Melchor, *Historia política de la España Contemporánea, 1868-1885,* vol. 1, Madrid, Alianza, 1968.

GHIRALDO, Alberto, *El archivo de Rubén Darío,* Buenos Aires, Losada, 1943.

GILMAN, Stephen, *Galdós y el arte de la novela europea,* 1981, Madrid, Taurus, 1983.

GINER DE LOS RÍOS, Francisco, edición de Juan López-Morillas, *Ensayos,* Madrid, Alianza, 1969.

GOLD, Hazel, *Reframing of Realism: Galdós and the Nineteenth-Century Spanish Novel,* Durham, Carolina del Norte, Duke University Press, 1993.

GONZÁLEZ HERRÁN, José Manuel, Estudio introductorio a *La cuestión palpitante,* Barcelona, Anthropos-Universidad de Santiago de Compostela, 1989, págs. 7-103.

—, *La obra de Pereda ante la crítica de su tiempo,* Santander, Pronillo, 1983.

GUERRA DE LA VEGA, Ramón, *Guía de Madrid, siglo XIX,* 2 tomos, Alcorcón, Indudraf, 1993.

GULLÓN, Germán, *El narrador en la novela del siglo XIX,* Madrid, Taurus, 1976.

—, *La novela del siglo XIX: Estudio sobre su evolución formal,* Amsterdam, Rodopi, 1991.

—, Introducción a *Sotileza,* Madrid, Espasa Calpe, 1991, págs. 9-47.

—, *La novela en libertad,* Zaragoza, Trópica, 1999.

—, Introducción a *Miau,* Madrid, Espasa Calpe, 1999.

—, Introduccción a *La desheredada,* Madrid, Cátedra, 2000.

—, Introducción a *Doña Perfecta,* Madrid, Espasa Calpe, 2003.

GULLÓN, Ricardo, *Galdós, novelista moderno,* Madrid, Gredos, 1966.

—, *Técnicas de Galdós,* Madrid, Taurus, 1970.

—, *Psicologías del autor y lógicas del personaje,* Madrid, Taurus, 1979.

HABERMAS, Jürgen, *The Structural Transformation of the Public Sphere: An Inquiry into a Category of Bourgeois Society,* 1991, Cambridge, Massachusetts, MIT Press, 1998.

HERRÁEZ, Miguel, ed., *Epistolario de Vicente Blasco Ibáñez-Francisco Sempere, 1901-1917,* Valencia, Generalitat Valenciana, 1999.

HINTERHAUSER, Hans, *Los «Episodios nacionales» de Benito Pérez Galdós,* Madrid, Gredos, 1963.

HOAR, Leo J., Jr., *Benito Pérez Galdós y la «Revista del Movimiento Intelectual de Europa» (Madrid, 1865-1867),* Madrid, Ínsula, 1968.

HOBSBAWM, E. J., *The Age of Capital (1848-1939),* Nueva York, Mentor, 1979.

JAGOE, Catherine, *Gender in the Novels of Galdós, 1870-1915,* Los Ángeles, University of California Press, 1994.

JIMÉNEZ GARCÍA, Antonio, *El krausismo y la Institución Libre de Enseñanza,* Madrid, Cincel, 1987.

JUARISTI, Jon, *El linaje de Aitor: La invención de la tradición vasca,* 1987, Madrid, Taurus, 1998.

KRONIK, John W., «Narraciones interiores en *Fortunata y Jacinta*», *Homenaje a Juan López Morillas,* eds., David A. Kossof y José Amor y Vázquez, Madrid, Castalia, 1982, págs. 275-291.

—, «Lector y narrador», *Creación de una realidad ficticia: Las novelas de Torquemada de Pérez Galdós,* coordinadora Yolanda Arencibia, Madrid, Castalia, 1997, págs. 79-114.

KRONIK, John y Harriet Turner, eds., *Textos y contextos de Galdós,* Madrid, Castalia, 1994.

LABANYI, Jo, *Gender adn Modernization in the Spanish Realist Novel,* Oxford, Oxford University Press, 2000.

LASSALETTA, Manuel C., *Aportaciones al estudio del lenguaje coloquial galdosiano,* Madrid, Ínsula, 1974.

LÓPEZ, Ignacio-Javier, *Caballero de novela, Ensayo sobre el donjuanismo en la novela española moderna, 1880-1930,* Barcelona, Puvill, 1986.

—, *Galdós y el arte de la prosa,* Barcelona, PPU, 1993.

LLORÉNS, Vicente, *Liberales y románticos: Una emigración española en Inglaterra, 1823-1834,* Madrid, Castalia, 1968.

MADARIAGA, Benito, *Benito Pérez Galdós: Biografía santanderina,* Santander, Institución Cultural de Cantabria, 1979.

MENÉNDEZ PELAYO, Marcelino, «Don Benito Pérez Galdós», Discurso de contestación al de don Benito Pérez Galdós en la recepción a la Real Academia Española (7-2-1897), reproducido en *Menéndez Pelayo, Discursos*, ed., José María de Cossío, Madrid, Espasa Calpe, 1956, págs. 69-107.

MESONERO ROMANOS, Ramón de, *El antiguo Madrid,* 1861, Madrid, Asociación de Libreros de Lance de Madrid, 1990.

MIRALLES, Enrique, *Galdós, «Esmeradamente Corregido»,* Barcelona, PPU, 1993.

MILLER, Stephen, *El mundo de Galdós: Teoría, tradición y evolución creativa del pensamiento socioliterario galdosiano,* Santander, Sociedad Menéndez Pelayo, 1983.

MITERRAND, Henri, *Zola et le naturalisme,* París, PUF, 1986.

MONLAU, Pedro Felipe, *Elementos de psicología,* 10ª ed., Imprenta Rivadeneyra, 1871.

MONTESINOS, José F., *Introducción a una historia de la novela en España en el siglo XIX,* Madrid, Castalia, 1955.

— *Galdós,* 3 vols., Madrid, Castalia, 1968-1972.

—, *Costumbrismo y novela: Ensayo sobre el redescubrimiento de la realidad española,* 1960, Madrid, Castalia, 1980.

MORRISSETTE, Bruce, «Narrative You in Contemporary Literature», *Comparative Literature Studies,* 2, 1965, págs. 1-24.

NEUBAUER, John, (1986) *La emancipación de la música: El alejamiento de la mímesis en la estética del siglo XVIII,* Madrid, Visor, 1992.

NIMETZ, Michael, *Humor in Galdós: A Study of the «Novelas contemporáneas»,* New Haven y Londres, Yale University Press, 1968.

NÚÑEZ, Gabriel, *Educación y literatura: Nacimiento y crisis del moderno sistema escolar,* Almería, Zéjel, 1994.

PATIÑO EIRÍN, Cristina, *Poética de la novela en la obra crítica de Emilia Pardo Bazán,* Santiago de Compostela, Universidade de Santiago de Compostela, 1998.

PATTISON, Walter T., *Benito Pérez Galdós and the Creative Process,* Minneapolis, University of Minnesota Press, 1954.

—, *Benito Pérez Galdós,* Boston, Twayne, 1975.

PENAS VARELA, Ermitas, *Macías y Larra: Tratamiento de un tema en el drama y en la novela,* Santiago de Compostela, Universidade de Santiago de Compostela, Servicio de Publicaciones, 1992.

PERCIVAL, Anthony, *Galdós and his Critics,* Toronto, Buffalo y Londres, University of Toronto Press, 1985.

PÉREZ GALDÓS, Benito, «Carlos Dickens», Buenos Aires *La Nación,* 22-VII-1865. Reproducido junto a la introducción en la edición de Arturo Ramoneda de Charles

Dickens, *Aventuras de Pickwick,* Madrid, Júcar, 1989, págs. 25-30.

PÉREZ VIDAL, José, *Galdós, crítico musical,* Madrid-Las Palmas, El Museo Canario, 1952.

—, *Galdós en Canarias (1843-1862),* Las Palmas, El Museo Canario, 1952.

PETIT, Marie Claire, *Les Personnages Féminins dans les Romans de Benito Pérez Galdós,* París,1972.

PIECZARA, Stefan, *Benito Pérez Galdós et l'Espagne de son temps,* 1868-1898, Pozman, 1971.

PLA, Carlos, *et al., El Madrid de Galdós,* Madrid, El Avapiés, 1987.

POZZI, Gabriela, *El lector en la novela del siglo XIX,* Amsterdam, Rodopi, 1990.

REGALADO GARCÍA, Antonio, *Benito Pérez Galdós y la novela histórica española, 1868-1912,* Madrid, Ínsula, 1966.

REIS, Carlos, «Eça de Queiroz y Clarín o la novela como discurso ideológico», *Sin Fronteras: Ensayos de literatura comparada en homenaje a Claudio Guillén,* Madrid, Castalia, 1999, págs. 141-152.

RIBBANS, Geoffrey, *Conflicts and Conciliations: The Evolution of Galdós's Fortunata y Jacinta,* West Lafayette, Urbana, Illinois University Press, 1997.

RICARD, Robert, *Galdós et ses romans,* París, L'Institut d'Études Hispaniques, 1961, 2ª ed., 1969.

—, *Aspects de Galdós,* París, PUF, 1963.

RÍO, Ángel del, *Estudios galdosianos,* Nueva York, Las Américas, 1969.

RODGERS, Eamonn, *From Enlightenment to Realism: the Novels of Galdós, 1870-1887,* Dublín, 1987.

RODRÍGUEZ, Alfredo, *Estudios sobre la novela de Galdós,* Madrid, Porrúa Turanzas, 1978.

RODRÍGUEZ PUÉRTOLAS, Julio, *Galdós, burguesía y revolución,* Madrid, Turner, 1975.

ROMERO TOBAR, Leonardo, «Valera en Italia: Nápoles, Florencia y Turín en cartas inéditas», *Annali dell Istituto Universitario Orientale,* 40, 2, 1998, págs. 339-356.

—, Introducción a *Pepita Jiménez,* Madrid, Cátedra, 1999, págs. 9-91.

SAINZ DE ROBLES, Federico C., *Galdós,* Madrid, Cía. Bibliográfica Española, 1968.

—, *Pérez Galdós. Vida, obra y época,* Madrid, Vassallo de Mumbert, 1970.

SALAS Y QUIROGA, Jacinto de, *Historia de Francia,* I y II, Madrid, Estudio Literario y Tipográfico de P. Madoz y L. Sagasti, 1846.

SÁNCHEZ, Roberto, *El teatro en la novela: Galdós y Clarín,* Madrid, Ínsula, 1974.

SANTALÓ, Joaquín, *The Tragic Import in the Novels of Pérez Galdós,* Madrid, Playor, 1973.

SCANLON, Geraldine M., *La polémica feminista en la España contemporánea,* Madrid, Siglo XXI, 1976.

SCHOPENHAUER, Arthur, *Ensayo sobre las visiones de fantasmas,* 1851, Madrid, Valdemar, 1998.

SCHRAIBMAN, Joseph, *Dreams in the Novels of Galdós,* Nueva York, Hispanic Institute,1960.

SEPÚLVEDA, Enrique, *La vida en Madrid en 1887,* 1988, Madrid, Asociación de Libreros de Lance de Madrid, 1997.

SHOEMAKER, William H., ed., *Crónica de la Quincena,* Princeton, Princeton University Press, 1948.

—, ed., *Los prólogos de Galdós,* Urbana, University of Illinois Press; México, Ediciones de Andrei, 1962.

—, *Estudios sobre Galdós,* Madrid, Castalia, 1970.

—, ed., *Los artículos de Galdós en «La Nación», 1865-1866-1868,* Madrid, Ínsula, 1972.

—, ed., *La crítica literaria de Galdós,* Madrid, Ínsula, 1979.

—, *The Novelistic Art of Galdós,* 2 vols., Valencia, Albatros-Hispanófila, 1980.

—, *God's Role and his Religion in Galdós's Novels, 1876-1888,* Valencia, Albatros-Hispanófila, 1988.

SOTELO VÁZQUEZ, Adolfo, ed., *Galdós, novelista,* por Leopoldo Alas, Barcelona, PPU, 1991.

TRIVIÑO, Gilberto, *B. Pérez Galdós, en la jaula de la epopeya,* Barcelona, Ed. del Mall, 1987.

TRONCOSO, Dolores, ed., *Trafalgar. La corte de Carlos IV,* Barcelona, Crítica, 1995.

TSUCHIYA, Akiko, *Images of the Sign: Semiotic Consciousness in the Novels of Benito Pérez Galdós,* Columbia, Misuri, University of Missouri Press, 1990.

UREY, Diane F., *Galdós and the Irony of Language,* Cambridge, Cambridge University Press, 1982.

VÁZQUEZ, Mary S., ed., *Reaproximación al naturalismo español: Spanish Naturalism Reconsidered, Letras Peninsulares,* 1989, 2, 1, 125 págs.

VILLANUEVA, Darío, *Teorías del realismo literario,* Madrid, Instituto Español-Espasa Calpe, 1992.

YNDURÁIN, Francisco, *Galdós, entre la novela y el folletín,* Madrid, Taurus, 1970.

ZAMBRANO, María, *La España de Galdós,* Madrid, Taurus, 1959.

SOBRE *TRISTANA*

ALAS, Leopoldo, *«Tristana»,* en *Galdós,* Madrid, Renacimiento, 1912.

AMORÓS, Andrés, *«Tristana,* de Galdós a Buñuel», en *Galdós en la pantalla,* ed., Rafael Utrera, Las Palmas, Imprenta de San Nicolás, 1989, págs. 83-96.

ANDERSON, Farris, «Ellipsis and Space in *Tristana*», *Anales galdosianos,* 20, 1985, págs. 61-76.

ANDREU, Alicia, *«Tristana:* El deseo y producción de la escritura», *Romance Languages Annual,* 2, 1990, págs. 305-309.

BIDANKI MEJÍAS, Aitor, «El deseo en *Tristana*», *Anales galdosianos,* 31-32, 1996-1997, págs. 52-63.

BIEDER, Maryellen, «Capitulation: Marrige, Not Freedom: A Study of Emilia Pardo Bazán's *Memorias de un solterón*», *Symposium,* 30, 1976, págs. 93-109.

BORDONS, Teresa, «Releyendo a *Tristana*», *Nueva Revista de Filología Hispánica,* 41, 1993, págs. 471-487.

BUÑUEL, Luis y Julio Alejandro, Guión de *Tristana,* Barcelona, Aymá, 1971.

BURKE, Veronica J., «Castration/Gratification? A Psychoanalytic Reading of *Tristana* as Compared with *Jane Eyre*», *Philological-Review,* 28, 2002, págs. 19-30.

CONDE, Lisa, *Pérez Galdós: Tristana,* Londres, Grant&Cutler, 2000.

—, «The Buñuel Alternative to Galdós's *Tristana*», *Romance Studies,* 18, 2000, págs. 135-144.

ENGLER, Kay, «The Ghostly Lover: The Portrayal of Animus in *Tristana*», *Anales galdosianos,* 12, 1977, págs. 95-109.

FAULKNER, Sally, «Artful Relation: Buñuel's Debt to Galdós in *Nazarín* and *Tristana*», *Hispanic Research Journal: Iberian and Latin American Studies,* 4, 2003, págs. 73-89.

FEAL DEIBE, Carlos, *«Tristana* de Galdós: Capítulo en la historia de la liberación femenina», *Sin Nombre,* 7, 1976, págs, 116-129.

FUENTES, Víctor, «Buñuel y Galdós: Por una visión integral de la realidad», Madrid, *Cuadernos Hispanoamericanos,* 385, 1982, págs. 150-157.

GARCÍA BOLÍVAR, Margarita, *Film Representation of Galdós's Female Character in 'Nazarín' (1962), 'Tristana' (1969), 'Fortunata y Jacinta' (Film: 1969, television series: 1987) and 'El Abuelo' (1998),* Tesis doctoral, Temple University, 2003.

GARCÍA DOMÍNGUEZ, María Jesús, «El proceso creador de *Tristana* de B. Pérez Galdós: Las versiones manuscritas y las versiones impresas», *Philologica Canariensia,* 2-3, 1996-1997, págs. 75-104.

GOLD, Hazel, « Cartas de mujeres y la mediación epistolar en *Tristana»,* *Actas del Cuarto Congreso Internacional de Estudios Galdosianos (1990),* I, Las Palmas, Cabildo Insular de Gran Canaria, 1993, págs. 661-671.

GOLDIN, David, «Calderón, Cervantes, and Irony in *Tristana»,* *Anales galdosianos,* 20, 1985, págs. 97-106.

GOLMAN, Karen, «Those Obscure Objects of Desire in Luis Buñuel's Spanish Films: *Viridiana* and *Tristana»,* *Tinta,* 7, 2003, págs. 55-76.

GULLÓN, Germán, *«Tristana:* literaturización y estructura novelesca», *Hispanic Review,* 45, 1977, págs. 13-27.

GULLÓN, Ricardo, «Introducción», *Tristana,* Madrid, Alianza, págs. I-XX.

LAKDARI, Sadi, «Introducción» a *Tristana,* Madrid, Biblioteca Nueva, 2002, págs. 9-45.

LARA, Fernando, *«Nazarín* y *Tristana,* una traición creativa», *Cuadernos de Literatura Infantil y Juvenil,* 13, 2000, págs. 62-67.

LAMBERT, A. F. «Galdós and Concha Ruth Morell», *Anales galdosianos,* 8, 1973, págs. 33-47.

LÓPEZ, Ignacio-Javier, «The Old Age of William Tell: A Study of Buñuel's *Tristana»,* *Modern Languages Notes,* 116, 2001, págs. 295-314.

MADARIAGA DE LA CAMPA, Benito, «Concepción Morell en la vida y en la obra de Galdós», *Páginas galdosianas,* Santander, Tantín, 2001, págs. 95-109

MARINA, Mayoral, «*Tristana:* ¿una feminista galdosiana?, Madrid, *Ínsula,* 320-321, 1973, pág. 28.

—, «*Tristana* y *Feitas Neiras,* dos versiones de la mujer independiente», *Actas de Galdós. Centenario de Fortunata y Jacinta (1887-1987),* Madrid, Facultad de Ciencias de la Información, Universidad Complutense de Madrid, 1989, págs. 337-344.

MARTÍNEZ CARAZO, Cristina, «*Tristana:* El discurso verbal frente al discurso visual», *Hispania,* 76, 1993, págs. 365-370.

MILLER, Beth, «La *Tristana* feminista de Buñuel, *Diálogos,* 60, 1974, págs. 16-20.

MIRÓ, Emilio, «*Tristana,* o la imposibilidad de ser», Madrid, *Cuadernos Hispanoamericanos,* 250-252, 1971, págs. 505-522.

PARDO BAZÁN, Emilia, «*Tristana*», *Nuevo Teatro Crítico,* II, mayo 1892, págs. 76-90.

PERCIVAL, Anthony, «Personaje, espacio e ideología en *Tristana*», *Actas del Tercer Congreso Internacional de Estudios Galdosianos,* II, Las Palmas, Cabildo Insular de Gran Canaria, 1990, págs. 151-158.

PFEIFFER, Ema, «*Tristana* o el poder creador dela lengua: Preliminares para un análisis multidimensional de la novela», *Anales galdosianos,* 26, 1991, págs. 19-32.

POZZI, Gabriela, «*Tristana* y sus lectores (internos y externos)», en Gilberto Paolini, ed., *La Chispa, Selected Proceedings*, Nueva Orleans, Tulane University, 1989.

RAPHAËL, Suzanne, «Préface», *Tristana,* versión en español y traducción francesa, París, Aubier-Flammarion, 1972

Rodríguez Sánchez, María de los Ángeles, «Aproximación a Concepción Morell: documentos y referencias inéditas», *Actas del Cuarto Congreso Internacional de Estudios Galdosianos* (1990), II, Las Palmas, Cabildo Insular de Gran Canaria, 1993, págs. 509- 525.

Sackett, Theodore, «Creation and Destruction of Personality in *Tristana*: Galdós and Buñuel», *Anales galdosianos,* Anejo, 1976.

Sánchez, Roberto, «Galdós' *Tristana,* Anatomy of a 'Dissapointment'», *Anales galdosianos,* 12, 1977, págs. 111-127.

Sánchez Vidal, Agustín, *Luis Buñuel. Obra cinematográfica,* Madrid, Ediciones J. C. 1984.

Schmidt, Ruth, «*Tristana* and the the Importance of Opportunity», *Anales galdosianos,* 10, 1975, págs. 135-144.

Schnepf, Michael A., «From the *Tristana* Manuscript: Background Information to Galdós's *Realidad*», *Anales galdosianos,* 25, 1990, págs. 91-94.

Sinnigen, John H., «*Tristana:* la tentación del melodrama», *Anales galdosianos,* 1990, págs. 53-58.

Smith, Gilbert, «Galdós's *Tristana,* and Letters from Concha-Ruth Morell», *Anales galdosianos,* 10, 1975, págs. 91-120.

Sobejano, Gonzalo, «Galdós y el vocabulario de los amantes», *Anales galdosianos,* 1, 1966, págs. 85-99. Estudio recogido en *Forma literaria y sensiblidad social,* Madrid, Gredos, 1967.

— «La prosa de Tristana», en Yvan Lissorgues, ed., *Pensamiento y literatura en España en el siglo XIX: Idealismo, positivismo, espiritualismo,* Toulouse, Presses Universitaries de Mirail, 1998.

Tsuchiya, Akiko, «The Struggle fro Autonomy in Galdós's *Tristana, Modern Language Notes,* 104, 1989, págs. 330-350.

TUBERT, Silvia, «*Tristana:* Ley patriarcal y deseo femenino», *Bulletin of Hispanic Studies,* 76, 1999, págs. 231-214.

UTRERA, Rafael, ed., *Galdós en la pantalla,* Las Palmas, Imprenta San Nicolás, 1989.

VALIS, Noël M., «Art, Memory, adn the Human in Galdós' *Tristana*», *Kentucky Romance Quaterly,* 31, 1984, págs. 207-220.

WHISTON, James, «Tradición y modernidad en el pensamiento narrativo de Galdós: el caso de *Tristana*», *Actas del Sexto Congreso Internacional de Estudios Galdosianos,* Las Palmas, Cabildo Insular de Gran Canaria, 1997, págs. 685-698.

ZAMORA, Andrés, «Crónica siniestra de una insurrección poética: *Tristana*», *Revista de Estudios Hispánicos,* 35, 2001, págs. 191-213.

NOTA SOBRE ESTA EDICIÓN

El texto utilizado es el de la primera edición, en el que he corregido las erratas obvias y modernizado la ortografía para ofrecer un texto limpio que no ofrezca obstáculos al lector de hoy. Para elaborar mi texto he utilizado la primera edición, cotejada con, entre otras, la edición de las obras completas de Aguilar; la de Alfaguara de 1969; la bilingue, español y francés, de Suzanne Raphaël; la de Ricardo Gullón en Alianza, y la de Sadi Lakdari de Biblioteca Nueva.

Deseo que las notas a pie de página sirvan de incentivo para encuadrar el texto en un marco cultural de la época abierto, relacionable con el nuestro, en lugar de servir para encerrar la obra en sí misma, en su propia literalidad.

Como en anteriores ediciones, pretendo que el lector de la obra entienda que el significado de la misma no permanece invariable con el paso del tiempo. En otras ediciones he aportado variantes conservadas de finales, como en *Doña Perfecta* (Espasa Calpe, Colección Austral, núm. 544), para certificar que incluso el mismo autor cambia la versión de los hechos con el paso del tiempo. En el caso presente, incluyo unas citas del guión de película basada en la novela, que fue dirigida por Luis Buñuel, para permitir al lector hacer una lectura viva de la obra, como hizo el gran cinesta aragonés.

TRISTANA

I

En el populoso barrio de Chamberí, más cerca del Depósito de Aguas que de Cuatro Caminos[1], vivía, no ha muchos años, un hidalgo de buena estampa y nombre peregrino; no aposentado en casa solariega, pues por allí no las
hubo nunca, sino en plebeyo cuarto de alquiler de los bara-
titos, con ruidoso vecindario de taberna, merendero, cabrería y estrecho patio interior de habitaciones numeradas. La
primera vez que tuve conocimiento de tal personaje y pude
observar su catadura militar de antiguo cuño, algo así como
una reminiscencia pictórica de los tercios viejos de Flandes, dijéronme que se llamaba *don Lope de Sosa*[2], nombre

[1]   *Chamberí:* barrio de Madrid, donde a finales del XIX se hallaban
los límites de la ciudad. Los depósitos de agua del Canal de Isabel II se
encuentran al norte mismo del actual distrito de Chamberí, un poco al
sur de la glorieta de Cuatro Caminos. Fuera de algunas alusiones de pasada, Madrid casi no desempeña papel alguno en la obra, omnipresente
en el resto de su narrativa.
[2]   *don Lope de Sosa:* Galdós en los comienzos quijotescos del libro
acumula diversas nominaciones literarias sobre el nombre y apellidos
del protagonista masculino de la obra. Enseguida sabremos que se llama
en el siglo Juan López Garrido. El Juan se lo puso el autor para aludir al
Don Juan Tenorio de José Zorrilla, el apellido López para rebajar las alturas e ideales donjuanescos. Añade el Garrido para indicar que tenía

que trasciende al polvo de los teatros o a romance de los
que traen los librillos de retórica; y, en efecto, nombrábanle
así algunos amigos maleantes; pero él respondía por don
Lope Garrido. Andando el tiempo, supe que la partida de
bautismo rezaba *don Juan López Garrido,* resultando que
aquel sonoro *don Lope* era composición del caballero,
como un precioso afeite aplicado a embellecer la personalidad; y tan bien caía en su cara enjuta, de líneas firmes y nobles, tan buen acomodo hacía el nombre con la espigada
tiesura del cuerpo, con la nariz de caballete, con su despe-
jada frente y sus ojos vivísimos, con el mostacho entrecano
y la perilla corta, tiesa y provocativa, que el sujeto no se
podía llamar de otra manera. O había que matarle o decirle
don Lope.

La edad del buen hidalgo, según la cuenta que hacía
cuando de esto se trataba, era una cifra tan imposible de
averiguar como la hora de un reloj descompuesto, cuyas
manecillas se obstinaran en no moverse. Se había plantado
en los cuarenta y nueve, como si el terror instintivo de los
cincuenta le detuviese en aquel temido lindero del medio
siglo; pero ni Dios mismo, con todo su poder, le podía quitar los cincuenta y siete, que no por bien conservados eran
menos efectivos. Vestía con toda la pulcritud y esmero que
su corta hacienda le permitía, siempre de chistera bien plan-
chada, buena capa en invierno, en todo tiempo guantes obscuros, elegante bastón en verano y trajes más propios de la

---

cierto encanto personal y atractivo. El don Lope de Sosa, nombre de tim-
bre caballeresco lo sacó del poema «La cena jocosa», de Baltasar del Al-
cázar (1530-1606), y resulta el correlato ideal del López Garrido para
presentar a un ser de ficción que es un hombre maduro empeñado en
aparecer como un conquistador de mujeres jóvenes. En el fondo resulta
ser una persona llena de contradicciones, generosa en exceso y, a la vez,
sumamente egoísta.

edad verde que de la madura. Fue don Lope Garrido, dicho
sea para hacer boca, gran estratégico en lides de amor, y se
preciaba de haber asaltado más torres de virtud y rendido
más plazas de honestidad que pelos tenía en la cabeza. Ya
gastado y para poco, no podía desmentir la pícara afición, y
siempre que tropezaba con mujeres bonitas, o aunque no
fueran bonitas, se ponía en facha, y sin mala intención les
dirigía miradas expresivas, que más tenían en verdad de paternales que de maliciosas, como si con ellas dijera: «¡De
buena habéis escapado, pobrecitas! Agradeced a Dios el no
haber nacido veinte años antes. Precaveos contra los que
hoy sean lo que yo fui, aunque, si me apuran, me atreveré a
decir que no hay en estos tiempos quien me iguale. Ya no
salen jóvenes, ni menos galanes, ni hombres que sepan su
obligación al lado de una buena moza».

Sin ninguna ocupación profesional, el buen don Lope,
que había gozado en mejores tiempos de una regular fortuna, y no poseía ya más que un usufructo en la provincia
de Toledo, cobrado a tirones y con mermas lastimosas, se
pasaba la vida en ociosas y placenteras tertulias de casino,
consagrando también metódicamente algunos ratos a visitas de amigos, a trincas de café y a otros centros, o más bien
rincones, de esparcimiento, que no hay para qué nombrar
ahora. Vivía en lugar tan excéntrico por la sola razón de la
baratura de las casas, que aun con la gabela del tranvía, salen por muy poco en aquella zona, amén del despejo, de la
ventilación y de los horizontes risueños que allí se disfru-
tan. No era ya Garrido trasnochador; se ponía en planta a
punto de las ocho, y en afeitarse y acicalarse, pues cuidaba de
su persona con esmero y lentitudes de hombre de mundo,
se pasaban dos horitas. A la calle hasta la una, hora infalible del almuerzo frugal. Después de éste, calle otra vez,
hasta la comida, entre siete y ocho, no menos sobria que el

almuerzo, algunos días con escaseces no bien disimuladas por las artes de cocina más elementales. Lo que principalmente debe hacerse constar es que si don Lope era todo afabilidad y cortesía fuera de casa y en las tertulias cafeteriles o casinescas a que concurría, en su domicilio sabía hermanar las palabras atentas y familiares con la autoridad de amo indiscutible.

Con él vivían dos mujeres, criada la una, señorita en el nombre la otra, confundiéndose ambas en la cocina y en los rudos menesteres de la casa, sin distinción de jerarquías, con perfecto y fraternal compañerismo, determinado más bien por la humillación de la señora que por ínfulas de la criada. Llamábase ésta Saturna, alta y seca, de ojos negros, un poco hombruna, y por su viudez reciente vestía de luto riguroso. Habiendo perdido a su marido, albañil que se cayó del andamio en las obras del Banco [3], pudo colocar a su hijo en el Hospicio, y se puso a servir, tocándole para estreno la casa de don Lope, que no era ciertamente una provincia de los reinos de Jauja. La otra, que a ciertas horas tomaríais por sirvienta y a otras no, pues se sentaba a la mesa del señor y le tuteaba con familiar llaneza, era joven, bonitilla, esbelta, de una blancura casi inverosímil de puro alabastrina; las mejillas sin color, los negros ojos más notables por lo vivarachos y luminosos que por lo grandes; las cejas increíbles, como indicadas en arco con la punta de finísimo pincel; pequeñuela y roja la boquirrita, de labios un tanto gruesos, orondos, reventando de sangre, cual si contuvieran toda la que en el rostro faltaba; los dientes, menudos, pedacitos de cuajado cristal; castaño el cabello y no muy co-

---

[3]   *Banco:* se refiere a las obras del actual Banco de España, que duraron de 1884 a 1890. Recuérdese que el tiempo de la novela comienza hacia 1886.

pioso, brillante como torzales⁴ de seda y recogido con gracioso revoltijo en la coronilla. Pero lo más característico en tan singular criatura era que parecía toda ella un puro armiño y el espíritu de la pulcritud, pues ni aun rebajándose a las más groseras faenas domésticas se manchaba. Sus manos, de una forma perfecta, ¡qué manos!, tenían misteriosa virtud, como su cuerpo y ropa, para poder decir a las capas inferiores del mundo físico: *la vostra miseria non mi tange*⁵. Llevaba en toda su persona la impresión de un aseo intrínseco, elemental, superior y anterior a cualquier contacto de cosa desaseada o impura. De trapillo, zorro en mano, el polvo y la basura la respetaban; y cuando se acicalaba y se ponía su bata morada con rosetones blancos, el moño arribita, traspasado con horquillas de dorada cabeza, resultaba una fiel imagen de dama japonesa de alto copete. ¿Pero qué más, si toda ella parecía de papel, de ese papel plástico, caliente y vivo en que aquellos inspirados orientales representan lo divino y lo humano, lo cómico tirando a grave, y lo grave que hace reír? De papel nítido era su rostro blanco mate, de papel su vestido, de papel sus finísimas, torneadas, incomparables manos.

Falta explicar el parentesco de Tristana, que por este nombre respondía la mozuela bonita, con el gran don Lope, jefe y señor de aquel cotarro, al cual no será justo dar el nombre de familia. En el vecindario, y entre las contadas personas que allí recalaban de visita, o por fisgonear, versiones había para todos los gustos. Por temporadas dominaban estas o las otras opiniones sobre punto tan importante; en un lapso

---

⁴ *torzales:* hilos compuestos de varias hebras.
⁵ *la vostra miseria non mi tange:* vuestra miseria no me afecta. Cita de *La divina comedia* (1307-1321), *Infierno,* Canto II, v. 92, del poeta italiano Dante Alighieri (1261-1321).

de dos o tres meses se creyó como el Evangelio que la señorita era sobrina del señorón. Apuntó pronto, generalizándose con rapidez, la tendencia a conceptuarla hija, y orejas hubo en la vecindad que la oyeron decir *papá,* como las muñecas que hablan. Sopló un nuevo vientecillo de opinión, y ya la tenéis legítima y auténtica señora de Garrido. Pasado algún tiempo, ni rastros quedaban de estas vanas conjeturas, y Tristana, en opinión del vulgo circunvecino, no era hija, ni sobrina, ni esposa, ni nada del gran don Lope; no era nada y lo era todo, pues le pertenecía como una petaca, un mueble o una prenda de ropa, sin que nadie se la pudiera disputar; ¡y ella parecía tan resignada a ser petaca, y siempre petaca...!

II

Resignada en absoluto no, porque más de una vez, en aquel año que precedió a lo que se va a referir, la linda figurilla de papel sacaba los pies del plato, queriendo demostrar carácter y conciencia de persona libre. Ejercía sobre ella su dueño un despotismo que podremos llamar seductor, imponiéndole su voluntad con firmeza endulzada, a veces con mimos o carantoñas, y destruyendo en ella toda iniciativa que no fuera de cosas accesorias y sin importancia. Veintiún años contaba la joven cuando los anhelos de independencia despertaron en ella con las reflexiones que embargaban su mente acerca de la extrañísima situación social en que vivía. Aún conservaba procederes y hábitos de chiquilla cuando tal situación comenzó; sus ojos no sabían mirar al porvenir, y si lo miraban, no veían nada. Pero un día se fijó en la sombra que el presente proyectaba hacia los espacios futuros, y aquella imagen suya estirada por la distancia, con tan disforme y quebrada silueta, entretuvo largo

tiempo su atención, sugiriéndole pensamientos mil que la
mortificaban y confundían.

Para la fácil inteligencia de estas inquietudes de Tristana,
conviene hacer toda la luz posible en torno del don Lope,
para que no se le tenga por mejor ni por más malo de lo que
era realmente. Presumía este sujeto de practicar en toda su
pureza dogmática la caballerosidad, o caballería, que bien
podemos llamar sedentaria en contraposición a la idea de
andante o correntona; mas interpretaba las leyes de aquella
religión con criterio excesivamente libre, y de todo ello resultaba una moral compleja, que no por ser suya dejaba de
ser común, fruto abundante del tiempo en que vivimos; moral que, aunque parecía de su cosecha, era en rigor concre-
ción en su mente de las ideas flotantes en la atmósfera me-
tafísica de su época, cual las invisibles bacterias en la
atmósfera física. La caballerosidad de don Lope, como fenómeno externo, bien a la vista estaba de todo el mundo:
jamás tomó nada que no fuera suyo, y en cuestiones de
intereses llevaba su delicadeza a extremos quijotescos. Sor-
teaba su penuria con gallardía, y la cubría con dignidad,
dando pruebas frecuentes de abnegación, y condenando el
apetito de cosas materiales con acentos de entereza estoica.
Para él, en ningún caso dejaba de ser vil el metal acuñado,
ni la alegría que el cobrarlo produce le redime del desprecio de toda persona bien nacida. La facilidad con que de
sus manos salía, indicaba el tal desprecio mejor que las retóricas con que vituperaba lo que a su juicio era motivo de
corrupción, y causa de que en la sociedad presente fueran
cada día más escasas las cosechas de caballeros. Respecto a
decoro personal, era tan nimio y de tan quebradiza suscep-
tibilidad, que no toleraba el agravio más insignificante ni
ambigüedades de palabra que pudieran llevar en sí sombra
de desconsideración. Lances mil tuvo en su vida, y de tal

modo mantenía los fueros de la dignidad, que llegó a ser código viviente para querellas de honor, y, ya se sabía, en todos los casos dudosos del intrincado fuero duelístico era consultado el gran don Lope, que opinaba y sentenciaba con énfasis sacerdotal, como si se tratara de un punto teológico o filosófico de la mayor transcendencia.

El punto de honor era, pues, para Garrido, la cifra y compendio de toda la ciencia del vivir, y ésta se completaba con diferentes negaciones. Si su desinterés podía considerarse como virtud, no lo era ciertamente su desprecio del estado y de la justicia, como organismos humanos. La curia le repugnaba; los ínfimos empleados del fisco, interpuestos entre las instituciones y el contribuyente con la mano extendida, teníalos por chusma digna de remar en galeras. Deploraba que en nuestra edad de más papel que hierro y de tantas fórmulas hueras, no llevasen los caballeros espada para dar cuenta de tanto gandul impertinente. La sociedad, a su parecer, había creado diversos mecanismos con el solo objeto de mantener holgazanes, y de perseguir y desvalijar a la gente hidalga y bien nacida.

Con tales ideas, a don Lope le resultaban muy simpáticos los contrabandistas y matuteros, y si hubiera podido habría salido a su defensa en un aprieto grave. Detestaba la policía encubierta o uniformada, y cubría de baldón a los carabineros y vigilantes de consumos, así como a los pasmarotes que llaman de Orden público, y que, a su parecer, jamás protegen al débil contra el fuerte. Transigía con la Guardia Civil, aunque él, ¡qué demonio!, la hubiera organizado de otra manera, con facultades procesales y ejecutivas, como verdadera religión de caballería justiciera en caminos y despoblados. Sobre el ejército, las ideas de don Lope picaban en extravagancia. Tal como lo conocía, no era más que un instrumento político, costoso y tonto por añadidura, y él opinaba que se le diera una organización religiosa y militar, como las antiguas órdenes de caballería, con base popular, servicio obligatorio, jefes hereditarios, vinculación del generalato, y, en fin, un sistema tan complejo y enrevesado que ni él mismo lo entendía. Respecto a la Iglesia, teníala por una broma pesada, que los pasados siglos vienen dando a los presentes, y que éstos aguantan por timidez y cortedad de genio. Y no se crea que era irreligioso: al contrario, su fe superaba a la de muchos que hociquean ante los altares y andan siempre entre curas. A éstos no los podía ver ni escritos el ingenioso don Lope, porque no encontraba sitio para ellos en el sistema pseudo-caballeresco que su desocupado magín se había forjado, y solía decir: «Los verdaderos sacerdotes somos nosotros, los que regulamos el honor y la moral, los que combatimos en pro del inocente, los enemigos de la maldad, de la hipocresía, de la injusticia... y del vil metal».

Casos había en la vida de este sujeto que le enaltecían en sumo grado, y si algún ocioso escribiera su historia, aquellos resplandores de generosidad y abnegación harían olvidar, hasta cierto punto, las obscuridades de su carácter y su conducta. De ellos debe hablarse, como antecedentes o causas que son de lo que luego se referirá. Siempre fue don Lope muy amigo de sus amigos, y hombre que se despepitaba por auxiliar a las personas queridas que se veían en algún compromiso grave. Servicial hasta el heroísmo, no ponía límites a sus generosos arranques. Su caballería llegaba en esto hasta la vanidad; y como toda vanidad se paga, como el lujo de los buenos sentimientos es el más dispendioso que se conoce, Garrido sufrió considerables quebrantos en su fortuna. Su muletilla familiar de *dar la camisa por un amigo* no era una simple afectación retórica. Si no la camisa, varias veces dio la mitad de la capa como San Martín; y últimamente, la prenda de ropa más útil, como más próxima a la carne, había llegado a correr peligro.

Un amigo de la infancia, a quien amaba entrañablemente, de nombre don Antonio Reluz, compinche de caballerías más o menos correctas, puso a prueba el furor altruista, que no otra cosa era, del buen don Lope. Reluz, al casarse por amor con una joven distinguidísima, apartose de las ideas y prácticas caballerescas de su amigo, calculando que no constituían oficio ni daban de comer, y se dedicó a manejar en buenos negocios el capitalillo de su esposa. No le fue mal en los primeros años. Metiose en la compra y venta de cebada, en contratas de abastecimientos militares y otros honrados tráficos, que Garrido miraba con altivo desprecio. Hacia 1880, cuando ambos habían pasado la línea de los cincuenta, la estrella de Reluz se eclipsó de súbito, y no puso la mano en negocio que no resultara de perros. Un socio de mala fe, un amigo pérfido acabaron de perderle, y el batacazo fue de los más gordos, hallándose de la noche a la mañana sin blanca, deshonrado y por añadidura preso... «¿Lo ves? —le decía a su amigote—, ¿te convences ahora de que ni tú ni yo servimos para mercachifles? Te lo advertí cuando empezaste, y no quisiste hacerme caso. No pertenecemos a nuestra época, querido Antonio; somos demasiado decentes para andar en estos enjuagues, que allá se quedan para la patulea del siglo». Como consuelo, no era de los más eficaces. Reluz le oía sin pestañear ni responderle nada, discurriendo cómo y cuándo se pegaría el tirito con que pensaba poner fin a su horrible sufrimiento.

Pero Garrido no se hizo esperar, y al punto salió con el supremo recurso de la camisa. «Por salvar tu honra soy yo capaz de dar la... En fin, ya sabes que es obligación, no favor, pues somos amigos de veras, y lo que yo hago por ti, lo harías tú por mí.» Aunque los descubiertos que ponían por los suelos el nombre comercial de Reluz no eran el oro y el moro, pesaban lo bastante para resquebrajar el edificio no muy seguro de la fortunilla de don Lope; el cual, encastillado en su dogma altruista, hizo la hombrada gorda, y después de liquidar una casita que conservaba en Toledo, se desprendió de su colección de cuadros antiguos, si no de primera, bastante apreciable por los afanes y placeres sin cuento que representaba. «No te apures —decía a su triste amigo—. Pecho a la desgracia, y no des a esto el valor de un acto extraordinariamente meritorio. En estos tiempos putrefactos se estima como virtud lo que es deber de los más elementales. Lo que se tiene, se tiene, fíjate bien, en tanto que otro no lo necesita. Ésta es la ley de las relaciones entre los humanos, y lo demás es fruto del egoísmo y de la metalización de las costumbres. El dinero no deja de ser vil sino cuando se ofrece a quien tiene la desgracia de necesitarlo. Yo no tengo hijos. Toma lo que poseo; que un pedazo de pan no ha de faltarnos.»

Que Reluz oía estas cosas con emoción profunda, no hay para qué decirlo. Cierto que no se pegó el tiro ni había para qué; mas lo mismo fue salir de la cárcel y meterse en su casa, que pillar una calentura maligna que lo despachó en siete días. Debió de ser de la fuerza del agradecimiento y de las emociones terribles de aquella temporada. Dejó una viudita inconsolable, que por más que se empeñó en seguirle a la tumba por *muerte natural,* no pudo lograrlo, y una hija de diecinueve abriles, llamada Tristana.

III

La viuda de Reluz había sido linda antes de los disgustos y trapisondas de los últimos tiempos. Pero su envejecer no fue tan rápido y patente que le quitara a don Lope las ganas de cortejarla, pues si el código caballeresco de éste le prohibía galantear a la mujer de un amigo vivo, la muerte del amigo le dejaba en franquía para cumplir a su antojo la ley de amar. Estaba de Dios, no obstante, que por aquella vez no le saliera bien la cuenta, pues a las primeras chinitas que a la inconsolable tiró, hubo de observar que no contestaba con buen acuerdo a nada de lo que se le decía, que aquel cerebro no funcionaba como Dios manda, y, en suma, que a la pobre Josefina Solís le faltaban casi todas las clavijas que regulan el pensar discreto y el obrar acertado. Dos manías, entre otras mil, principalmente la trastornaban: la manía de mudarse de casa y la del aseo. Cada semana, o cada mes por lo menos, avisaba los carros de mudanzas, que aquel año hicieron buen agosto paseándole los trastos por cuantas calles y rondas hay en Madrid. Todas las casas eran magníficas el día de la mudanza, y detestables, inhospitalarias, horribles ocho días después. En ésta se helaba de frío, en aquélla se achicharraba; en una había vecinas escandalosas, en otra ratones desvergonzados, en todas nostalgia de otra vivienda, del carro de mudanza, ansia infinita de lo desconocido.

Quiso don Lope poner mano en este costoso delirio; pero pronto se convenció de que era imposible. El tiempo corto que mediaba entre mudanza y mudanza empleábalo Josefina en lavar y fregotear cuanto cogía por delante, movida de escrúpulos nerviosos y de ascos hondísimos, más potentes que una fuerte impulsión instintiva. No daba la mano a nadie, temerosa de que le pegasen herpetismo o pústulas repugnantes. No comía más que huevos, después de lavarles el cascarón, y recelosa siempre de que la gallina que los puso hubiera picoteado en cosas impuras. Una mosca la ponía fuera de sí. Despedía las criadas cada lunes y cada martes por cualquier inocente contravención de sus extrava-

gantes métodos de limpieza. No le bastaba con deslucir los
muebles a fuerza de agua y estropajo; lavaba también las
alfombras, los colchones de muelles, y hasta el piano, por
dentro y por fuera. Rodeábase de desinfectantes y antisépticos, y hasta en la comida se advertían tufos de alcanfor.
Con decir que lavaba los relojes está dicho todo. A su hija
la zambullía en el baño tres veces al día, y el gato huyó bu-
fando de la casa, por no hallarse con fuerzas para soportar
los chapuzones que su ama le imponía.

Con toda el alma lamentaba don Lope la liquidación cerebral de su amiga, y echaba de menos a la simpática Josefina
de otros tiempos, dama de trato muy agradable, bastante ins-
truida y hasta con ciertas puntas y ribetes de literata de
buena ley. A cencerros tapados compuso algunos versitos,
que sólo mostraba a los amigos de confianza, y juzgaba con
buen criterio de toda la literatura y literatos contemporáneos. Por temperamento, por educación y por atavismo,
pues tuvo dos tíos académicos, y otro que fue emigrado en
Londres con el duque de Rivas y Alcalá Galiano[6], detestaba
las modernas tendencias realistas; adoraba el ideal y la frase
noble y decorosa. Creía firmemente que en el gusto hay aristocracia y pueblo, y no vacilaba en asignarse un lugar de los
más obscuros entre los próceres de las letras. Adoraba el teatro antiguo, y se sabía de memoria largos parlamentos de

---

[6]   *Duque de Rivas* y *Antonio Alcalá Galiano:* escritores relacionados
con el romanticismo. Ángel Saavedra, duque de Rivas (1791-1865), diplo-
mático, poeta y autor teatral, ha pasado a la historia literaria por ser el ini-
ciador del drama romántico, gracias a su obra *Don Álvaro o la fuerza del
sino* (1835). Antonio Alcalá Galiano (1789-1865) fue el crítico más importante de su momento, porque identificó el romanticismo como un movimiento de su tiempo, no como una variante histórica de un movimiento
pre-existente. Al igual que el duque de Rivas hubo de emigrar a Inglaterra
por varios años, debido a sus ideas liberales.

Don Gil de las calzas verdes, de *La verdad sospechosa* y de *El mágico prodigioso* [7]. Tuvo un hijo, muerto a los doce años, a quien puso el nombre de Lisardo, como si fuera de la casta de Tirso o Moreto. Su niña debía el nombre de Tristana a la pasión por aquel arte caballeresco y noble, que creó una sociedad ideal para servir constantemente de norma y ejemplo a nuestras realidades groseras y vulgares.

Pues todos aquellos refinados gustos que la embellecían, añadiendo encantos mil a sus gracias naturales, desaparecieron sin dejar rastro en ella. Con la insana manía de las mudanzas y del aseo, Josefina olvidó toda su edad pasada. Su memoria, como espejo que ha perdido el azogue, no conservaba ni una idea, ni un nombre, ni una frase de todo aquel mundo ficticio que tanto amó. Un día quiso don Lope despertar los recuerdos de la infeliz señora, y vio la estupidez pintada en su rostro, como si le hablaran de una existencia anterior a la presente. No comprendía nada, no se acordaba de cosa alguna, ignoraba quién podría ser don Pedro Calderón, y al pronto creyó que era algún casero o el dueño de los carros de mudanzas. Otro día la sorprendió lavando las zapatillas, y a su lado tenía, puestos a secar, los álbums de retratos. Tristana contemplaba, conteniendo sus lágrimas, aquel cuadro de desolación, y con expresivos ojos suplicaba al amigo de la casa que no contrariase a la pobre enferma. Lo peor era que el buen caballero soportaba con

---

[7]   *Don Gil de las calzas verdes, La verdad sospechosa, El mágico prodigioso:* comedias del siglo de oro de Tirso de Molina (¿1581?-1648), Juan Ruiz de Alarcón (1581-1539) y de Pedro Calderón de la Barca (1600-1681), respectivamente. Tirso es conocido también como autor de *El burlador de Sevilla,* la fuente del mito universal del don Juan. El *Don Gil* es una divertida comedia de capa y espada. Agustín Moreto (1618-1669), que viene mencionado a continuación, fue otro autor de comedias reconocido en su tiempo.

resignación los gastos de aquella familia sin ventura, los cuales, con el sin fin de mudanzas, el frecuente romper de loza y deterioro de muebles, iban subiendo hasta las nubes. Aquel diluvio con jabón los ahogaba a todos. Por fortuna, en uno de los cambios de domicilio, ya fuese por haber caído en casa nueva, cuyas paredes chorreaban de humedad, ya porque Josefina usó zapatos recién sometidos a su sistema de saneamiento, llegó la hora de rendir a Dios el alma. Una fiebre reumática que la entró a saco, espada en mano, acabó sus tristes días. Pero la más negra fue que, para pagar médico, botica y entierro, amén de las cuentas de perfumería y comestibles, tuvo don Lope que dar otro tiento a su esquilmado caudal, sacrificando aquella parte de sus bienes que más amaba, su colección de armas antiguas y modernas, reunida con tantísimo afán y con íntimos goces de rebuscador inteligente. Mosquetes raros y arcabuces roñosos, pistolas, alabardas, espingardas de moros y rifles de cristianos, espadas de cazoleta, y también petos y espaldares que adornaban la sala del caballero entre mil vistosos arreos de guerra y caza, formando el conjunto más noble y austero que imaginarse puede, pasaron a precio vil a manos de mercachifles. Cuando don Lope vio salir su precioso arsenal, quedose atribulado y suspenso, aunque su grande ánimo supo aherrojar la congoja que del fondo del pecho le brotaba, y poner en su rostro la máscara de una estoica y digna serenidad. Ya no le quedaba más que su colección de retratos de hembras hermosas, en los cuales había desde la miniatura delicada hasta la fotografía moderna en que la verdad suple al arte[8], museo que era

---

[8]   *arte:* esta frase sobre la fotografía y el arte es importante en la evaluación de la obra galdosiana, porque sus méritos artísticos fueron cuestionados, entre otros por Marcelino Menéndez Pelayo, su amigo, por supuestas influencias de la fotografía.

para su historia de amorosas lides como la de cañones y banderas que en otro orden pregonan las grandezas de un reinado glorioso. Ya no le restaba más que esto, algunas imágenes elocuentes, aunque mudas, que significaban mucho como trofeo, bien poco, ¡ay!, como especie representativa de vil metal.

En la hora de morir, Josefina recobró, como suele suceder, parte del seso que había perdido, y con el seso le revivió momentáneamente su ser pasado, reconociendo, cual don Quijote moribundo, los disparates de la época de su viudez y abominando de ellos. Volvió sus ojos a Dios, y aún tuvo tiempo de volverlos también a don Lope, que presente estaba, y le encomendó a su hija huérfana, poniéndola bajo su amparo, y el noble caballero aceptó el encargo con efusión, prometiendo lo que en tan solemnes casos es de rúbrica. Total: que la viuda de Reluz cerró la pestaña, mejorando con su pase a mejor vida la de las personas que acá gemían bajo el despotismo de sus mudanzas y lavatorios; que Tristana se fue a vivir con don Lope, y que éste... (hay que decirlo, por duro y lastimoso que sea) a los dos meses de llevársela aumentó con ella la lista ya larguísima de sus batallas ganadas a la inocencia [9].

IV

La conciencia del guerrero de amor arrojaba de sí, como se ha visto, esplendores de astro incandescente; pero también dejaba ver en ocasiones arideces horribles de astro

---

[9]   *la inocencia:* el narrador utiliza la perspectiva varonista de don Lope para considerar a la mujer como un trofeo, dejando de lado los deseos y la sexualidad, quizá insatisfecha, de Tristana. Éste es un aspecto del tratamiento de la mujer que queda sin tratar en la obra: el derecho de la mujer a buscar su propia satisfacción sexual.

apagado y muerto. Era que al sentido moral del buen caballero le faltaba una pieza importante, cual órgano que ha
sufrido una mutilación y sólo funciona con limitaciones o
paradas deplorables. Era que don Lope, por añejo dogma
de su caballería sedentaria, no admitía crimen ni falta ni
responsabilidad en cuestiones de faldas. Fuera del caso de
cortejar a la dama, esposa o manceba de un amigo íntimo,
en amor todo lo tenía por lícito. Los hombres como él, hi-
jitos mimados de Adán, habían recibido del cielo una tá-
cita bula que los dispensaba de toda moral, antes policía
del vulgo que ley de caballeros. Su conciencia, tan sensible en otros puntos, en aquél era más dura y más muerta
que un guijarro, con la diferencia de que éste, herido por
la llanta de una carreta, suele despedir alguna chispa, y la
conciencia de don Lope, en casos de amor, aunque la ma-
chacaran las herraduras del caballo de Santiago, no echaba
lumbres.

Profesaba los principios más erróneos y disolventes, y
los reforzaba con apreciaciones históricas, en las cuales lo
ingenioso no quitaba lo sacrílego. Sostenía que en las relaciones de hombre y mujer no hay más ley que la anarquía,
si la anarquía es ley; que el soberano amor no debe suje-
tarse más que a su propio canon intrínseco, y que las limitaciones externas de su soberanía no sirven más que para des-
medrar la raza, para empobrecer el caudal sanguíneo de la
humanidad. Decía, no sin gracia, que los artículos del De-
cálogo que tratan de toda la *pecata minuta,* fueron un pe-
gote añadido por Moisés a la obra de Dios, obedeciendo a
razones puramente políticas; que estas razones de Estado
continuaron influyendo en las edades sucesivas, haciendo
necesaria la policía de las pasiones; pero que con el curso
de la civilización perdieron su fuerza lógica, y sólo a la rutina y a la pereza humanas se debe que aún subsistan los

efectos después de haber desaparecido las causas. La derogación de aquellos trasnochados artículos se impone, y los legisladores deben poner la mano en ella sin andarse en chiquitas. Bien demuestra esta necesidad la sociedad misma, derogando de hecho lo que sus directores se empeñan en conservar contra el empuje de las costumbres y las realidades del vivir. ¡Ah!, si el buenazo de Moisés levantara la cabeza, él y no otro corregiría su obra, reconociendo que hay tiempos de tiempos.

Inútil parece advertir que cuantos conocían a Garrido, incluso el que esto escribe [10], abominaban y abominaban de tales ideas, deplorando con toda el alma que la conducta del insensato caballero fuese una fiel aplicación de sus perversas doctrinas. Debe añadirse que a cuantos estimamos en lo que valen los grandes principios sobre que se asienta, *etcétera, etcétera...* se nos ponen los pelos de punta sólo de pensar cómo andaría la máquina social si a sus esclarecidas manipulantes les diese la ventolera de apadrinar los disparates de don Lope, y derogaran los articulitos o mandamientos cuya inutilidad éste de palabra y obra proclamaba. Si no hubiera infierno, sólo para don Lope habría que crear uno, a fin de que en él eternamente purgase sus burlas de la moral, y sirviese de perenne escarmiento a los muchos que, sin declararse sectarios suyos, vienen a serlo de hecho en toda la redondez de esta tierra pecadora.

Contento estaba el caballero de su adquisición, porque la chica era linda, despabiladilla, de graciosos ademanes, fresca tez y seductora charla. «Dígase lo que se quiera —ar-

---

[10] *el que esto escribe:* el narrador se incluye en el texto para asegurar al lector que no comparte las ideas de don Lope. La realidad (el autor) figura así en el texto ficticio, contradiciendo al personaje (inventado).

güía para su capote [11], recordando sus sacrificios por sostener a la madre y salvar de la deshonra al papá—, bien me la
he ganado. ¿No me pidió Josefina que la amparase? Pues
más amparo no cabe. Bien defendida la tengo de todo peligro; que ahora nadie se atreverá a tocarla el pelo de la
ropa.» En los primeros tiempos, guardaba el galán su tesoro
con precauciones exquisitas y sagaces; temía rebeldías de
la niña, sobresaltado por la diferencia de edad, mayor sin
duda de lo que el interno canon de amor dispone. Temores
y desconfianzas le asaltaban; casi casi sentía en la conciencia algo como un cosquilleo tímido, precursor de remordi-
miento. Pero esto duraba poco, y el caballero recobraba su
bravía entereza. Por fin, la acción devastadora del tiempo
amortiguó su entusiasmo hasta suavizar los rigores de su
inquieta vigilancia y llegar a una situación semejante a la
de los matrimonios que han agotado el capitalazo de las ternezas, y empiezan a gastar con prudente economía la ren-
tita del afecto reposado y un tanto desabrido. Conviene advertir que ni por un momento se le ocurrió al caballero
desposarse con su víctima, pues aborrecía el matrimonio;
teníalo por la más espantosa fórmula de esclavitud que

---

[11]   *argüía para su capote:* señalo este ejemplo de monólogo interior
para apuntar a la variedad de canales narrativos utilizados por Galdós.
Además del juego realidad-ficción apuntado en la nota anterior, el autor
cuenta usando varios registros. El narrador, además de desempeñar la facultad primaria de su cometido, la descriptiva, utilizada para situar a los
personajes en la escena y moverlos según las necesidades del argumento,
varía la distancia que mantiene hacia los personajes a cada momento.
Unas veces lo sabe todo, les puede leer los pensamientos como en el
caso presente, otros se declara ignorante de sus intenciones. Otras técnicas narrativas incluyen el uso del dialogo entre los personajes, del monólogo interior, la representación de lo que los personajes piensan para sí
mismos, y el uso del estilo indirecto, para trascribir lo escuchado a los
personajes.

idearon los poderes de la tierra para meter en un puño a la pobrecita humanidad.

Tristana aceptó aquella manera de vivir casi sin darse cuenta de su gravedad. Su propia inocencia, al paso que le sugería tímidamente medios defensivos que emplear no supo, le vendaba los ojos, y sólo el tiempo y la continuidad metódica de su deshonra le dieron luz para medir y apreciar su situación triste. La perjudicó grandemente su descuidada educación, y acabaron de perderla las hechicerías y artimañas que sabía emplear el tuno de don Lope, quien compensaba lo que los años le iban quitando, con un arte sutilísimo de la palabra, y finezas galantes de superior temple, de esas que apenas se usan ya, porque se van muriendo los que usarlas supieron. Ya que no cautivar el corazón de la joven, supo el maduro galán mover con hábil pulso resortes de su fantasía, y producir con ellos un estado de pasión falsificada [12], que para él, ocasionalmente, a la verdadera se parecía.

Pasó la señorita de Reluz por aquella prueba tempestuosa, como quien recorre los períodos de aguda dolencia febril, y en ella tuvo momentos de corta y pálida felicidad, como sospechas de lo que las venturas de amor pueden ser. Don Lope le cultivaba con esmero la imaginación, sembrando en ella ideas que fomentaran la conformidad con semejante vida; estimulaba la fácil disposición de la joven para idealizar las cosas, para verlo todo como no es, o como nos conviene o nos gusta que sea. Lo más particular fue que Tristana, en los primeros tiempos, no dio importancia al hecho monstruoso de que la edad de su tirano casi triplicaba la suya. Para expresarlo con la mayor claridad posible, hay

---

[12]   *pasión falsificada:* dicho en otros palabras: la seducción. Don Lope utiliza su poder sobre Tristana para engañarla y seducirla.

que decir que no vio la desproporción, a causa sin duda de las consumadas artes del seductor y de la complicidad pérfida con que la naturaleza le ayudaba en sus traidoras empresas, concediéndole una conservación casi milagrosa. Eran sus atractivos personales de tan superior calidad, que al tiempo le costaba mucho trabajo destruirlos. A pesar de todo, el artificio, la contrahecha ilusión de amor, no podían durar: un día advirtió don Lope que había terminado la fascinación ejercida por él sobre la muchacha infeliz, y en esta, el volver en sí produjo una terrible impresión de la que había de tardar mucho en recobrarse. Bruscamente vio en don Lope al viejo, y agrandaba con su fantasía la ridícula presunción del anciano que, contraviniendo la ley de la Naturaleza, hace papeles de galán. Y no era don Lope aún tan viejo como Tristana lo sentía, ni había desmerecido hasta el punto de que se le mandara recoger como un trasto inútil. Pero como en la convivencia íntima, los fueros de la edad se imponen, y no es tan fácil el disimulo como cuando se gallea fuera de casa, en lugares elegidos y a horas cómodas, surgían a cada instante mil motivos de desilusión, sin que el degenerado galanteador, con todo su arte y todo su talento, pudiera evitarlo.

Este despertar de Tristana no era más que una fase de la crisis profunda que hubo de sufrir a los ocho meses, aproximadamente, de su deshonra, y cuando cumplía los veintidós años. Hasta entonces, la hija de Reluz, atrasadilla en su desarrollo moral, había sido toda irreflexión y pasividad muñequil, sin ideas propias, viviendo de las proyecciones del pensar ajeno, y con una docilidad tal en sus sentimientos, que era muy fácil evocarlos en la forma y con la intención que se quisiera. Pero vinieron días en que su mente floreció de improviso, como planta vivaz a la que le llega un buen día de primavera, y se llenó de ideas, en apretados capullos primero, en espléndidos ramilletes después. Anhelos indescifrables apuntaron en su alma. Se sentía inquieta, ambiciosa, sin saber de qué, de algo muy distante, muy alto, que no veían sus ojos por parte alguna; ansiosos temores la turbaban a veces, a veces risueñas confianzas; veía con lucidez su situación, y la parte de humanidad que ella representaba con sus desdichas; notó en sí algo que se le había colado de rondón por las puertas del alma, orgullo, conciencia de no ser una persona vulgar; sorprendiose de los rebullicios, cada día más fuertes, de su inteligencia, que le decía: «Aquí estoy. ¿No ves cómo pienso cosas grandes?». Y a medida que se cambiaba en sangre y medula de mujer la estopa de la muñeca, iba cobrando aborrecimiento y repugnancia a la miserable vida que llevaba, bajo el poder de don Lope Garrido.

V

Y entre las mil cosas que aprendió Tristana en aquellos días, sin que nadie se las enseñara, aprendió también a disimular, a valerse de las ductilidades de la palabra, a poner en el mecanismo de la vida esos muelles que la hacen flexible, esos apagadores que ensordecen el ruido, esas desviaciones hábiles del movimiento rectilíneo, casi siempre peligroso. Era que don Lope, sin que ninguno de los dos se diese cuenta de ello, habíala hecho su discípula, y algunas ideas de las que con toda lozanía florecieron en la mente de la joven procedían del semillero de su amante y por fatalidad maestro. Hallábase Tristana en esa edad y sazón en que las ideas se pegan, en que ocurren los más graves contagios del vocabulario personal, de las maneras y hasta del carácter.

La señorita y la criada hacían muy buenas migas. Sin la compañía y los agasajos de Saturna, la vida de Tristana habría sido intolerable. Charlaban trabajando, y en los descansos charlaban más todavía. Refería la criada sucesos de su vida, pintándole el mundo y los hombres con sincero realismo, sin ennegrecer ni poetizar los cuadros; y la señorita, que apenas tenía pasado que contar, lanzábase a los espacios del suponer y del presumir, armando castilletes de vida futura, como los juegos constructivos de la infancia con cuatro tejuelos y algunos montoncitos de tierra. Era lá historia y la poesía asociadas en feliz maridaje. Saturna enseñaba, la niña de don Lope creaba, fundando sus atrevidos ideales en los hechos de la otra.

«Mira, tú —decía Tristana a la que, más que sirviente, era para ella una fiel amiga—, no todo lo que este hombre perverso nos enseña es disparatado, y algo de lo que habla tiene mucho intríngulis... Porque lo que es talento, no se puede negar que le sobra. ¿No te parece a ti que lo que dice del matrimonio es la pura razón? Yo... te lo confieso, aunque me riñas, creo como él que eso de encadenarse a otra persona por toda la vida es invención del diablo... ¿No lo crees tú? Te reirás cuando te diga que no quisiera casarme nunca, que me gustaría vivir siempre libre. Ya, ya sé lo que estás pensando; que me curo en salud, porque después de lo que me ha pasado con este hombre, y siendo pobre como soy, nadie querrá cargar conmigo. ¿No es eso, mujer, no es eso?»

—¡Ay, no, señorita, no pensaba tal cosa! —replicó la doméstica prontamente—. Siempre se encuentran unos pantalones para todo, inclusive para casarse. Yo me casé una vez, y no me pesó; pero no volveré por agua a la fuente de la vicaría. Libertad, tiene razón la señorita, libertad, aunque esta palabra no suena bien en boca de mujeres. ¿Sabe la señorita

cómo llaman a las que sacan los pies del plato? Pues las llaman, por buen nombre, *libres*. Por consiguiente, si ha de
haber un poco de reputación, es preciso que haya dos pocos
de esclavitud. Si tuviéramos oficios y carreras las mujeres,
como los tienen esos bergantes de hombres, anda con Dios.
Pero, fíjese, sólo tres carreras pueden seguir las que visten
faldas: o casarse, que carrera es, o el teatro... vamos, ser cómica, que es buen modo de vivir, o... no quiero nombrar lo
otro. Figúreselo.

—Pues mira tú, de esas tres carreras, únicas de la mujer,
la primera me agrada poco; la tercera menos, la de enmedio la
seguiría yo si tuviera facultades; pero me parece que no
las tengo... Ya sé, ya sé que es difícil eso de ser libre... y
honrada. ¿Y de qué vive una mujer no poseyendo rentas? Si
nos hicieran médicas, abogadas, siquiera boticarias o escri-
banas, ya que no ministras y senadoras, vamos, podríamos... Pero cosiendo, cosiendo... Calcula las puntadas que
hay que dar para mantener una casa... Cuando pienso lo que
será de mí, me dan ganas de llorar. ¡Ay, pues si yo sirviera
para monja, ya estaba pidiendo plaza en cualquier convento! Pero no valgo, no, para encerronas de toda la vida.
Yo quiero vivir, ver mundo y enterarme de por qué y para
qué nos han traído a esta tierra en que estamos. Yo quiero
vivir y ser libre... Di otra cosa: ¿y no puede una ser pintora,
y ganarse el pan pintando cuadros bonitos? Los cuadros valen muy caros. Por uno que sólo tenía unas montañas allá
lejos, con cuatro árboles secos más acá, y en primer término un charco y dos patitos, dio mi papá mil pesetas. Conque ya ves. ¿Y no podría una mujer meterse a escritora y
hacer comedias... libros de rezo o siquiera fábulas, Señor?
Pues a mí me parece que esto es fácil. Puedes creerme que
estas noches últimas, desvelada y no sabiendo cómo entretener el tiempo, he inventado no sé cuántos dramas de los

que hacen llorar y piezas de las que hacen reír, y novelas de
muchísimo enredo y pasiones tremendas y qué se yo. Lo
malo es que no sé escribir... quiero decir, con buena letra;
cometo la mar de faltas de gramática y hasta de ortografía.
Pero ideas, lo que llamamos ideas, creo que no me faltan.

—¡Ay, señorita —dijo Saturna sonriendo y alzando sus
admirables ojos negros de la media que repasaba—, qué
engañada vive si piensa que todo eso puede dar de comer
a una señora honesta en libertad! Eso es para hombres, y
aun ellos... ¡vaya, lucido pelo echan los que viven de cosas de la leyenda! Echarán plumas, pero lo que es pelo...
Pepe Ruiz, el hermano de leche de mi difunto, que es un
hombre muy sabido en la materia, como que trabaja en la
fundición donde hacen las letras de plomo para imprimir,
nos decía que entre los de pluma todo es hambre y necesidad, y que aquí no se gana el pan con el sudor de la frente,
sino con el de la lengua; más claro: que sólo sacan tajada
los políticos que se pasan la vida echando discursos. ¿Tra-
bajitos de cabeza?... ¡quítese usted de ahí! ¿Dramas, cuen-
tos y libros para reírse o llorar? Conversación. Los que los
inventaron no sacarían ni para un cocido si no intrigaran
con el gobierno para afanar los destinos. Así anda la Mi-
nistración.

—Pues yo te digo *(con viveza)* que hasta para eso del gobierno y la política me parece a mí que había de servir yo.
No te rías. Sé pronunciar discursos. Es cosa muy fácil. Con
leer un poquitín de las sesiones de Cortes, en seguida te en-
jareto lo bastante para llenar medio periódico.

—¡Vaya por Dios! Para eso hay que ser hombre, señorita. La maldita enagua estorba para eso, como para montar
a caballo. Decía mi difunto que si él no hubiera sido tan
corto de genio, habría llegado a donde llegan pocos, porque
se le ocurrían cosas tan gitanas como las que le echan a us-

ted Castelar y Cánovas [13] en las Cortes, cosas de salvar al
país verdaderamente; pero el hijo de Dios, siempre que quería desbocarse en el Círculo de Artesanos, o en los metin-
gues de los *compañeros,* se sentía un tenazón en el gaznate
y no acertaba con la palabra primera, que es la más difícil...
vamos, que no rompía. Claro, no rompiendo, no podía ser
orador ni político.

—¡Ay, qué tonto!, pues yo rompería, vaya si rompería.
(Con desaliento.) Es que vivimos sin movimiento, atadas
con mil ligaduras... También se me ocurre que yo podría estudiar lenguas. No sé más que las raspaduras de francés que
me enseñaron en el colegio, y ya las voy olvidando. ¡Qué
gusto hablar inglés, alemán, italiano! Me parece a mí que si
me pusiera, lo aprendería pronto. Me noto... no sé cómo decírtelo... me noto como si supiera ya un poquitín antes de
saberlo, como si en otra vida hubiera sido yo inglesa o ale-
mana y me quedara un dejo...

—Pues eso de las lenguas —afirmó Saturna mirando a la
señorita con maternal solicitud— sí que le convenía aprenderlo, porque la que da lecciones lo gana, y además es un
gusto poder entender todo lo que parlan los extranjeros.
Bien podría el amo ponerle un buen profesor.

—No me nombres a tu amo. No espero nada de él. *(Meditabunda, mirando la luz.)* No sé, no sé cuándo ni cómo
concluirá esto; pero de alguna manera ha de concluir.

---

[13]   *Castelar y Cánovas:* alusión a dos políticos españoles celebres, aso-
ciados con la Restauración. Emilio Castelar (1832-1899) fue un conocido
orador y por breve tiempo presidente de la Primera República (1873). Antonio Cánovas del Castillo (1828-1897), modelo del político conservador,
fue el artífice de la restauración en el trono de España de los Borbones en
la persona de Alfonso XII. Entre 1875 y la fecha de su muerte dirigió la
vida política española, alternando en el poder con el liberal Mateo Sagasta. Murió asesinado por un enviado por los independentistas cubanos.

La señorita calló, sumergiéndose en una cavilación sombría. Acosada por la idea de abandonar la morada de don Lope, oyó en su mente el hondo tumulto de Madrid, vio la polvareda de luces que a lo lejos resplandecía y se sintió embelesada por el sentimiento de su independencia. Volviendo de aquella meditación como de un letargo, suspiró fuerte. ¡Cuán sola estaría en el mundo fuera de la casa de su pobre y caduco galán! No tenía parientes, y las dos únicas personas a quienes tal nombre pudiera dar hallábanse muy lejos: su tío materno don Fernando, en Filipinas; el primo Cuesta, en Mallorca, y ninguno de los dos había mostrado nunca malditas ganas de ampararla. Recordó también (y a todas estas Saturna la observaba con ojos compasivos) que las familias que tuvieron visiteo y amistad con su madre la miraban ya con prevención y despego, efecto de la endiablada sombra de don Lope. Contra esto, no obstante, hallaba Tristana en su orgullo defensa eficaz, y despreciando a quien la ofendía, se daba una de esas satisfacciones ardientes que fortifican por el momento como el alcohol, aunque a la larga destruyan.

—¡Dale! No piense cosas tristes —le dijo Saturna, pasándose la mano por delante de los ojos, como si ahuyentara una mosca.

VI

—¿Pues en qué quieres que piense, en cosas alegres? Dime dónde están, dímelo pronto.

Para amenizar la conversación, Saturna echaba mano prontamente de cualquier asunto jovial, sacando a relucir anécdotas y chismes de la gárrula sociedad que las rodeaba. Algunas noches se entretenían en poner en solfa a don

Lope, el cual, al verse en tan gran decadencia, desmintió los hábitos espléndidos de toda su vida, volviéndose algo roñoso. Apremiado por la creciente penuria, regateaba los míseros gastos de la casa, educándose, ¡a buenas horas!, en la administración doméstica, tan disconforme con su caballería. Minucioso y cominero, intervenía en cosas que antes estimaba impropias de su decoro señoril, y gastaba un genio y unos refunfuños que le desfiguraban más que los hondos surcos de la cara y el blanquear del cabello. Pues de estas miserias, de estas prosas trasnochadas de la vida del don Juan caído sacaban las dos hembras materia para reírse y pasar el rato. Lo gracioso del caso era que, como don Lope ignoraba en absoluto la economía doméstica, mientras más se las echaba de financiero y de buen mayordomo, más fácilmente le engañaba Saturna, consumada maestra en sisas y otras artimañas de cocinera y compradora.

Con Tristana fue siempre el caballero todo lo generoso que su pobreza cada vez mayor le permitía. Iniciada con tristísimos caracteres la escasez, en el costoso renglón de ropa fue donde primero se sintió el doloroso recorte de las economías; pero don Lope sacrificó su presunción a la de su esclava, sacrificio no flojo en hombre tan devoto admirador de sí mismo. Llegó día en que la escasez mostró toda la fealdad seca de su cara de muerte, y ambos quedaron iguales en lo anticuado y raído de la ropa. La pobre niña se quemaba las cejas, haciendo con sus trapitos, ayudada de Saturna, mil refundiciones que eran un primor de habilidad y paciencia. En los fugaces tiempos que bien podríamos llamar felices o dorados, Garrido la llevaba al teatro alguna vez; mas la necesidad, con su cara de hereje, decretó al fin la absoluta supresión de todo espectáculo público. Los horizontes de la vida se cerraban y ennegrecían cada día más delante de la señorita de Reluz, y aquel hogar desapacible, frío de afectos, pobre, vacío en absoluto de ocupaciones gratas, le abrumaba el espíritu. Porque la casa, en la cual lucían restos de instalaciones que fueron lujosas, se iba poniendo de lo más feo y triste que es posible imaginar: todo anunciaba penuria y decaimiento: nada de lo roto o deteriorado se componía ni se reparaba. En la salita desconcertada y glacial sólo quedaba, entre trastos feísimos, un bargueño estropeado por las mudanzas, en el cual tenía don Lope su archivo galante. En las paredes veíanse los clavos de donde pendieron las panoplias. En el gabinete observábase hacinamiento de cosas que debieron de tener hueco en local más grande, y en el comedor no había más mueble que la mesa, y unas sillas cojas con el cuero desgarrado y sucio. La cama de don Lope, de madera con columnas y pabellón airoso, imponía por su corpulencia monumental; pero las cortinas de damasco azul no podían ya con más desgarrones. El cuarto de Tristana, inmediato al de su dueño, era lo menos marcado por el sello del desastre, gracias al exquisito esmero con que ella defendía su ajuar de la descomposición y de la miseria.

Y si la casa declaraba, con el expresivo lenguaje de las cosas, la irremediable decadencia de la caballería sedentaria, la persona del galán iba siendo rápidamente imagen lastimosa de lo fugaz y vano de las glorias humanas. El desaliento, la tristeza de su ruina, debían de influir no poco en el *bajón* del menesteroso caballero, ahondando las arrugas de sus sienes mas que los años, y más que el ajetreo que desde los veinte se traía. Su cabello, que a los cuarenta empezó a blanquear, se había conservado espeso y fuerte; pero ya se le caían mechones, que él habría repuesto en su sitio si hubiera alguna alquimia que lo consintiese. La dentadura se le conservaba bien en la parte más visible; pero sus hasta entonces admirables muelas empezaban a insubordinarse, negándose a masticar bien, o rompiéndosele en pedazos, cual si unas a otras se mordieran. El rostro de soldado de Flandes iba perdiendo sus líneas severas, y el cuerpo no podía conservar su esbeltez de antaño sin el auxilio de una férrea voluntad. Dentro de casa la voluntad se rendía, reservando sus esfuerzos para la calle, paseos y casino.

Comúnmente, si al entrar de noche encontraba despiertas a las dos mujeres, echaba un parrafito con ellas, corto con Saturna, a quien mandaba que se acostara, largo con Tristana. Pero llegó un tiempo en que casi siempre entraba silencioso y de mal talante, y se metía en su cuarto, donde la cautiva infeliz tenía que oír y soportar sus clamores por la tos persistente, por el dolor reumático o la sofocación del pecho. Renegaba don Lope y ponía el grito en el cielo, cual si creyese que naturaleza no tenía ningún derecho a hacerle padecer, o si se considerara mortal predilecto, relevado de las miserias que afligen a la humanidad. Y para colmo de desdichas, veíase precisado a dormir con la cabeza envuelta en un feo pañuelo, y su alcoba apestaba de los menjunjes que usar solía para el reuma o el romadizo.

Pero estas menudencias, que herían a don Lope en lo más vivo de su presunción, no afectaban a Tristana tanto como las fastidiosas mañas que iba sacando el pobre señor, pues al derrumbarse tan lastimosamente en lo físico y en lo moral dio en la flor de tener celos. El que jamás concedió a ningún nacido los honores de la rivalidad, al sentir en sí la vejez del león se llenaba de inquietudes y veía salteadores y enemigos en su propia sombra. Reconociéndose caduco, el egoísmo le devoraba, como una lepra senil, y la idea de que la pobre joven le comparase, aunque sólo mentalmente, con soñados ejemplares de belleza y juventud, le acibaraba la vida. Su buen juicio, la verdad sea dicha, no le abandonaba enteramente, y en sus ratos lúcidos, que por lo común eran

por la mañana, reconocía toda la importunidad y sinrazón
de su proceder y procuraba adormecer a la cautiva con palabras de cariño y confianza.

Poco duraban estas paces, porque al llegar la noche,
cuando el viejo y la niña se quedaban solos, recobraba el
primero su egoísmo semítico, sometiéndola a interrogato-
rios humillantes, y una vez, exaltado por aquel suplicio en
que le ponía la desproporción alarmante entre su flacidez
enfermiza y la lozanía de Tristana, llegó a decirle: «Si te
sorprendo en algún mal paso, te mato, cree que te mato.
Prefiero terminar trágicamente a ser ridículo en mi decadencia. Encomiéndate a Dios antes de faltarme. Porque yo
lo sé, lo sé; para mí no hay secretos; poseo un saber infinito
de estas cosas y una experiencia y un olfato... que no es posible pegármela, no es posible».

VII

Algo se asustaba Tristana, sin llegar a sentir terror ni a
creer al pie de la letra en las fieras amenazas de su dueño,
cuyos alardes de olfato y adivinación estimaba como ardid
para dominarla. La tranquilidad de su conciencia dábale valor contra el tirano, y ni aun se cuidaba de obedecerle en
sus infinitas prohibiciones. Aunque le había ordenado no
salir de paseo con Saturna, se escabullía casi todas las tardes; pero no iban a Madrid, sino hacia Cuatro Caminos al
Partidor, al Canalillo o hacia las alturas que dominan el Hipódromo; paseo de campo, con meriendas las más de las
veces, y esparcimiento saludable. Eran los únicos ratos de
su vida en que la pobre esclava podía dar de lado a su tristeza, y gozaba de ellos con abandono pueril, permitiéndose
correr y saltar, y jugar a las cuatro esquinas con la chica del

tabernero, que solía acompañarla, o alguna otra amiguita del vecindario. Los domingos, el paseo era de muy distinto carácter. Saturna tenía a su hijo en el Hospicio, y, según costumbre de todas las madres que se hallan en igual caso, salía a encontrarle en el paseo.

Comúnmente, al llegar la caterva de chiquillos a un lugar convenido en las calles nuevas de Chamberí, les dan el rompan-filas y se ponen a jugar. Allí les aguardan ya las madres, abuelas o tías (del que las tiene), con el pañuelito de naranjas, cacahuetes, avellanas, bollos o mendrugos de pan. Algunos corretean y brincan jugando a la *toña* [14]; otros se pegan a los grupos de mujeres. Los hay que piden cuartos al transeúnte, y casi todos rodean a las vendedoras de caramelos largos, avellanas y piñones. Mucho gustaban a Tristana tales escenas, y ningún domingo, como hiciera buen tiempo, dejaba de compartir con su sirvienta la grata ocupación de obsequiar al hospicianillo, el cual se llamaba Saturno, como su madre, y era rechoncho, patizambo, con unos mofletes encendidos y carnosos que venían a ser como certificación viva del buen régimen del establecimiento provincial. La ropa de paño burdo no le consentía ser muy elegante en sus movimientos, y la gorra con galón no ajustaba bien a su cabezota, de cabello duro y cerdoso como los pelos de un cepillo. Su madre y Tristana le encontraban muy salado; pero hay que confesar que de salado no tenía ni pizca; era, sí, dócil, noblote y aplicadillo, con aficiones a la tauromaquia callejera. La señorita le obsequiaba siempre con alguna naranja, y le llevaba además una perra chica para que comprase cualquier chuchería de su agrado; y por más que su madre le incitaba al ahorro, sugiriéndole la idea

---

[14]   *toña:* juego infantil que consiste en hacer avanzar un palo al que se golpea en uno de los extremos para que salte al aire.

de ir guardando todo el numerario que obtuviera, jamás pudo conseguir poner diques a su despilfarro, y cuarto adquirido era cuarto lanzado a la circulación. Así prosperaba el comercio de molinitos de papel, de banderillas para torear y de torrados y bellotas.

Tras importunas lluvias trajo el año aquel una apacible quincena de octubre, con sol picón, cielo despejado, aire quieto; y aunque por las mañanas amanecía Madrid enfundado de nieblas y por las noches la radiación enfriaba considerablemente el suelo, las tardes, de dos a cinco, eran deliciosas. Los domingos no quedaba bicho viviente en casa, y todas las vías de Chamberí, los altos de Maudes, las avenidas del Hipódromo y los cerros de Amaniel hormigueaban de gente. Por la carretera no cesaba el presuroso desfile hacia los merenderos de Tetuán. Un domingo de aquel hermoso octubre, Saturna y Tristana fueron a esperar a los hospicianos en la calle de Ríos Rosas, que enlaza los altos de Santa Engracia con la Castellana [15], y en aquella hermosa vía, bien asoleada, ancha y recta, que domina un alegre y extenso campo, fue soltada la doble cuerda de presos. Unos se pegaron a las madres, que les habían venido siguiendo desde lejos; otros armaron al instante la indispensable corrida de novillos de puntas, con presidencia, chiquero, apartado, callejones, barrera, música del Hospicio y demás

---

[15] *los altos de Santa Engracia con la Castellana:* Galdós parece ir situando sus novelas cada vez en un barrio diferente de Madrid. *Fortunata y Jacinta* (1886-1887) ocurre en el mismo centro de la ciudad, de hecho el protagonista masculino vive en la plaza de Pontejos, adyacente a la Puerta del Sol, y Fortunata en una casa de la Cava Baja que da también a la Plaza Mayor. La novela *Miau* (1888) trascurre en los alrededores de San Bernardo, donde se hallaba la universidad, mientras en la presente Galdós elige unas calles más al norte. Los niños juegan en los descampados donde terminaba entonces la ciudad.

perfiles. A la sazón pasaron por allí, viniendo de la Castellana, los sordomudos, en grupos de mudo y ciego, con sus gabanes azules y galonada gorra. En cada pareja, los ojos del mudo valían al ciego para poder andar sin tropezones; se entendían por el tacto con tan endiabladas garatusas, que causaba maravilla verlos hablar. Gracias a la precisión de aquel lenguaje enteráronse pronto los ciegos de que allí estaban los hospicianos, mientras los muditos, todo ojos, se deshacían por echar un par de *verónicas* [16]. ¡Como que para eso maldita falta les hacía el don de la palabra! En alguna pareja de sordos, las garatusas eran un movimiento o vibración rapidísima, tan ágil y flexible como la humana voz. Contrastaban las caras picarescas de los mudos, en cuyos ojos resplandecía todo el verbo humano, con las caras aburridas, muertas, de los ciegos, picoteadas atrozmente de viruelas, vacíos los ojos y cerrados entre cerdosas pestañas, o abiertos, aunque insensibles a la luz, con pupila de cuajado vidrio.

Detuviéronse allí, y por un momento reinó la fraternidad entre unos y otros. Gestos, muecas, cucamonas mil. Los ciegos, no pudiendo tomar parte en ningún juego, se apartaban desconsolados. Algunos se permitían sonreír como si vieran, llegando al conocimiento de las cosas por el velocísimo teclear de los dedos. Tal compasión inspiraban a Tristana aquellos infelices, que casi casi le hacía daño mirarles. ¡Cuidado que no ver! No acababan de ser personas: faltábales la facultad de enterarse, y ¡qué trabajo tener que enterarse de todo pensándolo!

Apartose Saturno de su mamá para unirse a una partida que, apostada en sitio conveniente, desvalijaba a los tran-

---

[16]   *verónicas:* lance muy vistoso del toreo que consiste en llamar y recibir al toro con el capote lo más extendido posible, cogido con ambas manos.

seúntes, no de dinero, sino de cerillas. «El fósforo o la vida» era la consigna, y con tal saqueo reunían los muchachos materia bastante para sus ejercicios pirotécnicos o para encender las hogueras de la Inquisición. Fue Tristana en su busca; antes de aproximarse a los incendiarios vio a un hombre que hablaba con el profesor de los sordomudos, y al cruzarse su mirada con la de aquel sujeto, pues en ambos el verse y el mirarse fueron una acción sola, sintió una sacudida interna, como suspensión instantánea del correr de la sangre.

¿Qué hombre era aquél? Habíale visto antes, sin duda; no recordaba cuándo ni dónde, allí o en otra parte; pero aquella fue la primera vez que al verle sintió sorpresa hondísima, mezclada de turbación, alegría y miedo. Volviéndole la espalda, habló con Saturno para convencerle del peligro de jugar con fuego, y oía la voz del desconocido hablando con picante viveza de cosas que ella no pudo entender. Al mirarle de nuevo, encontró los ojos de él que la buscaban. Sintió vergüenza y se apartó de allí, no sin determinarse a lanzar desde lejos otra miradita, deseando examinar con ojos de mujer al hombre que tan sin motivo absorbía su atención, ver si era rubio o moreno, si vestía con gracia, si tenía aires de persona principal, pues de nada de esto se había enterado aún. El tal se alejaba: era joven, de buena estatura; vestía como persona elegante que no está de humor de vestirse; en la cabeza un livianillo [17], chafado sin afectación; arrastrando, mal cogido con la mano derecha, un gabán de verano de mucho uso. Lo llevaba como quien no estima en nada las prendas de vestir. El traje era gris, la corbata de lazada hecha a mano con descuido. Todo

---

[17]   *livianillo:* sombrero sin armazón, flexible.

esto lo observó en un decir Jesús, y la verdad, el caballero aquel, o lo que fuese, *le resultaba simpático*... muy moreno, con barba corta... Creyó al pronto que llevaba quevedos; pero, no; nada de ojos sobrepuestos; sólo los naturales, que... Tristana no pudo, por la mucha distancia, apreciar cómo eran.

Desapareció el individuo, persistiendo su imagen en el pensamiento de la esclava de don Lope, y al día siguiente, ésta, de paseo con Saturna, le volvió a ver. Iba con el mismo traje; pero llevaba puesto el gabán, y al cuello un pañuelo blanco, porque soplaba un fresco picante. Mirole con descaro inocente, regocijada de verle, y él la miraba también, parándose a discreta distancia. «Parece que quiere hablarme —pensaba la joven—. Y verdaderamente, no sé por qué no me dice lo que tiene que decirme.» Reíase Saturna de aquel flecheo insípido, y la señorita, poniéndose colorada, hacía como que se burlaba también. Por la noche no tuvo sosiego, y sin atreverse a comunicar a Saturna lo que sentía, se declaraba a sí propia las cosas más graves. «¡Cómo me gusta ese hombre! No sé qué daría por que se atreviera... No sé quién es, y pienso en él noche y día. ¿Qué es esto? ¿Estoy yo loca? ¿Significa esto la desesperación de la prisionera que descubre un agujerito por donde escaparse? Yo no sé lo que es esto; sólo sé que necesito que me hable, aunque sea por telégrafo, como los sordomudos, o que me escriba. No me espanta la idea de escribirle yo, o de decirle que sí, antes que él me pregunte... ¡Qué desvarío! Pero ¿quién será? Podría ser un pillo, un... No, bien se ve que es una persona que no se parece a las demás personas. Es solo, único... bien claro está. No hay otro. ¡Y encontrar yo el único, y ver que este único tiene más miedo que yo, y no se atreve a decirme que soy su única! No, no, yo le hablo, le hablo... me acerco, le pregunto qué hora es, cualquier cosa... o le digo, como los hospicianos, que me haga el favor de una cerillita... ¡Vaya un disparate! ¡Qué pensaría de mí! Tendríame por una mujer casquivana. No, no, él es el que debe romper...»

A la tarde siguiente, ya casi de noche, viniendo señorita y criada en el tranvía descubierto, ¡él también! Le vieron subir en la glorieta de Quevedo [18]; pero como había bastante gente, tuvo que quedarse en pie en la plataforma delantera. Tristana sentía tal sofocación en su pecho, que a ratos érale forzoso ponerse en pie para respirar. Un peso enorme gravitaba sobre sus pulmones, y la idea de que, al bajar del coche, el desconocido se decidiría a romper el silencio la llenaba de turbación y ansiedad. ¿Y qué le iba a contestar ella? Pues, señor, no tendría más remedio que manifestarse muy sorprendida, rechazar, alarmarse, ofenderse y decir que no y qué sé yo... Esto era lo bonito y decente. Bajaron, y el caballero incógnito las siguió a honestísima distancia. No se atrevía la esclava de don Lope a volver la cabeza, pero Saturna se encargaba de mirar por las dos. Deteníanse con pretextos rebuscados; retrocedían como para ver el escaparate de una tienda... y nada. El galán... mudo como un cartujo. Las dos mujeres, en su desordenado andar, tropezaron con unos chicos que jugaban en la acera, y uno de ellos cayó al suelo chillando, mientras los otros corrían hacia las puertas de las casas alborotando como demonios. Confusión, tumulto infantil, madres que acuden airadas... Tantas manos quisieron levantar al muchacho caído, que se cayó otro, y el barullo aumentó.

---

[18] *glorieta de Quevedo:* situada cerca de la casa de Tristana, en el barrio de Chamberí.

Como en esto observara Saturna que su señorita y el galán desconocido no distaban un palmo el uno del otro, se apartó solapadamente. «Gracias a Dios —pensó atisbándolos de lejos—; ya pica: hablando están.» ¿Qué dijo a Tristana el sujeto aquél? No se sabe. Sólo consta que Tristana le contestó a todo que sí, ¡sí, sí!, cada vez más alto, como persona que, avasallada por un sentimiento más fuerte que su voluntad, pierde en absoluto el sentido de las conveniencias. Fue su situación semejante a la del que se está ahogando y ve un madero y a él se agarra, creyendo encontrar en él su salvación. Es absurdo pedir al náufrago que adopte posturas decorosas al asirse a la tabla. Voces hondas del instinto de salvación eran las breves y categóricas respuestas de la niña de don Lope, aquel *sí* pronunciado tres veces con creciente intensidad de tono, grito de socorro de un alma desesperada... Corta y de provecho fue la escenita. Cuando Tristana volvió al lado de Saturna, se llevó una mano a la sien, y temblando le dijo: «Pero ¡si estoy loca!... Ahora comprendo mi desvarío. No he tenido tacto, ni malicia, ni dignidad. Me he vendido, Saturna... ¡Qué pensará de mí! Sin saber lo que hacía... arrastrada por un vértigo... a todo cuanto me dijo le contesté que sí... pero cómo... ¡ay!, no sabes... vaciando mi alma por los ojos. Los suyos me quemaban. ¡Y yo que creía saber algo de estas hipocresías que tanto convienen a una mujer! Si me creerá tonta... si pensará que no tengo vergüenza... Es que yo no podía disimular ni hacer papeles de señorita tímida. La verdad se me sale a los labios y el sentimiento se me desborda... quiero ahogarlo, y me ahoga. ¿Es esto estar enamorada? Sólo sé que le quiero con toda mi alma, y así se lo he dado a entender; ¡qué afrenta!, le quiero sin conocerle, sin saber quién es ni cómo se llama. Yo entiendo que los amores no deben empezar así... al menos no es eso lo corriente, sino que vayan por grados, entre *síes* y *noes* muy habilidosos, con cuquería... Pero yo no puedo ser así, y entrego el alma cuando ella me dice que quiere entregarse... Saturna, ¿qué crees? ¿Me tendrá por mujer mala? Aconséjame, dirígeme. Yo no sé de estas cosas... Espera, escucha: mañana, cuando vuelvas de la compra, le encontrarás en esa esquina donde nos hablamos y te dará una cartita para mí. Por lo que más quieras, por la salud de tu hijo querido, Saturna, no te niegues a hacerme este favor, que te agradeceré toda mi vida. Tráeme, por Dios, el papelito, tráemelo, si no quieres que me muera mañana».

VIII

«Te quise desde que nací...» Esto decía la primera carta... no, no, la segunda, que fue precedida de una breve entrevista en la calle, debajito de un farol, entrevista intervenida con hipócrita severidad por Saturna, y en la cual los amantes se tutearon sin acuerdo previo, como si no existiesen, ni existir pudieran otras formas de tratamiento. Asombrábase ella del engaño de sus ojos en las primeras apreciaciones de la persona del desconocido. Cuando se fijó en él, la tarde aquella de los sordomudos, túvole por un señor así como de treinta o más años. ¡Qué tonta! ¡Si era un muchacho!... Y su edad no pasaría seguramente de los veinticinco, sólo que tenía un cierto aire reflexivo y melancólico, más propio de la edad madura que de la juventud. Ya no dudaba que sus ojos eran como centellas, su color moreno caldeado de sol, su voz como blanda música que Tristana no había oído hasta entonces y que más le halagaba los senos del cerebro después de escuchada. «Te estoy queriendo, te estoy buscando desde antes de nacer —decía la tercera carta de ella, empapada de un espiritualismo delirante—. No formes mala idea de mí si me presento a ti sin ningún velo, pues el del falso decoro con que el mundo ordena que se encapuchen nuestros sentimientos se me deshizo entre las manos cuando quise ponérmelo. Quiéreme como soy; y si llegara a entender que mi sinceridad te parecía desenfado o falta de vergüenza, no vacilaría en quitarme la vida.»

Y él a ella: «El día en que te descubrí fue el último de un largo destierro».

Ella: «Si algún día encuentras en mí algo que te desagrade, hazme la caridad de ocultarme tu hallazgo. Eres bueno, y si por cualquier motivo dejas de quererme o de estimarme, me engañarás, ¿verdad?, haciéndome creer que soy la misma para ti. Antes de dejar de amarme, dame la muerte mil veces».

Y después de escribir estas cosas, no se venía el mundo abajo. Al contrario, todo seguía lo mismo en la tierra y en el cielo. ¿Pero quién era él, quién? Horacio Díaz, hijo de español y de austriaca, del país que llaman *Italia irredenta* [19]; nacido en el mar, navegando los padres desde Fiume [20] a la Argelia; criado en Orán hasta los cinco años, en Savannah (Estados Unidos) hasta los nueve, en Shangai (China) hasta los doce; cuneado por las olas del mar, transportado de un mundo a otro, víctima inocente de la errante y siempre expatriada existencia de un padre cónsul. Con tantas idas y venidas, y el fatigoso pasear por el globo, y la influencia de aquellos endiablados climas, perdió a su madre a los doce años, y a su padre a los trece, yendo a parar después a poder

---

[19]   *Italia irredenta:* se refiere a que nació en un terreno fronterizo entre Austria e Italia. Parte de los territorios denominados Italia irredenta fueron incorporados a Italia después de la Primera Guerra Mundial.
[20]   *Fiume:* ciudad perteneciente en la actualidad a Croacia.

de su abuelo paterno, con quien vivió quince años en Alicante, padeciendo bajo su férreo despotismo más que los infelices galeotes que movían a fuerza de remos las pesadas naves antiguas.

Para más noticias, óiganse las que atropelladamente vomitó la boca de Saturna, más bien secreteadas que dichas: «Señorita... ¡qué cosas! Voy a buscarle, pues quedamos en ello, al número 5 de la calle esa de más abajo... y apechugo tan terne con la dichosa escalerita. Me había dicho que a lo último, a lo último, y yo, mientras veía escalones por delante, para arriba siempre. ¡Qué risa! Casa nueva; dentro, un patio de cuartos domingueros, pisos y más pisos, y al fin... Es aquello como un palomar, vecinito de los pararrayos, y con vistas a las mismas nubes. Yo creí que no llegaba. Por fin, echando los pulmones, allí me tiene usted. Figúrese un cuarto muy grande, con un ventanón por donde se cuela toda la luz del cielo, las paredes de colorado, y en ellas cuadros, bastidores de lienzo, cabezas sin cuerpo, cuerpos descabezados, talles de mujer con pechos inclusive, hombres peludos, brazos sin persona, y fisonomías sin orejas, todo con el mismísimo color de nuestra carne. Créame, tanta cosa desnuda le da a una vergüenza... Divanes, sillas que parecen antiguas, figuras de yeso, con los ojos sin niña, manos y pies descalzos... de yeso también... Un caballete grande, otro más chico, y sobre las sillas o clavadas en la pared, pinturas cortas, enteras o partidas, vamos a decir, sin acabar, algunas con su cielito azul, tan al vivo como el cielo de verdad, y después un pedazo de árbol, un pretil... tiestos; en otra, naranjas y unos melocotones... pero muy ricos... En fin, para no cansar, telas preciosas y una vestidura de ferretería, de las que se ponían los guerreros de antes. ¡Qué risa! Y él allí, con la carta ya escrita. Como soy tan curiosa, quise saber si vivía en aquel aposento tan ventilado, y me dijo que no y que sí, pues... Duerme en casa de una tía suya, allá por Monteleón[21]; pero todo el día se lo pasa acá, y come en uno de los merenderos de junto al Depósito».

—Es pintor; ya lo sé —dijo Tristana, sofocada de puro dichosa—. Eso que has visto es su estudio, boba. ¡Ay, qué bonito será!

Además de cartearse a diario con verdadero ensañamiento, se veían todas las tardes. Tristana salía con Saturna, y él las aguardaba un poco más acá de Cuatro Caminos. La criada los dejaba partir solos, con bastante pachorra y discreción bastante para esperarlos todo el tiempo que emplearan ellos en divagar por las verdes márgenes de la acequia del Oeste o por los cerros áridos de Amaniel, costeando el canal del Lozoya. Él iba de capa, ella de velito y abrigo corto, de bracete, olvidados del mundo y de sus fatigas y vanidades, viviendo el uno para el otro y ambos para un yo doble, soñando paso a paso, o sentaditos en extático grupo. De lo presente hablaban mucho; pero la autobiografía se infiltraba sin saber cómo en sus charlas dulces y confiadas, todas amor, idealismo y arrullo, con alguna queja mimosa o petición formulada de pico a pico por el egoísmo insaciable, que exige promesas de querer más, más, y a su vez ofrece increíbles aumentos de amor, sin ver el límite de las cosas humanas.

En las referencias biográficas era más hablador Horacio que la niña de don Lope. Ésta, con muchísimas ganas de lucir su sinceridad, sentíase amordazada por el temor a ciertos puntos negros. Él, en cambio, ardía en deseos de contar su vida, la más desgraciada y penosa juventud que cabe imaginar, y por lo mismo que ya era feliz, gozaba en revolver aquel fondo de tristeza y martirio. Al perder a sus pa-

---

[21]   *Monteleón:* calle cercana a San Bernardo.

dres fue recogido por su abuelo paterno, bajo cuyo poder tiránico padeció y gimió los años que median entre la adolescencia y la edad viril. ¡Juventud!, casi casi no sabía él lo que esto significaba. Goces inocentes, travesuras, la frívola inquietud con que el niño ensaya los actos del hombre, todo esto era letra muerta para él. No ha existido fiera que a su abuelo pudiese compararse, ni cárcel más horrenda que aquella pestífera y sucia droguería en que encerrado le tuvo como unos quince años, contrariando con terquedad indocta su innata afición a la pintura, poniéndole los grillos odiosos del cálculo aritmético, y metiéndole en el magín, a guisa de tapones para contener las ideas, mil trabajos antipáticos de cuentas, facturas y demonios coronados. Hombre de temple semejante al de los más crueles tiranos de la antigüedad o del moderno imperio turco, su abuelo había sido y era el terror de toda la familia. A disgustos mató a su mujer, y los hijos varones se expatriaron por no sufrirle. Dos de las hijas se dejaron robar, y las otras se casaron de mala manera por perder de vista la casa paterna.

Pues, señor, aquel tigre cogió al pobre Horacio a los trece años, y como medida preventiva le ataba las piernas a las patas de la mesa-escritorio, para que no saliese a la tienda ni se apartara del trabajo fastidioso que le imponía. Y como le sorprendiera dibujando monigotes con la pluma, los coscorrones no tenían fin. A todo trance anhelaba despertar en su nietecillo la afición al comercio, pues todo aquello de la pintura y el arte y los pinceles, no eran más, a su juicio, que una manera muy tonta de morirse de hambre. Compañero de Horacio en estos trabajos y martirios era un dependiente de la casa, viejo, más calvo que una vejiga de manteca, flaco y de color de ocre, el cual, a la calladita, por no atreverse a contrariar al amo, de quien era como un perro fiel, dispensaba cariñosa protección al pequeñuelo, tapándole las faltas y buscando pretextos para llevarle consigo a recados y comisiones, a fin de que estirase las piernas y esparciese el ánimo. El chico era dócil, y de muy endebles recursos contra el despotismo. Resignábase a sufrir hasta lo indecible antes que poner a su tirano en el disparadero, y el demonio del hombre se disparaba por la cosa más insignificante. Sometiose la víctima, y ya no le amarraron los pies a la mesa y pudo moverse con cierta libertad en aquel tugurio antipático, pestilente y oscuro, donde había que encender el mechero de gas a las cuatro de la tarde. Adaptábase poco a poco a tan horrible molde, renunciando a ser niño, envejeciéndose a los quince años, remedando involuntariamente la actitud sufrida y los gestos mecánicos de Hermógenes, el amarillo y calvo dependiente, que, por carecer de personalidad, hasta de edad carecía. No era joven ni tampoco viejo.

En aquella espantosa vida, *pasándose* de cuerpo y alma, como las uvas puestas al sol, conservaba Horacio el fuego interior, la pasión artística, y cuando su abuelo le permitió algunas horas de libertad los domingos y le concedió el fuero de persona humana, dándole un real para sus esparcimientos, ¿qué hacía el chico? Procurarse papel y lápices y dibujar cuanto veía. Suplicio grande fue para él que habiendo en la tienda tanta pintura en tubos, pinceles, paletas y todo el material de aquel arte que adoraba, no le fuera permitido utilizarlo. Esperaba y esperaba siempre mejores tiempos, viendo rodar los monótonos días, iguales siempre a sí mismos, como iguales son los granos de arena de una clepsidra [22]. Sostúvole la fe en su destino, y gracias a ella soportaba tan miserable y ruin existencia.

---

[22] *clepsidra:* reloj de agua. Galdós se refiere aquí a los dos compartimentos de cristal de un reloj de arena.

El feroz abuelo era también avaro, de la escuela del licenciado Cabra[23], y daba de comer a su nieto y a Hermógenes lo preciso absolutamente para vivir, sin refinamientos de cocina, que, a su parecer, sólo servían para ensuciar el estómago. No le permitía juntarse con otros chicos, pues las compañías, aunque no sean enteramente malas, sólo sirven hoy para perderse: están los muchachos tan comidos de vicios como los hombres. ¡Mujeres!... Este ramo del vivir era el que en mayores cuidados al tirano ponía, y de seguro, si llega a sorprender a su nieto en alguna debilidad de amor, aunque de las más inocentes, le rompe el espinazo. No consentía, en suma, que el chico tuviese voluntad, pues la voluntad de los demás le estorbaba a él como sus propios achaques físicos, y al sorprender en alguien síntomas de carácter, padecía como si le doliesen las muelas. Quería que Horacio fuera droguista, que cobrase afición al *género,* a la contabilidad escrupulosa, a la rectitud comercial, al manejo de la tienda; deseaba hacer de él un hombre y enriquecerle; se encargaría de casarle oportunamente, esto es, de proporcionarle una madre para los hijos que debía tener; de labrarle un hogar modesto y ordenado, de reglamentar su existencia hasta la vejez, y la existencia de sus sucesores. Para llegar a este fin, que don Felipe Díaz conceptuaba tan noble como el fin sin fin de salvar el alma, lo primerito era que Horacio se curase de aquella estúpida chiquillada de querer representar los objetos por medio de una pasta que se aplica sobre tabla o tela. ¡Vaya una tontería! ¡Querer reproducir la naturaleza, cuando tenemos ahí la naturaleza misma delante de los ojos! ¿A quién se le ocurre tal dispa-

---

[23] *licenciado Cabra:* referencia al personaje de la novela picaresca el *Buscón* (1604-1626), de Francisco de Quevedo (1580-1645), caracterizado por su tremenda avaricia.

rate? ¿Qué es un cuadro? Una mentira, como las comedias, una función muda, y por muy bien pintado que un cielo esté, nunca se puede comparar con el cielo mismo. Los artistas eran, según él, unos majaderos, locos y falsificadores de las cosas, y su única utilidad consistía en el gasto que hacían en las tiendas comprando los enseres del oficio. Eran, además, viles usurpadores de la facultad divina, e insultaban a Dios queriendo remedarle, creando fantasmas o figuraciones de cosas, que sólo la acción divina puede y sabe crear, y por tal crimen, el lugar más calentito de los Infiernos debía ser para ellos. Igualmente despreciaba don Felipe a los cómicos y a los poetas; como que se preciaba de no haber leído jamás un verso, ni visto una función de teatro; y hacía gala también de no haber viajado nunca, ni en ferrocarril, ni en diligencia, ni en carromato; de no haberse ausentado de su tienda más que para ir a misa o para evacuar algún asunto urgente.

Pues bien, todo su empeño era reacuñar a su nieto con este durísimo troquel, y cuando el chico creció y fue hombre, crecieron en el viejo las ganas de estampar en él sus hábitos y sus rancias manías. Porque debe decirse que le amaba, sí, ¿a qué negarlo?, le había tomado cariño, un cariño extravagante, como todos sus afectos y su manera de ser. La voluntad de Horacio, en tanto, fuera de la siempre viva vocación de la pintura, había llegado a ponerse lacia por la falta de uso. Últimamente, a escondidas del abuelo, en un cuartucho alto de la casa, que éste le permitió disfrutar, pintaba, y hay algún indicio de que lo sospechaba el feroz viejo y hacía la vista gorda. Fue la primera debilidad de su vida, precursora quizá de acontecimientos graves. Algún cataclismo tenía que sobrevenir, y así fue, en efecto; una mañana, hallándose don Felipe en su escritorio revisando unas facturas inglesas de clorato de potasa

y de sulfato de cinc, inclinó la cabeza sobre el papel y
quedó muerto sin exhalar un ay. El día antes había cumplido noventa años.

IX

Todo esto, y otras cosas que irán saliendo, se lo contaba
Horacio a su damita, y ésta lo escuchaba con deleite, con-
firmándose en la creencia de que el hombre que le había
deparado el cielo era una excepción entre todos los morta-
les, y su vida lo más peregrino y anómalo que en clase de
vidas de jóvenes se pudiera encontrar; como que casi parecía vida de un santo digna de un huequecito en el martirolo-
gio. «Cogiome aquel suceso —prosiguió Díaz— a los vein-
tiocho años, con hábitos de viejo y de niño, pues por un
lado la terrible disciplina de mi abuelo había conservado en
mí una inocencia y desconocimiento del mundo impropios
de mi edad, y por otro poseía virtudes propiamente seniles,
inapetencias de lo que apenas conocía, un cansancio, un te-
dio que me hicieron tener por hombre entumecido y anqui-
losado para siempre... Pues, señor, debo decirte que mi
abuelo dejó un bonito caudal, amasado cuarto a cuarto en
aquella tienda asquerosa y mal oliente. A mí me tocaba una
quinta parte; diéronme una casa muy linda en Villajoyosa [24],
dos finquitas rústicas y la participación correspondiente en
la droguería, que continúa con la razón social de *Sobrinos
de Felipe Díaz*. Al verme libre, tardé en reponerme del es-

[24]   La Vila Joiosa, villa de Alicante. Es conocida, entre otras cosas,
por su casco antiguo y por la famosa fábrica de chocolates Valor, que
data de 1884. Galdós tenía amplias referencias de la ciudad a través de
sus amigos, los doctores Esquerdo, oriendo del lugar, y Tolosa Latour.

tupor que mi independencia me produjo; me sentía tan tímido, que al querer dar algunos pasos por el mundo, me caía, hija de mi alma, me caía, por no haber ejercitado en mucho tiempo las piernas.

»Mi vocación artística, ya desatada de aquel freno maldito, me salvó, hízome hombre. Sin cuidarme de intervenir en los asuntos de la testamentaría, levanté el vuelo, y del primer tirón me planté en Italia, mi ilusión, mi sueño. Yo había llegado a pensar que Italia no existía, que tanta belleza era mentira, engaño de la mente. Corrí allá, y... ¡qué había de suceder! Era yo como un seminarista sin vocación a quien sueltan por esos mundos después de quince años de forzosa virtud. Ya comprenderás... el contacto de la vida despertó en mí deseos locos de cobrar todo lo atrasado, de vivir en meses los años que el tiempo me debía, estafándomelos de una manera indigna, con la complicidad de aquel viejo maniático. ¿No me entiendes?... Pues en Venecia me entregué a la disipación, superando con mi conducta a mis propios instintos, pues no era el niño-viejo tan vicioso como aparentaba serlo por desquite, por venganza de su sosería y ridiculez pasadas. Llegué a creer que si no extremaba el libertinaje no era bastante hombre, y me recreaba mirándome en aquel espejo, inmundo si se quiere, pero en el cual me veía mucho más airoso de lo que fui en la trastienda de mi abuelo... Naturalmente, me cansé; claro. En Florencia y Roma, el arte me curó de aquel afán diabólico, y como mis pruebas estaban hechas, y ya no me atormentaba la idea de *doctorarme de hombre,* dediqueme al estudio; copiaba, atacando con brío el natural; pero mientras más aprendía, mayor suplicio me causaba la deficiencia de mi educación artística. En el color íbamos bien: lo manejaba fácilmente; pero en el dibujo, cada día más torpe. ¡Cuánto he padecido, y qué vigilias, qué afanes día y noche, buscando la línea, luchando con ella y concluyendo por declararme vencido, para volver en seguida a la espantosa batalla, con brío, con furor...!

»¡Qué rabia!... Pero no podía ser de otra manera. Como de niño no cultivé el dibujo, costábame Dios y ayuda encajar un contorno... Te diré que en mis tiempos de esclavitud, al trazar números sin fin en el escritorio de don Felipe, me entretenía en darles la intención de formas humanas. A los sietes les imprimía cierto aire jaquetón, como si rasguease un escorzo de hombre; con los ochos apuntaba un contorno de seno de mujer, y qué sé yo... los treses me servían para indicar el perfil de mi abuelo, semejante al pico de una tortuga... Pero este ejercicio pueril no bastaba. Faltábame el hábito de ver seriamente la línea y de reproducirla. Trabajé, sudé, renegué... y por fin, algo aprendí. Un año pasé en Roma entregado en cuerpo y alma al estudio formal, y aunque tuve también allí mis borracheritas del género de las de Venecia, fueron más reposadas, y ya no era yo el zangolotino que llega tarde al festín de la vida, y se come precipitadamente con atrasado apetito los platos servidos ya, para ponerse al nivel de los que a su debido tiempo empezaron.

»De Roma me volví a Alicante, donde mis tíos arreglaron la herencia, asignándome la parte que quisieron, sin ninguna desavenencia ni regateo por mi parte, y di mi último adiós a la droguería, transformada y modernizada, para venirme acá, donde tengo una tía que no me la merezco, más buena que los ángeles, viuda sin hijos, y que me quiere como a tal, y me cuida y me agasaja. También ella fue víctima del que tiranizó a toda la familia. Como que sólo le pasaba una peseta diaria, y en todas sus cartas le decía que ahorrase... Apenas llegué a Madrid tomé el estudio y me consagré con alma y vida al trabajo. Tengo ambición, deseo el aplauso, la gloria, un nombre. Ser cero, no valer más que el grano que, con otros iguales, forma la multitud, me entristece. Mientras no me convenzan de lo contrario, creeré que me ha caído dentro una parte, quizá no grande, pero parte al fin, de la esencia divina que Dios ha esparcido sobre el montón, caiga donde cayere.

»Te diré algo más. Meses antes de descubrirte padecí en este Madrid ¡unas melancolías...! Encontrábame otra vez con mis treinta años echados a perros, pues aunque conocía un poco la vida y los placeres de la mocedad, y saboreaba también el goce estético, faltábame el amor, el sentimiento de nuestra fusión en otro ser. Entregueme a filosofías abstrusas, y en la soledad de mi estudio, bregando con la forma humana, pensaba que el amor no existe más que en la aspiración de obtenerlo. Volví a mis tristezas amargas de adolescente; en sueños veía siluetas, vaguedades tentadoras que me hacían señas, labios que me siseaban. Comprendía entonces las cosas más sutiles; las psicologías más enrevesadas parecíanme tan claras como las cuatro reglas de la aritmética... Te vi al fin; me saliste al encuentro. Te pregunté si eras tú... no sé qué te dije. Estaba tan turbado, que debiste de encontrarme ridículo. Pero Dios quiso que supieras ver lo grave y serio al través de lo tonto. Nuestro romanticismo, nuestra exaltación, no nos parecieron absurdos. Nos sorprendimos con hambre atrasada, el hambre espiritual, noble y pura que mueve el mundo, y por la cual existimos, y existirán miles de generaciones después de nosotros. Te reconocí mía y me declaraste tuyo. Esto es vivir; lo demás, ¿qué es?»

Dijo, y Tristana, atontada por aquel espiritualismo, que era como bocanadas de incienso que su amante arrojaba sobre ella con un descomunal *botafumeiro*[25], no supo respon-

---

[25]   *botafumeiro:* enorme incensario que cuelga del techo de la catedral de Santiago de Compostela.

derle. Sentía que dentro del pecho le pataleaba la emoción, como un ser vivo más grande que el seno que lo contiene, y se desahogaba con risas frenéticas, o con repentinos y ardientes chorretazos de lágrimas. Ni era posible decir si aquello era en ambos felicidad o una pena lacerante, porque uno y otro se sentían como heridos por un aguijón que les llegaba al alma, y atormentados por el deseo de un más allá. Tristana, particularmente, era insaciable en el continuo exigir de su pasión. Salía de repente por el registro de una queja amarguísima, lamentándose de que Horacio no la quería bastante, que debía quererla más, mucho más; y él concedía sin esfuerzo el más, siempre más, exigiendo a su vez lo mismo.

Contemplaban al caer de la tarde el grandioso horizonte de la Sierra [26], de un vivo tono de turquesa, con desiguales toques y transparencias, como si el azul purísimo se derramase sobre cristales de hielo. Las curvas del suelo desnudo, perdiéndose y arrastrándose como líneas que quieren remedar un manso oleaje, les repetían aquel *más, siempre más,* ansia inextinguible de sus corazones sedientos. Algunas tardes, paseando junto al canalillo del Oeste, ondulada tira de oasis que ciñe los áridos contornos del terruño madrileño,

---

[26]   *Sierra:* la ciudad de Madrid de Galdós, véase nota 15, es una urbe con un centro, el casco antiguo, ampliada por la zona de los grandes edificios oficiales de la calle de Alcalá, como los edificios del Banco de España y el antiguo edificio de Correos, y que hace frontera con la Castellana por un lado y por el río Manzanares por el otro. Desde casi todos los lugares se divisaba entonces la Sierra Norte o Sierra de Guadarrama, que hoy aparece tapada por las edificaciones de pisos. Galdós empieza a mencionarla en *La desheredada* (1881), incluso llama a uno de los personajes Canencia, nombre de unos de los picos de la sierra. El horizonte madrileño galdosiano poseía, pues, este extraordinario telón de fondo que hoy falta.

se recreaban en la placidez bucólica de aquel vallecito en miniatura. Cantos de gallo, ladridos de perro, casitas de labor; el remolino de las hojas caídas, que el manso viento barría suavemente, amontonándolas junto a los troncos; el asno, que pacía con grave mesura; el ligero temblor de las más altas ramas de los árboles, que se iban quedando desnudos, todo les causaba embeleso y maravilla, y se comunicaban las impresiones, dándoselas y quitándoselas como si fuera una sola impresión que corría de labio a labio y saltaba de ojos a ojos.

Regresaban siempre a hora fija, para que ella no tuviese bronca en su casa, y sin cuidarse de Saturna, que los esperaba, iban del brazo por el camino de Aceiteros, al anochecer más silencioso y solitario que la Mala de Francia. Al lado de occidente veían el cielo inflamado, rastro espléndido de la puesta del sol. Sobre aquella faja se destacaban, como crestería negra de afiladas puntas, los cipreses del cementerio de San Ildefonso, cortados por tristes pórticos a la griega, que a media luz parecen más elegantes de lo que son. Pocas habitaciones hay por allí, y poca o ninguna gente encontraban a tal hora. Casi siempre veían uno o dos bueyes desuncidos, echados, de esos que por el tamaño parecen elefantes, hermosos animales de raza de Ávila, comúnmente negros, con una cornamenta que pone miedo en el ánimo más valeroso; bestias inofensivas a fuerza de cansancio, y que, cuando las sueltan del yugo, no se cuidan más que de reposar, mirando con menosprecio al transeúnte. Tristana se acercaba a ellos hasta poner sus manos en las astas retorcidas, y se hubiera alegrado de tener algo que echarles de comer. «Desde que te quiero —a su amigo decía—, no tengo miedo a nada, ni a los toros ni a los ladrones. Me siento valiente hasta el heroísmo, y ni la serpiente boa ni el león de la selva me harían pestañear.»

Cerca ya del antiguo Depósito de aguas veían los arma-
tostes del tiovivo, rodeados de tenebrosa soledad. Los ca-
ballitos de madera, con las patas estiradas en actitud de correr, parecían encantados. Los balancines, la montaña rusa,
destacaban en medio de la noche sus formas extravagantes.
Como no había nadie por allí, Tristana y Horacio solían
apoderarse durante breves momentos de todos los juguetes
grandes con que se divierte el niño-pueblo... Ellos también
eran niños. No lejos de aquel lugar veían la sombra del Depósito viejo, rodeado de espesas masas de árboles, y hacia
la carretera brillaban luces, las del tranvía o coches que pasaban, las de algún merendero en que todavía sonaba rumor
pendencioso de parroquianos retrasados. Entre aquellos
edificios de humilde arquitectura, rodeados de banquillos pa-
ticojos y de rústicas mesas, esperábales Saturna, y allí era
la separación, algunas noches tan dolorosa y patética como
si Horacio se marchara para el fin del mundo o Tristana se
despidiera para meterse monja. Al fin, al fin, después de mucho tira y afloja, conseguían despegarse, y cada mitad se
iba por su lado. Aún se miraban de lejos, adivinándose, más
que viéndose, entre las sombras de la noche.

X

Tristana, según su expresión, no temía, después de enamorada, ni al toro corpulento, ni a la serpiente boa, ni al
fiero león del Atlas; pero tenía miedo de don Lope, viéndole ya cual monstruo que se dejaba tamañitas a cuantas
fieras y animales dañinos existen en la creación. Anali-
zando su miedo, la señorita de Reluz creía encontrarlo de
tal calidad, que podía, en un momento dado, convertirse en
valor temerario y ciego. La desavenencia entre cautiva y ti-

rano se acentuaba de día en día. Don Lope llegó al colmo
de la impertinencia, y aunque ella le ocultaba, de acuerdo
con Saturna, las saliditas vespertinas, cuando el anciano galán le decía con semblante fosco «tú sales, Tristana, sé que
sales; te lo conozco en la cara», si al principio lo negaba la
niña, luego asentía con su desdeñoso silencio. Un día se
atrevió a responderle: «Bueno, pues salgo, ¿y qué? ¿He de
estar encerrada toda mi vida?».

Don Lope desahogaba su enojo con amenazas y juramen-
tos, y luego, entre airado y burlón, le decía: «Porque nada
tendrá de particular que, si sales, te acose algún mequetrefe,
de estos *bacillus virgula* del amor que andan por ahí, único
fruto de esta generación raquítica, y que tú, a fuerza de oír
sandeces, te marees y le hagas caso. Mira, niñita, mira que
no te lo perdono. Si me faltas, que sea con un hombre digno
de mí. ¿Y dónde está ese hombre, digno rival de lo presente? En ninguna parte, ¡vive Dios! Cree que no ha nacido... ni nacerá. Así y todo, tú misma reconocerás que no
se me desbanca a mí tan fácilmente... Ven acá: basta de mo-
ñitos. ¡Si creerás que no te quiero ya! ¡Cómo me echarías
de menos si te fueras de mí! No encontrarías más que tipos de
una insipidez abrumadora... Vaya, hagamos las paces. Perdóname si dudé de ti. No, no, tú no me engañas. Eres una
mujer superior, que conoce el mérito y...».

Con estas cosas, no menos que con sus arranques de mal
genio, don Lope llegó a inspirar a su cautiva un aborrecimiento sordo y profundo, que a veces se disfrazaba de
menosprecio, a veces de repugnancia. Horriblemente has-
tiada de su compañía, contaba los minutos esperando el
momento en que solía echarse a la calle. Causábale espanto
la idea de que cayese enfermo, porque entonces no saldría,
¡Dios bendito!, y ¿qué sería de ella presa, sin poder...? No,
no, esto era imposible. Habría paseíto, aunque don Lope

enfermase o se muriera. Por las noches, casi siempre fingía Tristana dolor de cabeza para retirarse pronto de la vista y de las odiosas caricias del don Juan caduco. «Y lo raro es —decía la niña, a solas con su pasión y su conciencia— que si este hombre comprendiera que no puedo quererle, si borrase la palabra amor de nuestras relaciones, y estableciera entre los dos... otro parentesco, yo le querría, sí, señor, le querría, no sé cómo, como se quiere a un buen amigo, porque él no es malo, fuera de la perversidad monomaníaca de la persecución de mujeres. Hasta le perdonaría yo el mal que me ha hecho, mi deshonra, se lo perdonaría de todo corazón, sí, sí, con tal que me dejase en paz... Dios mío, inspírale que me deje en paz, y yo le perdonaré, y hasta le tendré cariño, y seré como las hijas demasiado humildes que parecen criadas, o como las sirvientas leales, que ven un padre en el amo que les da de comer.»

Felizmente para Tristana, no sólo mejoró la salud de Garrido, desvaneciéndose con esto los temores de que se quedara en casa por las tardes, sino que debió de tener algún alivio en sus ahogos pecuniarios, porque cesaron sus murrias impertinentes, y se le vio en el temple sosegado en que vivir solía. Saturna, perro viejo y machucho[27], comunicó a la señorita sus observaciones sobre este particular. «Bien se ve que el amo está en fondos, porque ya no se le ocurre que yo pueda ensuciarme por un cuarto de escarola, ni se olvida del respeto que, como caballero, debe a las que llevamos una falda, aunque sea remendadita. Lo malo es que cuando cobra los atrasos se los gasta en una semana, y luego... adiós caballería, y otra vez ordinario, cominero y métomeen-todo.» Al propio tiempo, volvió don Lope a poner en el

---

[27]   *machucho:* flemático.

cuidado de su persona un prolijo esmero señoril, acicalándose como en sus mejores tiempos. Ambas mujeres dieron gracias a Dios por esta feliz restauración de costumbres, y aprovechando las ausencias metódicas del tirano, entregose la niña con toda libertad al inefable goce de sus paseítos con el hombre que amaba.

El cual, por variar el escenario y la decoración, llevaba un coche las más de las tardes, y metiéndose los dos en él, se daban el gustazo de alejarse de Madrid casi hasta perderlo de vista. Testigos de su dicha fueron el cerro de Chamartín, las dos torres, que parecen pagodas, del colegio de los jesuitas, y el pinar misterioso; hoy el camino de Fuencarral, mañana las sombrías espesuras del Pardo, con su suelo de hojas metálicas erizadas de picos, las fresnedas que bordean el Manzanares, las desnudas eminencias de Amaniel y las hondas cañadas del Abroñigal. Dejando el coche, paseaban a pie largo trecho por los linderos de las tierras labradas, y aspiraban con el aire las delicias de la soledad y plácida quietud, recreándose en cuanto veían, pues todo les resultaba bonito, fresco y nuevo, sin reparar que el encanto de las cosas era una proyección de sí mismos. Retrayendo los ojos hacia la causa de tanta hermosura, que en ellos residía, entregábanse al inocente juego de su discretismo, que a los no enamorados habría parecido empalagoso. Sutilizaban los porqués de su cariño, querían explicar lo inexplicable, descifrar el profundo misterio, y al fin paraban en lo de siempre, en exigirse y prometerse más amor, en desafiar la eternidad, dándose garantías de fe inalterable en vidas sucesivas, en los cercos nebulosos de la inmortalidad, allá donde habita la perfección y se sacuden las almas el polvo de los mundos en que penaron.

Mirando a lo inmediato y positivo, Horacio la incitaba a subir con él al estudio, demostrándole la comodidad y re-

serva que aquel local les ofrecía para pasar juntos la tarde.
¡Flojitas ganas tenía ella de ver el estudio! Pero tan grande
como su deseo era su temor de encariñarse demasiado con
el nido, y sentirse en él tan bien, que no pudiera abando-
narlo. Barruntaba lo que en la vivienda de su ídolo, vecina
de los pararrayos, según Saturna, podría pasarle; es decir,
no lo barruntaba, lo veía tan claro que más no podía ser. Y
le asaltaba el recelo amarguísimo de ser menos amada después de lo que allí sucediera, como se pierde el interés del
jeroglífico después de descifrado; recelaba también que
el caudal de su propio cariño disminuyera prodigándose en el
grado supremo.

Como el amor había encendido nuevos focos de luz en
su inteligencia, llenándole de ideas el cerebro, dándole asimismo una gran sutileza de expresión para traducir al lenguaje los más hondos misterios del alma, pudo exponer a
su amante aquellos recelos con frase tan delicada y tropos
tan exquisitos, que decía cuanto en lo humano cabe, sin decir nada que al pudor pudiera ofender. Él la comprendía, y
como en todo iban acordes, devolvíale con espiritual ternura los propios sentimientos. Con todo, no cejaba en su
afán de llevarla al estudio. «¿Y si nos pesa después? —decía ella—. Temo la felicidad, pues cuando me siento dichosa, paréceme que el mal me acecha. Créete que en vez
de apurar la felicidad, nos vendría bien ahora algún contra-
tiempo, una miajita de desgracia. El amor es sacrificio, y
para la abnegación y el dolor debemos estar preparados
siempre. Imponme un sacrificio grande, una obligación penosa, y verás con qué gusto me lanzo a cumplirla. Sufra-
mos un poquitín, seamos buenos...»

—No, lo que es a buenos no hay quien nos gane —decía
Horacio con gracejo—. Nos pasamos ya de angelicales,
alma mía. Y eso de imponernos sufrimientos es música,

porque bastantes trae la vida sin que nadie los busque. Yo también soy pesimista; por eso, cuando veo el bien en puerta, lo llamo y no lo dejo marcharse, no sea que después, cuando lo necesite, se empeñe en no venir el muy pícaro...

Surgía en ambos, con estas y otras cosas, un entusiasmo ardiente; a las palabras sucedían las ternezas, hasta que un arranque de dignidad y cordura les ponía de perfecto acuerdo para enfrenar su inquietud y revestirse de formalidad, engañosa si se quiere, pero que por el momento los salvaba. Decían cosas graves, pertinentes a la moral; encomiaban las ventajas de la virtud y lo hermoso que es quererse con exquisita y celestial pureza. Como que así es más fino y sutil el amor, y se graba más en el alma. Con estas dulces imposturas iban ganando tiempo, y alimentaban su pasión, hoy con anhelos, mañana con suplicios de Tántalo, exaltándola con lo mismo que parecía destinado a contenerla, humanizándola con lo que divinizarla debiera, ensanchando por la margen del espíritu, así como por la de la materia, el cauce por donde aquel raudal de vida corría.

XI

Por sus pasos contados vinieron las confidencias difíciles, abriéronse las páginas biográficas que más se resisten a la revelación, porque afectan a la conciencia y al amor propio. Es ley de amor el inquirir, y lo es también el revelar. La confesión procede del amor, y por él son más dolorosas las apreturas de la conciencia. Tristana deseaba confiar a Horacio los hechos tristes de su vida, y no se conceptuaba dichosa hasta no efectuarlo. Entreveía o más bien adivinaba el artista un misterio grave en la existencia de su amada, y si al principio, por refinada delicadeza, no quiso echar la sonda, llegó día en que los recelos del hombre y la curiosidad del enamorado pudieron más que sus finos miramientos. Al conocer a Tristana, creyola Horacio, como algunas gentes de Chamberí, hija de don Lope. Pero Saturna, al llevarle la segunda carta, le dijo: «La señorita es casada, y ese don Lope, que usted cree papá, es su propio marido inclusive». Estupefacción del joven artista; pero el asombro no impidió la credulidad... Así quedaron las cosas, y por bastantes días persistió en Horacio la costumbre de ver en su conquista la legítima esposa del respetable y gallardo caballero, que parecía figura escapada del *Cuadro de las Lanzas* [28]. Siempre que ante ella le nombraba, decía: «Tu marido acá, tu marido allá...», y ella no se daba maldita prisa en destruir el error. Pero un día, al fin, palabra tras palabra, pregunta sobre pregunta, sintiendo invencible repugnancia de la mentira, y hallándose con fuerzas para cerrar contra ella, Tristana, ahogada de vergüenza y de dolor, se determinó a poner las cosas en su lugar.

«Te estoy engañando, y no debo ni quiero engañarte. La verdad se me sale a la boca, y no puedo contenerla más. No estoy casada con mi marido... digo, con mi papá... digo, con ese hombre... Un día y otro pensaba decírtelo; pero no me salía, hijo, no me salía... Ignoraba, ignoro aún, si lo sientes o te alegras, si valgo más o valgo menos a tus ojos... Soy una mujer deshonrada, pero soy libre. ¿Qué prefieres?... ¿que sea una casada infiel o una soltera que ha perdido su honor? De todas maneras creo que, al decírtelo, me lleno de oprobio... y no sé... no sé...» No pudo concluir, y rompiendo en lágrimas amargas, ocultó el rostro en el pecho de su

---

[28] *Cuadro de las Lanzas:* nombre popular dado al cuadro histórico de Velázquez *La rendición de Breda* (1634-1645) por la cantidad de lanzas allí pintadas.

amigo. Largo rato duró aquel espasmo de sensibilidad. Ninguno de los dos decía nada. Por fin, saltó ella con la preguntita de cajón: «¿Me quieres más o me quieres menos?».

—Te quiero lo mismo... no; más, más, siempre más.

No se hizo de rogar la niña para referir *a grandes rasgos* el cómo y cuándo de su deshonra. Lágrimas sin fin derramó aquella tarde; pero nada omitió su sinceridad, su noble afán de confesión, como medio seguro de purificarse. «Recogiome cuando me quedé huérfana. Él fue, justo es decirlo, muy generoso con mis padres. Yo le respetaba y le quería; no sospechaba lo que me iba a pasar. La sorpresa no me permitió resistir. Era yo entonces un poco más tonta que ahora, y ese hombre maldito me dominaba, haciendo de mí lo que quería. Antes, mucho antes de conocerte, abominaba yo de mi flaqueza de ánimo; cuánto más ahora que te conozco. ¡Lo que he llorado, Dios mío!... ¡las lágrimas que me ha costado el verme como me veo...! Y cuando te quise, dábanme ganas de matarme, porque no podía ofrecerte lo que tú te mereces... ¿Qué piensas? ¿Me quieres menos o me quieres más? Dime que más, siempre más. En rigor de verdad, debo parecerte ya menos culpable, porque no soy adúltera; no engaño sino a quien no tiene derecho a tiranizarme. Mi infidelidad no es tal infidelidad, ¿qué te parece?, sino castigo de su infamia; y este agravio que de mí recibe se lo tiene merecido.»

No pudo menos Horacio de manifestarse más celoso al saber la ilegitimidad de los lazos que unían a Tristana con don Lope. «No, si no le quiero —dijo ella con énfasis—, ni le he querido nunca. Para expresarlo todo de una vez, añadiré que desde que te conocí empecé a sentir hacia él un terrible desvío... Después... ¡Ay Jesús, me pasan cosas tan raras...! A veces paréceme que le aborrezco, que siento hacia él un odio tan grande como el mal que me hizo; a veces...

todo te lo confieso, todo... siento hacia él cierto cariño, como de hija, y me parece que si él me tratara como debe, como un padre, yo le querría... Porque no es malo, no vayas a creer que es muy malo, muy malo... No; allí hay de todo: es una combinación monstruosa de cualidades buenas y de defectos horribles; tiene dos conciencias: una muy pura y noble para ciertas cosas, otra que es como un lodazal, y las usa según los casos; se las pone como si fueran camisas. La conciencia negra y sucia la emplea para todo cuanto al amor se refiere. ¡Ah, no creas! Ha sido muy afortunado en amores. Sus conquistas son tantas que no se pueden contar. ¡Si tú supieras...! Aristocracia, clase media, pueblo... en todas partes dejó memoria triste, como don Juan Tenorio [29]. En palacios y cabañas se coló, y no respetó nada el muy trasto, ni la virtud, ni la paz doméstica, ni la santísima religión. Hasta con monjas y beatas ha tenido amores el maldito, y sus éxitos parecen obra del demonio. Sus víctimas no tienen número: maridos y padres burlados; esposas que se han ido al infierno, o se irán cuando mueran; hijos... que no se sabe de quién son hijos. En fin, es hombre muy dañino, porque además tira las armas con gran arte, y a más de cuatro les ha mandado al otro mundo. En su juventud tuvo arrogante figura, y hasta hace poco tiempo todavía daba un chasco. Ya comprenderás que sus conquistas han ido desmereciendo en importancia según le iban pesando los añitos. A mí me ha tocado ser la última. Pertenezco a su decadencia...»

---

[29]   *Don Juan Tenorio:* título y nombre del drama romántico (1844) y del personaje creados por José Zorrilla (1817-1893). Don Lope es un don Juan Tenorio, cortado en el patrón del burlador de Tirso de Molina, en el sentido de que es un seductor, que al final se salva gracias al amor, lleno de impurezas sentimentales, que siente hacia Tristana.

Oyó Díaz estas cosas con indignación primero, con asombro después, y lo único que se le ocurrió decir a su amada fue que debía romper cuanto antes aquellas nefandas relaciones, a lo que contestó la niña muy acongojada que era esto más fácil de decir que de practicar, pues el muy ladino, cuando advertía en ella síntomas de hastío y pruritos de separación, se las echaba de padre, mostrándose tiránicamente cariñoso. Con todo, fuerza es dar un gran tirón para arrancarse de tan ignominiosa y antipática vida. Horacio la incitó a proceder con firmeza, y a medida que se agigantaba en su mente la figura de don Lope, más viva era su resolución de burlar al burlador y de arrancarle su víctima, la postrera quizá, y sin duda la más preciosa.

Volvió Tristana a su casa en un estado moral y mental lastimoso, disparada de los nervios, febril y dispuesta a consumar cualquier desatino. Tocábale aquella noche aborrecer a su tirano, y cuando le vio llegar, risueño y con humor de bromas, entrole tal rabia, que de buena gana le habría tirado a la cabeza el plato de la sopa. Durante la comida, don Lope estuvo decidor, y echaba chafalditas a Saturna, diciéndole, entre otras cosas: «Ya, ya sé que tienes un novio ahí en Tetuán, ése que llaman *Juan y Medio* por lo largo que es, el herrador... ya sabes. Me lo ha dicho Pepe, el del tranvía. Por eso, a la caída de la tarde, andas desatinada por esos caminos, buscando los rincones obscuros, y no falta una sombra larga y escueta que se confunda con la tuya».

—Yo no tengo nada con *Juan y Medio,* señor... Que me pretenda él... no sé; podrá ser. Me hacen la rueda otros que valen más... hasta señoritos. Pues qué se cree, ¿que sólo él tiene quien le quiera?

Seguía Saturna la broma, mientras Tristana se requemaba interiormente, y lo poco que comió se le volvía veneno. A don Lope no le faltaba apetito aquella noche, y daba cuenta pausadamente de los garbanzos del cocido, como el más pánfilo burgués; del modesto principio, más de carnero que de vaca[30], y de las uvas del postre, todo acompañado con tragos del vino de la taberna próxima, malísimo, que el buen señor bebía con verdadera resignación, haciendo muecas cada vez que a la boca se lo llevaba. Terminada la comida, retirose a su cuarto y encendió un puro, llamando a Tristana para que le hiciese compañía; y estirándose en la butaca, le dijo estas palabras, que hicieron temblar a la joven:

—No es sólo Saturna la que tiene un idilio nocturno por ahí. Tú también lo tienes. No, si nadie me ha dicho nada... Pero te lo conozco; hace días que te lo leo... en la cara, en la voz.

Tristana palideció. Su blancura de nácar tomó azuladas tintas a la luz del velón con pantalla que alumbraba el gabinete. Parecía una muerta hermosísima, y se destacaba sobre el sofá con el violento escorzo de una figura japonesa, de esas cuya estabilidad no se comprende, y que parecen cadáveres risueños pegados a un árbol, a una nube, a incomprensibles fajas decorativas. Puso fin en su cara exangüe una sonrisilla forzada, y sobrecogida contestó: «Te equivocas... yo no tengo...». Don Lope se le imponía de tal modo, y la fascinaba con tan misteriosa autoridad, que ante él, aun con tantas razones para rebelarse, no sabía tener ni un respiro de voluntad.

---

[30] *más carnero que de vaca:* frase del *Quijote,* aunque invertidos los términos. Cervantes escribió en la primera página de su novela: más vaca que carnero.

XII

—Lo sé —añadió el don Juan en decadencia, quitándose las botas y poniéndose las zapatillas que Tristana, para disimular la estupefacción en que había quedado, le trajo de la alcoba cercana—. Yo soy muy lince en estas cosas, y no ha nacido todavía la persona que me engañe y se burle de mí. Tristana, tú has encontrado por ahí un idilio; te lo conozco en tus inquietudes de estos días, en tu manera de mirar, en el cerco de tus ojos, en mil detalles que a mí no se me escapan. Soy perro viejo, y sé que toda joven de tu edad, si se echa diariamente a la calle, tropieza con su idilio. Ello será de una manera o de otra. A veces se encuentra lo bueno, a veces lo detestable. Ignoro cómo es tu hallazgo; pero no me lo niegues, por tu vida.

Tristana volvió a negar con ademanes y con palabras; pero tan mal, tan mal, que más le valiera callarse. Los penetrantes ojos de don Lope, clavados en ella, la sobrecogían, la dominaban, causándole terror y una dificultad extraordinaria para mentir. Con gran esfuerzo quiso vencer la fascinación de aquella mirada, y repitió sus denegaciones.

—Bueno, defiéndete como puedas —prosiguió el caballero—, pero yo sigo en mis trece. Soy viejo sastre y conozco el paño. Te aviso con tiempo, Tristana, para que adviertas tu error y retrocedas, porque a mí no me gustan idilios callejeros, que pienso serán hasta ahora chiquilladas y juegos inocentes. Porque si fueran otra cosa...

Echó al decir esto una mirada tan viva y amenazante sobre la pobre joven, que Tristana se retiró un poco, como si en vez de ser una mirada fuera una mano la que sobre su rostro venía.

—Mucho cuidado, niña —dijo el caballero, dando una feroz mordida al cigarro de estanco (por no poder gastar otros) que fumaba—. Y si tú, por ligereza o aturdimiento, me pones en berlina y das alas a cualquier mequetrefe para que me tome a mí por un... No, no dudo que entrarás en razón. A mí, óyelo bien, nadie en el mundo hasta la hora presente me ha puesto en ridículo. Todavía no soy tan viejo para soportar ciertos oprobios, muchacha... Con que no te digo más. En último caso, yo me revisto de autoridad para apartarte de un extravío, y si otra cosa no te gusta, me declaro padre, porque como padre tendré que tratarte si es preciso. Tu mamá te confió a mí para que te amparase, y te amparé, y decidido estoy a protegerte contra toda clase de asechanzas y a defender tu honor...

Al oír esto, la señorita de Reluz no pudo contenerse, y sintiendo que le azotaba el alma una racha de ira, venida quién sabe de dónde, como soplo de huracán, se irguió y le dijo:

—¿Qué hablas ahí de honor? Yo no lo tengo: me lo has quitado tú, me has perdido.

Rompió a llorar tan sin consuelo, que don Lope varió bruscamente de tono y de expresión. Llegose a ella, soltando el cigarro sobre un velador, y estrechándole las manos se las besó y en la cabeza la besó también con no afectada ternura.

—Hija mía, me anonadas juzgándome de una manera tan ejecutiva. Verdad que... Sí, tienes razón... Pero bien sabes que no puedo mirarte como a una de tantas, a quienes... No, no es eso. Tristana, sé indulgente conmigo; tú no eres una víctima; yo no puedo abandonarte, no te abandonaré nunca, y mientras este triste viejo tenga un pedazo de pan, será para ti.

—¡Hipócrita, falso, embustero! —exclamó la esclava, sintiéndose fuerte.

—Bueno, hija, desahógate, dime cuantas picardías quieras *(volviendo a tomar su cigarro);* pero déjame hacer contigo lo que no he hecho con mujer alguna, mirarte como un ser querido... esto es bastante nuevo en mí... como un ser de mi propia sangre... ¿Que no lo crees?

—No, no lo creo.

—Pues ya te irás enterando. Por de pronto, he descubierto que andas en malos pasos. No me lo niegues, por Dios. Dime que es tontería, frivolidad, cosa sin importancia; pero no me lo niegues. Pues ¡si yo quisiera vigilarte...! Pero no, no, el espionaje me parece indigno de ti y de mí. No hago más que darte un toquecito de atención, decirte que te veo, que te adivino, que al fin y a la postre nada podrás ocultarme, porque si me pongo a ello, hasta los pensamientos extraeré de tu magín para verlos y examinarlos; hasta tus impresiones más escondidas te sacaré cuando menos lo pienses. Chiquilla, cuidado, vuelve en ti. No se hablará más de ello si me prometes ser buena y fiel; pero si me engañas, si vendes mi dignidad por un puñado de ternuras que te ofrezca cualquier mocoso insípido... no te asombres de que yo me defienda. Nadie me ha puesto la ceniza en la frente todavía.

—Todo es infundado, todo cavilación tuya —dijo Tristana por decir algo—, yo no he pensado en...

—Allá veremos —replicó el tirano volviendo a flecharla con su mirada escrutadora—. Con lo hablado basta. Eres libre para salir y entrar cuando gustes; pero te advierto que a mí no se me puede engañar... Te miro como esposa y como hija, según me convenga. Invoco la memoria de tus padres...

—¡Mis padres! —exclamó la niña reanimándose—. ¡Si resucitaran y vieran lo que has hecho con su hija...!

—Sabe Dios si sola en el mundo, o en otras manos que las mías, tu suerte habría sido peor —replicó don Lope, defendiéndose como pudo—. Lo bueno, lo perfecto, ¿dónde está? Gracias que Dios nos conceda lo menos malo y el bien relativo. Yo no pretendo que me veneres como a un santo; te digo que veas en mí al hombre que te quiere con cuantas clases de cariño pueden existir, al hombre que a todo trance te apartará del mal, y...

—Lo que veo —interrumpió Tristana— es un egoísmo brutal, monstruoso, un egoísmo que...

—El tonillo que tomas —dijo Garrido con acritud—, y la energía con que me contestas me confirman en lo mismo, chicuela sin seso. Idilio tenemos, sí. Hay algo fuera de casa que te inspira aborrecimiento de lo de dentro, y al propio tiempo te sugiere ideas de libertad, de emancipación. Abajo la caretita. Pues no te suelto, no. Te estimo demasiado para entregarte a los azares de lo desconocido y a las aventuras peligrosas. Eres una inocentona sin juicio. Yo puedo haber sido para ti un mal padre. Pues mira, ahora se me antoja ser padre bueno.

Y adoptando la actitud de nobleza y dignidad que tan bien cuadraba a su figura, y que con tanto arte usaba cuando le convenía, poniéndosela y haciéndola crujir, cual armadura de templado acero, le dijo estas graves palabras:

—Hija mía, yo no te prohibiré que salgas de casa, porque esa prohibición es indigna de mí y contraria a mis hábitos. No quiero hacer el celoso de comedia, ni el tirano doméstico, cuya ridiculez conozco mejor que nadie. Pero si no te prohíbo que salgas, te digo con toda formalidad que no me agrada verte salir. Eres materialmente libre, y las limitaciones que deba tener tu libertad tú misma eres quien debe señalarlas, mirando a mi decoro y al cariño que te tengo.

¡Lástima que no hablara en verso para ser perfecta imagen del *padre noble* de antigua comedia! Pero la prosa y las zapatillas, que por la decadencia en que vivían no eran de lo más elegante, destruían en parte aquel efecto. Causaron

impresión a la joven las palabras del estropeado galán, y se
retiró para llorar a solas, allá en la cocina, sobre el pecho
amigo y leal de Saturna; pero no había transcurrido media
hora cuando don Lope tiró de la campanilla para llamarla.
En la manera de tocar conocía la señorita que la llamaba a
ella y no a la criada, y acudió cediendo a una costumbre puramente mecánica. No, no pedía ni la flor de malva, ni las
bayetas calientes: lo que pedía era la compañía dulce de la
esclava, para entretener su insomnio de libertino averiado,
a quien los años atormentan como espectros acusadores.

Encontrole paseándose por el cuarto, con un gabán viejo
sobre los hombros, porque su pobreza no le permitía ya el
uso de un batín nuevo y elegante; la cabeza descubierta,
pues antes que ella entrara se quitó el gorro con que solía
cubrirla por las noches. Estaba guapo, sin duda, con varonil
y avellanada hermosura de *Cuadro de las Lanzas*.

—Te he llamado, hija mía —le dijo, echándose en una
butaca y sentando a la esclava sobre sus rodillas—, porque
no quería acostarme sin charlar algo más. Sé que no he de
dormir si me acuesto dejándote disgustada... Con que vamos a ver... cuéntame tu idilio...

—No tengo ninguna historia que contar —replicó Tristana, rechazando sus caricias con buen modo, como haciéndose la distraída.

—Bueno, pues yo lo descubriré. No, no te riño. ¡Si aun
portándote mal conmigo tengo mucho que agradecerte! Me
has querido en mi vejez, me has dado tu juventud, tu can-
dor; cogí flores en la edad en que no me correspondía tocar
más que abrojos. Reconozco que he sido malo para ti y que
no debí arrancarte del tallo. Pero no lo puedo remediar; no
me puedo convencer de que soy viejo, porque Dios parece
que me pone en el alma un sentimiento de eterna juventud... ¿Qué dices a esto? ¿Qué piensas? ¿Te burlas?... Ríete

todo lo que quieras; pero no te alejes de mí. Yo sé que no puedo dorar tu cárcel *(con amargura vivísima),* porque soy pobre. Es la pobreza también una forma de vejez; pero a ésta me resigno menos que a la otra. El ser pobre me anonada, no por mí, sino por ti, porque me gustaría rodearte de las comodidades, de las galas que te corresponden. Mereces vivir como una princesa, y te tengo aquí como una probrecita hospiciana... No puedo vestirte como quisiera. Gracias que tú estás bien de cualquier modo, y en esta estrechez, en nuestra miseria mal disimulada, siempre, siempre eres y serás perla.

Con gestos más que con palabras, dio a entender Tristana que le importaba un bledo la pobreza.

—¡Ah!... no, estas cosas se dicen, pero rara vez se sienten. Nos resignamos porque no hay más remedio; pero la pobreza es cosa muy mala, hija, y todos, más o menos sinceramente, renegamos de ella. Cree que mi mayor suplicio es no poder dorarte la jaulita. ¡Y qué bien te la doraría yo! Porque lo entiendo, cree que lo entiendo. Fui rico; al menos tenía para vivir solo holgadamente, y hasta con lujo. Tú no te acordarás, porque eras entonces muy niña, de mi cuarto de soltero en la calle de Luzón. Josefina te llevó alguna vez, y tú tenías miedo a las armaduras que adornaban mi sala. ¡Cuántas veces te cogí en brazos, y te paseé por toda la casa, mostrándote mis pinturas, mis pieles de león y de tigre, mis panoplias, los retratos de damas hermosas... y tú sin acabar de perder el miedo! Era un presentimiento, ¿verdad? ¡Quién nos había de decir entonces que andando los años...! Yo, que todo lo preveo, tratándose de amores posibles, no preví esto, no se me ocurría. ¡Ay, cuánto he decaído desde entonces! De escalón en escalón he ido bajando, hasta llegar a esta miseria vergonzosa. Primero tuve que privarme de mis caballos, de mi coche... dejé el cuarto de la calle de Luzón cuando resultaba demasiado costoso para mí. Tomé otro, y luego, cada pocos años, he ido buscándolos más baratos, hasta tener que refugiarme en este arrabal excéntrico y vulgarote. A cada etapa, a cada escalón, iba perdiendo algo de las cosas buenas y cómodas que me rodeaban. Ya me privaba de mi bodega, bien repuesta de exquisitos vinos; ya de mis tapices flamencos y españoles; después, de mis cuadros; luego, de mis armas preciosísimas, y, por fin, ya no me quedan más que cuatro trastos indecentes... Pero no debo quejarme del rigor de Dios, porque me quedas tú, que vales más que cuantas joyas he perdido.

Afectada por las nobles expresiones del caballero en decadencia, Tristana no supo cómo contestarlas, pues no quería ser esquiva con él, por no parecer ingrata, ni tampoco amable, temerosa de las consecuencias. No se determinó a pronunciar una sola palabra tierna que indicase flaqueza de ánimo, porque no ignoraba el partido que el muy taimado sacaría al instante de tal situación. Por el pensamiento de Garrido cruzó una idea que no quiso expresar. Le amordazaba la delicadeza, en la cual era tan extremado, que ni una sola vez, cuando hablaba de su penuria, sacó a relucir sus sacrificios en pro de la familia de Tristana. Aquella noche sintió cierta comezón de ajustar cuentas de gratitud; pero la frase expiró en sus labios, y sólo con el pensamiento le dijo: «No olvides que casi toda mi fortuna la devoraron tus padres. ¿Y esto no se pesa y se mide también? ¿Ha de ser todo culpa en mí? ¿No se te ocurre que algo hay que echar en el otro platillo? ¿Es esa manera justa de pesar, niña, y de juzgar?».

—Por fin —dijo en alta voz, después de una pausa, en la cual juzgó y pesó la frialdad de su cautiva—, quedamos en que no tienes maldita gana de contarme tu idilio. Eres tonta. Sin hablar, me lo estás contando con la repugnancia que tienes de mí y que no puedes disimular. Entendido, hija, entendido. *(Poniéndola en pie y levantándose él también.)* No estoy acostumbrado a inspirar asco, francamente, ni soy hombre que gusta de echar tantos memoriales para obtener lo que le corresponde. No me estimo en tan poco. ¿Qué pensabas? ¿Que te iba a pedir de rodillas...? Guarda tus encantos juveniles para algún otro monigote de estos de ahora, sí, de estos que no podemos llamar hombres sin acortar la palabra o estirar la persona. Vete a tu cuartito y medita sobre lo que hemos hablado. Bien podría suceder que tu idilio me resultara indiferente... mirándolo yo como un medio fácil de que aprendieras, por demostración experimental, lo que va de hombre a hombre... Pero bien podría suceder también que se me indigestara, y que sin atufarme mucho, porque el caso no lo merece, como quien aplasta hormigas, te enseñara yo...

Indignose tanto la niña de aquella amenaza, y hubo de encontrarla tan insolente, que sintió resurgir de su pecho el odio que en ocasiones su tirano le inspiraba. Y como las tumultuosas apariciones de aquel sentimiento le quitaban por ensalmo la cobardía, se sintió fuerte ante él, y le soltó redonda una valiente respuesta: «Pues mejor: no temo nada. Mátame cuando quieras».

Y don Lope, al verla salir en tan decidida y arrogante actitud, se llevó las manos a la cabeza y se dijo: «No me teme ya. Ciertos son los toros».

En tanto, Tristana corrió a la cocina en busca de Saturna, y entre cuchicheos y lágrimas dio sus órdenes, que, palabra más o menos, eran así: «Mañana, cuando vayas por la cartita, le dices que no traiga coche, que no salga, que me espere en el estudio, pues allá voy aunque me muera... Oye, adviértele que despida el modelo, si lo tiene mañana, y que no reciba a nadie... que esté solo, vamos... Si este hombre me mata, máteme con razón».

XIII

Y desde aquel día ya no pasearon más.

Pasearon, sí, en el breve campo del estudio, desde el polo de lo ideal al de las realidades; recorrieron toda la esfera, desde lo humano a lo divino, sin poder determinar fácilmente la divisoria entre uno y otro, pues lo humano les parecía del cielo y lo divino revestíase a sus ojos de carne mortal. Cuando su alegre embriaguez permitió a Tristana enterarse del medio en que pasaba tan dulces horas, una nueva aspiración se reveló a su espíritu, el arte, hasta entonces simplemente soñado por ella, ahora visto de cerca y comprendido. Encendieron su fantasía y embelesaron sus ojos las formas humanas o inanimadas que, traducidas de la naturaleza, llenaban el estudio de su amante; y aunque antes de aquella ocasión había visto cuadros, nunca vio a tan corta distancia el natural del procedimiento. Y tocaba con su dedito la fresca pasta, creyendo apreciar mejor así los secretos de la obra pintada y sorprenderla en su misteriosa gestación. Después de ver trabajar a Díaz, se prendó más de aquel arte delicioso, que le parecía fácil en su procedimiento, y entráronle ganas de probar también su aptitud. Púsole él en la izquierda mano la paleta, el pincel en la derecha, y la incitó a copiar un trozo. Al principio, ¡ay!, entre risotadas y contorsiones, sólo pudo cubrir la tela de informes manchas; pero al segundo día, ¡caramba!, ya consiguió mezclar hábilmente dos o tres colores y ponerlos en su sitio y aun fundirlos con cierta destreza. ¡Qué risa! ¡Si resultaría que también ella era pintora! No le faltaban, no, disposiciones, porque la mano perdía de hora en hora su torpeza, y si la mano no la ayudaba, la mente iba muy altanera por delante, sabiendo *cómo* se *hacía,* aunque hacerlo no pudiera. Desalentada ante las dificultades del procedimiento, se impacientaba, y Horacio reía, diciéndole: «Pues ¿qué crees tú?, ¿que esto es cosa de juego?».

Quejábase amargamente de no haber tenido a su lado, en tanto tiempo, personas que supieran ver en ella una aptitud para algo, aplicándola al estudio de un arte cualquiera. «Ahora me parece a mí que si de niña me hubiesen enseñado el dibujo, hoy sabría yo pintar, y podría ganarme la vida y ser independiente con mi honrado trabajo. Pero mi pobre mamá no pensó más que en darme la educación insustancial de las niñas que aprenden para llevar un buen yerno a casa, a saber: un poco de piano, el indispensable barniz de francés, y qué sé yo... tonterías. ¡Si aun me hubiesen enseñado idiomas, para que, al quedarme sola y pobre, pudiera ser profesora de lenguas...! Luego, este hombre maldito me ha educado para la ociosidad y para su propio recreo, a la turca verdaderamente, hijo... Así es que me encuentro inútil de toda inutilidad. Ya ves, la pintura me encanta; siento vocación, facilidad. ¿Será inmodestia? No, dime que no; dame bombo, anímame... Pues si con voluntad, paciencia y una aplicación continua se vencieran las dificultades, yo las vencería, y sería pintora, y estudiaríamos juntos, y mis cuadros... ¡muérete de envidia!, dejarían tamañitos a los tuyos... ¡Ah, no, eso no; tú eres el rey de los pintores! No, no te enfades; lo eres, porque yo te lo digo. ¡Tengo un instinto...! Yo no sabré hacer las cosas, pero las sé juzgar.»

Estos alientos de artista, estos arranques de mujer superior, encantaban al buen Díaz, el cual, a poco de aquellos íntimos tratos, empezó a notar que la enamorada joven se iba creciendo a los ojos de él y le empequeñecía. En verdad que esto le causaba sorpresa, y casi casi empezaba a contrariarle, porque había soñado en Tristana la mujer subordinada al hombre en inteligencia y en voluntad, la esposa que vive de la savia moral e intelectual del esposo, y que con los ojos y con el corazón de él ve y siente. Pero resultaba que la niña discurría por cuenta propia, lanzándose a los espacios libres del pensamiento, y demostraba las aspiraciones más audaces. «Mira, hijo de mi alma —le decía en aquellas divagaciones deliciosas que les columpiaban desde los transportes del amor a los problemas más graves de la vida—, yo te quiero con toda mi alma; segura estoy de no poder vivir sin ti. Toda mujer aspira a casarse con el hombre que ama; yo, no. Según las reglas de la sociedad, estoy ya imposibilitada de casarme. No podría hacerlo, ni aun contigo, con la frente bien alzada, pues por muy bueno que conmigo fueras, siempre tendría ante ti cierto resquemor de haberte dado menos de lo que mereces, y temería que tarde o temprano, en un momento de mal humor o de cansancio, me dijeras que habías tenido que cerrar los ojos para ser mi marido... No, no. ¿Será esto orgullo, o qué será? Yo te quiero y te querré siempre; pero deseo ser libre. Por eso ambiciono un medio de vivir; cosa difícil, ¿verdad? Saturna me pone en solfa, y dice que no hay más que tres carreras para las mujeres: el matrimonio, el teatro y... Ninguna de las tres me hace gracia. Buscaremos otra. Pero yo pregunto: ¿es locura poseer un arte, cultivarlo y vivir de él? ¿Tan poco entiendo del mundo que tengo por posible lo imposible? Explícamelo tú, que sabes más que yo.»

Y Horacio, apuradísimo, después de muchos rodeos, concluía por hacer suya la afirmación de Saturna.

—Pero tú —agregaba—, eres una mujer excepcional, y esa regla no va contigo. Tú, encontrarás la fórmula, tú resolverás quizá el problema endiablado de la mujer libre...

—Y honrada, se entiende, porque también te digo que no creo faltar a la honradez queriéndote, ya vivamos o no juntos... Vas a decirme que he perdido toda idea de moralidad.

—No, por Dios. Yo creo...

—Soy muy mala yo. ¿No lo habías conocido? Confiésame que te has asustado un poquitín al oírme lo último que te he dicho. Hace tiempo, mucho tiempo, que sueño con esta libertad honrada; y desde que te quiero, como se me ha despertado la inteligencia, y me veo sorprendida por rachas de saber que me entran en el magín, lo mismo que el viento por una puerta mal cerrada, veo muy claro eso de la honradez libre. Pienso en esto a todas horas, pensando en ti, y no ceso de echar pestes contra los que no supieron enseñarme un arte, siquiera un oficio, porque si me hubieran puesto a ribetear zapatos, a estas horas sería yo una buena oficiala, y quizá maestra. Pero aún soy joven. ¿No te parece a ti que soy joven? Veo que pones carita burlona. Eso quiere decir que soy joven para el amor, pero que tengo los huesos duros para aprender un arte. Pues mira, me rejuveneceré; me quitaré años; volveré a la infancia, y mi aplicación suplirá el tiempo perdido. Una voluntad firme lo vence todo, ¿no lo crees tú así?

Subyugado por tanta firmeza, Horacio se mostraba más amante cada día, reforzando el amor con la admiración. Al contacto de la fantasía exuberante de ella, despertáronse en él poderosas energías de la mente; el ciclo de sus ideas se agrandó, y comunicándose de uno a otro el poderoso estímulo de sentir fuerte y pensar hondo, llegaron a un altísimo grado de tempestuosa embriaguez de los sentidos, con relámpagos de atrevidas utopías eróticas y sociales. Filosofaban con peregrino desenfado entre delirantes ternuras, y, vencidos del cansancio, divagaban lánguidamente hasta perder el aliento. Callaban las bocas, y los espíritus seguían aleteando por el espacio.

En tanto, nada digno de referirse ocurría en las relaciones de Tristana con su señor, el cual había tomado una actitud observadora y expectante, mostrándose con ella muy atento, mas no cariñoso. Veíala entrar tarde algunas noches, y atentamente la observaba; mas no la reprendía, adivinando que, al menor choque, la esclava sabría mostrar intenciones de no serlo. Algunas noches charlaron de diversos asuntos, esquivando don Lope, con fría táctica, el tratar del idilio; y tal viveza de espíritu mostraba la niña, de tal modo se transfiguraba su nacarado rostro de dama japonesa al reflejar en sus negros ojos la inteligencia soberana, que don Lope, refrenando sus ganas de comérsela a besos, se llenaba de melancolía, diciendo para su sayo: «*Le ha salido talento... Sin duda ama*».

No pocas veces la sorprendió en el comedor, a horas desusadas, bajo el foco luminoso de la lámpara colgante, dibujando el contorno de alguna figura en grabado o copiando cualquier objeto de los que en la estancia había. «Bien, bien —le dijo a la tercera o cuarta vez que la encontró en semejante afán—. Adelantas, hija, adelantas. De anteanoche acá noto una gran diferencia.»

Y encerrándose en su alcoba con sus melancolías, el pobre galán decadente exclamaba, dando un puñetazo sobre la mesa: «Otro dato. El tal es pintor».

Pero no quería meterse en averiguaciones directas, por creerlas ofensivas a su decoro e impropias de su nunca profanada caballerosidad. Una tarde, no obstante, en la plataforma del tranvía, charlando con uno de los cobradores, que era su amigo, le preguntó: «Pepe, ¿hay por aquí algún estudio de pintor?».

Precisamente en aquel instante pasaban frente a la calle transversal, formada por edificios nuevos de pobretería, destacándose entre ellos una casona de ladrillo al descubierto, grande y de provecho, rematada en una especie de estufa, como taller de fotógrafo o de artista. «Allí —dijo el cobrador— tenemos al señor de Díaz, retratista al óleo...»

—¡Ah!, sí, le conozco —replicó don Lope—. Ese que...

—Ese que va y viene por mañana y tarde. No duerme aquí. ¡Guapo chico!

—Sí, ya sé... Moreno, chiquitín.

—No, es alto.

—Alto, sí; pero un poco cargado de espaldas.

—No, garboso.

—Justo, con melenas...

—Si lleva el pelo al rape.

—Se lo habrá cortado ahora. Parece de esos italianos que tocan el arpa.

—No sé si toca el arpa. Pero es muy aplicado a los pinceles. A un compañero nuestro le llevó de modelo para apóstol... Crea usted que le sacó hablando.

—Pues yo pensé que pintaba paisajes.

—También... y caballerías... Flores retrata que parecen vivas; frutas bien maduras, y codornices muertas. De todo propiamente. Y las mujeres en cueros que tiene en el estudio le ponen a uno encandilado.

—¿También niñas desnudas?

—O a medio vestir, con una tela que tapa y no tapa. Suba y véalo todo, don Lope. Es buen chico ese don Horacio, y le recibirá bien.

—Yo estoy curado de espanto, Pepe. No sé admirar esas hembras pintadas. Me han gustado siempre más las vivas. Vaya... con Dios.

XIV

Justo es decir que la serie borrascosa de turcas de amor cogidas por el espiritual artista en aquella temporada le desviaron de su noble profesión. Pintaba poco, y siempre sin modelo: empezó a sentir los remordimientos del trabajador, esa pena que causan los trozos sin concluir pidiendo hechura y encaje; mas entre el arte y el amor prefería éste, por ser cosa nueva en él, que despertaba las emociones más dulces de su alma; un mundo recién descubierto, florido, exuberante, riquísimo, del cual había que tomar posesión, afianzando sólidamente en él la planta de geógrafo y de conquistador. El arte ya podía esperar; ya volvería cuando las locas ansias se calmasen; y se calmarían, tomando el amor un carácter pacífico, más de colonización reposada que de furibunda conquista. Creía sinceramente el bueno de Horacio que aquél era el amor de toda su vida, que ninguna otra mujer podría agradarle ya, ni sustituir en su corazón a la exaltada y donosa Tristana; y se complacía en suponer que el tiempo iría templando en ella la fiebre de ideación, pues para esposa o querida perpetua tal flujo de pensar temerario le parecía excesivo. Esperaba que su constante cariño y la acción del tiempo rebajarían un poco la talla imaginativa y razonante de su ídolo, haciéndola más mujer, más domestica, más corriente y útil.

Esto pensaba, mas no lo decía. Una noche que juntos charlaban, mirando la puesta del sol y saboreando la dulcísima melancolía de una tarde brumosa, se asustó Díaz de oírla expresarse en estos términos: «Es muy particular lo que me pasa: aprendo fácilmente las cosas difíciles; me apropio las ideas y las reglas de un arte... hasta de una ciencia, si me apuras; pero no puedo enterarme de las menudencias prácticas de la vida. Siempre que compro algo, me engañan; no sé apreciar el valor de las cosas; no tengo ninguna idea de gobierno, ni de orden, y si Saturna no se entendiera con todo en mi casa, aquello sería una leonera. Es indudable que cada cual sirve para una cosa; yo podré servir para muchas, pero para esa está visto que no valgo. Me parezco a los hombres en que ignoro lo que cuesta una arroba de patatas y un quintal de carbón. Me lo ha dicho Saturna mil veces, y por un oído me entra y por otro me sale. ¿Habré nacido para gran señora? Puede que sí. Como quiera que sea, me conviene aplicarme, aprender todo eso, y, sin perjuicio de poseer un arte, he de saber criar gallinas y remendar la ropa. En casa trabajo mucho, pero sin iniciativa. Soy pincha de Saturna, la ayudo, barro, limpio y fregoteo, eso sí; pero ¡desdichada casa si yo mandara en ella! Necesito aprenderlo, ¿verdad? El maldito don Lope ni aun eso se ha cuidado de enseñarme. Nunca he sido para él más que una circasiana comprada para su recreo, y se ha contentado con verme bonita, limpia y amable».

Respondiole el pintor que no se apurara por adquirir el saber doméstico, pues fácilmente se lo enseñaría la práctica. «Eres una niña —agregó—, con muchísimo talento y grandes disposiciones. Te falta sólo el pormenor, el conocimiento menudo que dan la independencia y la necesidad.»

—Un recelo tengo —dijo Tristana, echándole al cuello los brazos—: que dejes de quererme por no saber yo lo que se puede comprar con un duro... porque temas que te convierta la casa en una escuela de danzantes. La verdad es que si pinto como tú o descubro otra profesión en que pueda lucir y trabajar con fe, ¿cómo nos vamos a arreglar, hijo de mi vida? Es cosa que espanta.

Expresó su confusión de una manera tan graciosa, que Horacio no pudo menos de soltar la risa.

—No te apures, hija. Ya veremos. Me pondré yo las faldas. ¡Qué remedio hay!

—No, no —dijo Tristana, alzando un dedito y marcando con él las expresiones de un modo muy salado—. Si encuentro mi manera de vivir, viviré sola. ¡Viva la independencia!... sin perjuicio de amarte y de ser siempre tuya. Yo me entiendo: tengo acá mis ideítas. Nada de matrimonio, para no andar a la greña por aquello de quién tiene las faldas y quién no. Creo que has de quererme menos si me haces tu esclava; creo que te querré poco si te meto en un puño. Libertad honrada es mi lema... o si quieres, mi dogma. Ya sé que es difícil, muy difícil, porque la *sociedaz,* como dice Saturna... No acabo de entenderlo... Pero yo me lanzo al ensayo... ¿Que fracaso? Bueno. Y si no fracaso, hijito, si me salgo con la mía, ¿qué dirás tú? ¡Ay!, has de verme en mi casita, sola, queriéndote mucho, eso sí, y trabajando, trabajando en mi arte para ganarme el pan; tú en la tuya, juntos a ratos, separados muchas horas, porque... ya ves, eso de estar siempre juntos, siempre juntos, noche y día, es así, un poco...

—¡Qué graciosa eres y re-cuantísimo te quiero! No paso por estar separado de ti parte del día. Seremos dos en uno, los hermanos siameses; y si quieres hacer el marimacho, anda con Dios... Pero ahora se me ocurre una grave dificultad. ¿Te la digo?

—Sí, hombre, dila.

—No, no quiero. Es pronto.

—¿Cómo pronto? Dímela, o te arranco una oreja.

—Pues yo... ¿Te acuerdas de lo que hablábamos anoche?

—Chi.

—Que no te acuerdas.

—Que sí, bobillo. ¡Tengo yo una memoria...! Me dijiste que para completar la ilusión de tu vida deseabas...

—Dilo.

—No, dilo tú.

—Deseaba tener un chiquillín.

—¡Ay! No, no; le querría yo tanto, que me moriría de pena si me le quitaba Dios. Porque se mueren todos *(con exaltación)*. ¿No ves pasar continuamente los carros fúnebres con las cajitas blancas? ¡Me da una tristeza!... Ni sé para qué permite Dios que vengan al mundo, si tan pronto se los ha de llevar... No, no; niño nacido es niño muerto... y el nuestro se moriría también. Más vale que no lo tengamos. Di que no.

—Digo que sí. Déjalo, tonta. ¿Y por qué se ha de morir? Supón que vive... y aquí entra el problema. Puesto que hemos de vivir separados, cada uno en su casa, independiente yo, libre y honrada tú, cada cual en su hogar honradísimo y *librísimo*... digo, libérrimo, ¿en cuál de los hogares vivirá el angelito?

Tristana se quedó absorta, mirando las rayas del entarimado. No se esperaba la temida proposición, y al pronto no encontró manera de resolverla. De súbito, congestionado su pensamiento con un mundo de ideas que en tropel la asaltaron, echose a reír, bien segura de poseer la verdad, y la expresó en esta forma:

—Toma, pues conmigo, conmigo... ¿Qué duda puede haber? Si es mío, mío, ¿con quién ha de estar?

—Pero como será mío también, como será de los dos...

—Sí... pero... te diré... tuyo, porque... vamos, no lo quiero decir... Tuyo, sí; pero es más mío que tuyo. Nadie puede dudar que es mío, porque la naturaleza, de mí propia lo arranca. Lo de tuyo es indudable; pero... no consta tanto, para el mundo, se entiende... ¡Ay!, no me hagas hablar así ni dar estas explicaciones.

—Al contrario, mejor es explicarlo todo. Nos encontramos en tal situación, que yo pueda decir: mío, mío.

—Más fuerte lo podré decir yo: mío, mío y eternamente mío.

—Y mío también.

—Convengo; pero...

—No hay pero que valga.

—No me entiendes. Claro que es tuyo... Pero me pertenece más a mí.

—No, por igual.

—Calla, hombre; por igual, nunca. Bien lo comprendes: podría haber otros casos en que... Hablo en general.

—No hablamos sino en particular.

—Pues en particular te digo que es mío y que no lo suelto, ¡ea!

—Es que... veríamos...

—No hay veríamos que valga.

—Mío, mío.

—Tuyo, sí; pero... fíjate bien... quiero decir que eso de tuyo no es tan claro, en la generalidad de los casos. Luego, la naturaleza me da más derechos que a ti... Y se llamará como yo, con mi apellido nada más. ¿Para qué tanto ringorrango?

—Tristana, ¿qué dices? *(incomodándose).*

—Pero qué, ¿te enojas? Hijo, si tú tienes la culpa. ¿Para qué me...? No, por Dios, no te enfades. Me vuelvo atrás, me desdigo...

La nubecilla pasó, y pronto fue todo claridad y luz en el cielo de aquellas dichas, ligeramente empañado. Pero Díaz quedó un poco triste. Con sus dulces carantoñas quiso Tristana disipar aquella fugaz aprensión, y más mona y hechicera que nunca, le dijo:

—¡Vaya, que reñir por una cosa tan remota, por lo que quizá no suceda! Perdóname. No puedo remediarlo. Me salen ideas como me podrían salir granos en la cara. Yo, ¿qué culpa tengo? Cuando menos se piensa, pienso cosas que no debe una pensar... Pero no hagas caso. Otra vez, coges un palito y me pegas. Considera esto como una enfermedad nerviosa o cerebral, que se corrige con unturas de vara de fresno. ¡Qué tontería, afanarnos por lo que no existe, por lo que no sabemos si existirá, teniendo un presente tan fácil, tan bonito, para gozar de él!

XV

Bonito, realmente bonito a no poder más era el presente, y Horacio se extasiaba en él, como si transportado se viera a un rincón de la eterna gloria. Mas era hombre de carácter grave, educado en la soledad meditabunda, y por costumbre medía y pesaba todas las cosas previendo el desarrollo posible de los sucesos. No era de estos que fácilmente se embriagan con las alegrías sin ver el reverso de ellas. Su claro entendimiento le permitía analizarse con observación segura, examinando bien su ser inmutable al través de los delirios o tempestades que en él se iban sucediendo. Lo primero que encontró en aquel análisis fue la seducción irresistible que la damita japonesa sobre él ejercía, fenómeno que en él era como una dulce enfermedad, de que no quería en ningún modo curarse. Consideraba imposible vivir sin sus gracias, sin sus monerías inenarrables, sin las mil formas fascinadoras que la divinidad tomaba en ella al humanizarse. Encantábale su modestia cuando humilde se mostraba, y su orgullo cuando se embravecía. Sus entusiasmos locos y sus desalientos o tristezas le enamoraban del mismo modo. Jovial, era deliciosa la niña; enojada, también. Reunía un sin fin de dotes y cualidades, graves las unas, frívolas y mundanas las otras; a veces su inteligencia juzgaba de todo con claro sentido, a veces con desvarío seductor. Sabía ser dulce y amarga, blanda y fresca como el agua, ardiente como el fuego, vaga y rumorosa como el aire. Inventaba travesuras donosas, vistiéndose con los trajes de los mode-

los, e improvisando monólogos o comedias en que ella sola
hacía dos o tres personajes; pronunciaba discursos saladísi-
mos; remedaba a su viejo don Lope; y, en suma, tales talen-
tos y donaires iba sacando, que el buen Díaz, enamorado
como un salvaje, pensaba que su amiguita compendiaba y
resumía todos los dones concedidos a la naturaleza mortal.

Pues en el ramo, si así puede llamarse, de la ternura, era
la señorita de Reluz igualmente prodigiosa. Sabía expresar
su cariño en términos siempre nuevos; ser dulce sin empa-
lagar, candorosa sin insulsez, atrevidilla sin asomos de
corrupción, con la sinceridad siempre por delante, como la
primera y más visible de sus infinitas gracias. Y Horacio,
viendo además en ella algo que sintomatizaba el precioso
mérito de la constancia, creía que la pasión duraría en ambos tanto como la vida, y aún más; porque, como creyente
sincero, no daba por extinguidos sus ideales en la obscuri-
dad del morir.

El arte era el que salía perdiendo con estas pasiones eternas y estos crecientes ardores. Por la mañana se entretenía
pintando flores o animales muertos. Llevábanle el almuerzo
del merendero del Riojano, y comía con voracidad, abandonando los restos en cualquier mesilla del estudio. Éste
ofrecía un desorden encantador, y la portera, que intentaba
arreglarlo todas las mañanas, aumentaba la confusión y el
desarreglo. Sobre el ancho diván veíanse libros revueltos,
una manta morellana[31]; en el suelo, las cajas de color, tiestos, perdices muertas; sobre las corvas sillas, tablas a medio
pintar, más libros, carpetas de estampas; en el cuartito
anexo destinado a lavatorio y a guardar trastos, más tabli-

---

[31]   *morellana:* mantas de la famosa ciudad de Morella, de Castellón
de la Plana.

tas, el jarro del agua con ramas de arbustos puestas a refrescar, una bata de Tristana colgada de la percha, y lindos trajes esparcidos por do quiera; un alquicel[32] árabe, un ropón japonés, antifaces, quirotecas[33], chupas y casacas bordadas, pelucas, babuchas de odalisca y delantales de campesina romana. Máscaras griegas de cartón, y telas de casullas decoraban las paredes, entre retratos y fotografías mil de caballos, barcos, perros y toros.

Después de almorzar esperó Díaz una media hora, y como su amada no pareciera, se impacientó, y para entretenerse se puso a leer a Leopardi[34]. Sabía con perfección castiza el italiano, que le enseñó su madre, y aunque en el largo espacio de la tiranía del abuelo se le olvidaron algunos giros, la raíz de aquel conocimiento vivió siempre en él, y en Venecia, Roma y Nápoles se adestró de tal modo, que fácilmente pasaba por italiano en cualquier parte, aun en la misma Italia. Dante era su única pasión literaria. Repetía, sin olvidar un solo verso, cantos enteros del *Infierno* y *Purgatorio*. Dicho se está que, casi sin proponérselo, dio a su amiguita lecciones del *bel parlare*. Con su asimilación prodigiosa, Tristana dominó en breves días la pronunciación, y leyendo a ratos como por juego, y oyéndole leer a él, a las dos semanas recitaba con admirable entonación de actriz consumada el pasaje de Francesca, el de Ugolino y otros[35].

---

[32] *alquicel:* ropa mora en forma de capa y de color blanco.

[33] *quirotecas:* guantes.

[34] *Leopardi:* Giacomo Leopardi (Recanati, 1798-1837) es uno de los mayores poetas del romanticismo italiano, considerado el segundo después de Petrarca.

[35] *Francesca de Rímini y Ugolino:* Rimini es una ciudad en el norte de Italia, que en el siglo XIII estaba dominada por la familia Malatesta. Francisca de Rímini se casó en el mismo siglo con un Malatesta, y tuvo una relacion amorosa con un cuñado, lo que costó la vida a los amantes.

Pues, a lo que iba: engañaba Horacio el tiempo leyendo al melancólico poeta de Recanati, y se detenía meditabundo ante aquel profundo pensamiento: *e discoprendo, solo il nulla s'accresce* cuando sintió los pasitos que anhelaba oír; y ya no se acordó de Leopardi ni se cuidó de que *il nulla* creciera o menguara *discoprendo* [36].

¡Gracias a Dios! Tristana entró con aquella agilidad infantil que no cedía ni al cansancio de la interminable escalera, y se fue derecha a él para abrazarle, cual si hubiera pasado un año sin verle.

—¡Rico, facha, cielo, pintamonas, qué largo el tiempo de ayer a hoy! Me moría de ganas de verte... ¿Te has acordado de mí? ¿A que no has soñado conmigo como yo contigo? Soñé que... no te lo cuento. Quiero hacerte rabiar.

—Eres más mala que un tabardillo [37]. Dame esos morros, dámelos o te estrangulo ahora mismo.

—¡Sátrapa, corso, gitano! *(cayendo fatigada en el diván).* No me engatusas con tu *parlare honesto...* [38] ¡Eh!, *sella el labio... Denantes que del sol la crencha rubia...* ¡Jesús mío, cuantísimo disparate! No hagas caso; estoy loca; tú tienes la culpa. ¡Ay, tengo que contarte muchas cosas, *carino!* ¡Qué hermoso es el italiano y qué dulce, que grato al alma es decir *mio diletto!* Quiero que me lo enseñes bien

---

Fue la mujer que inspiró a Dante el *Infierno* de *La divina comedia.* Ugolino della Gherardesca, noble italiano, que muere en 1289. Era un líder de los güelfos, partidarios del Papa, en la ciudad de Pisa, predominantemente gibelina. Cuando intentaba pactar fue encarcelado con sus hijos y nietos, y posteriormente abandonados en una torre sin alimentos hasta su muerte. Dante cuenta este episodio en el *Infierno.*

[36] Versos de Leopardi, *Canti* III, vv. 99-100.

[37] *tabardillo:* es una especie de tifus.

[38] *parlare honesto:* proviene de *La divina comedia,* de Dante, *Infierno,* Canto V, v. 23.

y seré profesora. Pero vamos a nuestro asunto. Ante todo, respóndeme: *¿la jazemos?*

Bien demostraba esta mezcla de lenguaje chocarrero y de palabras italianas, con otras rarezas de estilo que irán saliendo, que se hallaban en posesión de ese vocabulario de los amantes, compuesto de mil formas de lenguaje sugeridas por cualquier anécdota picaresca, por este o el otro chascarrillo, por la lectura de un pasaje grave o de algún verso célebre. Con tales accidentes se enriquece el diccionario familiar de los que viven en comunidad absoluta de ideas y sentimientos. De un cuento que ella oyó a Saturna salió aquello de *¿la jazemos?,* manera festiva de expresar sus proyectos de fuga; y de otro cuentecillo chusco que Horacio sabía, salió el que Tristana no le llamase nunca por su nombre, sino con el de *señó Juan,* que era un gitano muy bruto y de muy malas pulgas. Sacando la voz más bronca que podía, cogíale Tristana de una oreja, diciéndole: «*Señó Juan,* ¿me quieres?». Rara vez la llamaba él por su nombre. Ya era *Beatrice*[39], ya *Francesca,* o más bien la *Paca de Rímini;* a veces *Chispa,* o *señá Restituta*[40]. Estos motes y los terminachos grotescos o expresiones líricas, que eran el saborete de su apasionada conversación, variaban cada pocos días, según las anécdotas que iban saliendo.

—*La jaremos* cuando tú dispongas, querida Restituta —replicó Díaz—. ¡Si no deseo otra cosa...! ¿Crees tú que puede un hombre estar *de amor extático* tanto tiempo?... Vámo-

---

[39]   *Beatrice:* Beatrice de Portinari (1265-1290), dama florentina elevada a la fama por Dante en *La divina comedia.* Fue uno de los amores juveniles del poeta.

[40]   *Paca de Rímini, Chispa, señá Restituta:* estos nombres o motes humorísticos empleados por Tristana en los diálogos con su amante ofrecen un contrapunto burlesco a los nombres formales y a las acciones trágicas tomadas de la obra de Dante.

nos: *para ti la jaca torda, la que, cual dices tú, los campos borda...*

—Al extranjero, al extranjero *(palmoteando)*. Yo quiero que tú y yo seamos extranjeros en alguna parte, y que salgamos del bracete sin que nadie nos conozca.

—Sí, mi vida. *¡Quién te verá a ti...!*

—Entre los *franceses (cantando)* y entre los *ingleses...* Pues te diré. Ya no puedo resistir más a mi *tirano de Siracusa* [41]. ¿Sabes? Saturna no le llama sino don *Lepe,* y así le llamaré yo también. Ha tomado una actitud patética. Apenas me habla, de lo que me alegro mucho. Se hace el interesante, esperando que yo me enternezca. Anoche, verás, estuvo muy amable conmigo, y me contó algunas de sus aventuras. Piensa sin duda el muy pillo que con tales ejemplos se engrandece a mis ojos; pero se equivoca. No puedo verle. Hay días en que me toca mirarle con lástima; días en que me toca aborrecerle, y anoche le aborrecí, porque en la narración de sus trapisondas, que son tremendas, tremendísimas, veía yo un plan depravado para encenderme la imaginación. Es lo más zorro que hay en el mundo. A mí me dieron ganitas de decirle que no me interesa más aventura que la de mi *señó Juan* de mi alma, a quien adoro con todas mis *potencias irracionales,* como decía el otro.

—Pues te digo la verdad: me gustaría oírle contar a don Lope sus historias galantes.

—Como bonitas, cree que lo son. ¡Lo de la marquesa del Cabañal es de lo más chusco...! El marido mismo, más celoso que Otelo [42], le llevaba... Pero si me parece que te lo he

---

[41] *tirano de Siracusa:* Dionisio I, el Viejo, tirano de Siracusa (430-367 a. C.), conocido por su extrema crueldad, y famoso por ser quien ordenó suspender una espada sobre la cabeza de un cortesano suyo, Damocles.

[42] *Otelo:* protagonista de la obra de Shakespeare que da nombre a su obra *Othello* (1604), renombrado por sus celos.

contado. ¿Pues y cuando robó del convento de San Pablo en Toledo a la monjita?... El mismo año mató en duelo al general que se decía esposo de la mujer más virtuosa de España, y la tal se escapó con don Lope a Barcelona. Allí tuvo éste siete aventuras en un mes, todas muy novelescas. Debía de ser atrevido el hombre, muy bien plantado, y muy bravo para todo.

—Restituta, no te entusiasmes con tu Tenorio arrumbado.

—Yo no me entusiasmo más que con este pintamonas. ¡Qué mal gusto tengo! Miren esos ojos... ¡ay qué feos y qué sin gracia! ¿Pues y esa boca?, da asco mirarla; y ese aire tan desgarbado... uf, no sé cómo te miro. No; si ya me repugnas, quítate de ahí.

—¡Y tú qué horrible!... Con esos dientazos de jabalí y esa nariz de remolacha, y ese cuerpo de botijo. ¡Ay, tus dedos son tenazas!

—Tenazas, sí, tenazas de *jierro,* para arrancarte tira a tira toda tu piel de burro, ¿Por qué eres así? *Gran Dio, morir si giovine!* [43].

—Mona, más mona que los Santos Padres, y más hechicera que el Concilio de Trento [44] y que don Alfonso el Sabio... [45] oye una cosa que se me ocurre. ¿Si ahora se abriera esa puerta y apareciera tu don Lope...?

—¡Ay! Tú no conoces a don *Lepe,* don *Lepe* no viene aquí, ni por nada del mundo hace él el celoso de comedia.

---

[43] *Gran Dio, morir si giovine:* cita sacada del tercer acto de *La Traviata* (1853), ópera de Verdi.

[44] *Concilio de Trento:* este concilio celebrado entre 1543 y 1563 fijó la doctrina de la iglesia católica y señaló el comienzo de la Contrarreforma.

[45] *Alfonso X el Sabio:* como su apodo dice fue un rey de Castilla y León (1221-1284) poseedor de vastos saberes, que fomentó las letras, la poesía, la historia, la traduciones del árabe, y que contribuyó notablemente a la conformación de la prosa castellana.

Creería que su caballerosidad se llenaba de oprobio. Fuera de la seducción de mujeres más o menos virtuosas, es todo dignidad.

—¿Y si entrara yo una noche en tu casa y él me sorprendiera allí?

—Entonces, puede que, como medida preventiva, te partiera en dos pedazos, o convirtiera tu cráneo en hucha para guardar todas las balitas de su revólver. Con tanta caballerosidad, sabe ser muy bruto cuando le tocan el punto delicado. Por eso más vale que no vayas. Yo no sé cómo ha sabido esto; pero ello es que lo sabe. De todo se entera el maldito, con su sagacidad de perro viejo y su experiencia de maestro en picardías. Ayer me dijo con retintín: «¿Conque pintorcitos tenemos?». Yo no le contesté. Ya no le hago caso. El mejor día entra en casa, y el pájaro voló... *Ahi Pisa, vituperio delle genti* [46]. ¿Adónde nos vamos, hijo de mi alma? ¿A *dó* me conducirás? *(cantando.)* *La ci darem la mano...* [47]. Sé que no hay congruencia en nada de lo que digo. Las ideas se me atropellan aquí disputándose cuál sale primero, como cuando se agolpa el gentío a la puerta de una iglesia y se estrujan y se... Quiéreme, quiéreme mucho, que todo lo demás es música. A veces se me ocurren ideas tristes; por ejemplo, que seré muy desgraciada, que todos mis sueños de felicidad se convertirán en humo. Por eso me aferro más a la idea de conquistar mi independencia y de arreglármelas con mi ingenio como pueda. Si es verdad que tengo algún pesquis, ¿por qué no he de utilizarlo dignamente, como otras explotan la belleza o la gracia?

---

[46]   *Ahi Pisa, vituperio delle genti:* Dante, *La divina comedia, Infierno,* Canto XXXIII, v. 79.

[47]   *La ci darem la mano:* comienzo de un famoso dúo de la ópera *Don Giovanni* (1787), de Mozart.

—Tu deseo no puede ser más noble —díjole Horacio meditabundo—. Pero no te afanes, no te aferres tanto a esa aspiración, que podría resultar impracticable. Entrégate a mí sin reserva. ¡Ser mi compañera de toda la vida; ayudarme y sostenerme con tu cariño!... ¿te parece que hay un oficio mejor ni arte más hermoso? Hacer feliz a un hombre que te hará feliz, ¿qué más?

—¡Qué más! *(mirando al suelo). Diverse lingue, orribile favelle... parole di dolore, accenti d'ira...* [48]. Yá, ya; la congruencia es la que no parece... *Señó Juan,* ¿me quieres mucho? Bueno; has dicho: «¿qué más?». Nada, nada. Me conformo con que no haya más. Te advierto que soy una calamidad como mujer casera. No doy pie con bola, y te ocasionaré mil desazones. Y fuera de casa, en todo menester de compras o negocios menudos de mujer, también soy de oro. ¡Con decirte que no conozco ninguna calle ni sé andar sola sin perderme! El otro día no supe ir de la Puerta del Sol a la calle de Peligros, y recalé allá por la plaza de la Cebada. No tengo el menor sentido topográfico. El mismo día, al comprar unas horquillas en el bazar, di un duro y no me cuidé de recoger la vuelta. Cuando me acordé, ya estaba en el tranvía... por cierto que, me equivoqué y me metí en el del barrio. De todo esto y de algo más que observo en mí, deduzco... ¿En qué piensas? ¿Verdad que nunca querrás a nadie más que a tu *Paquita de Rímini?*... Pues sigo diciéndote... No, no te lo digo.

—Dime lo que pensabas *(incomodándose).* He de quitarte esa pícara costumbre de decir las cosas a medias...

—Pégame, hombre, pega... rómpeme una costilla. ¡Tienes un geniazo!... *ni del dorado techo... se admira, fabri-*

---

[48] *parole di dolore, accenti d'ira:* Dante, *La divina comedia, Infierno,* Canto III, vv. 25-26.

cado... del sabio moro, en jaspes sustentado [49]. Tampoco esto tiene congruencia.

—Maldita. ¿Qué ha de tener?

—Pues *direte, Inés, la cosa...* [50]. Oye. *(Abrazándole.)* Lo que he pensado de mí, estudiándome mucho, porque yo me estudio, ¿sabes?, es que sirvo, que podré servir para las cosas grandes; pero que decididamente no sirvo para las pequeñas.

Lo que Horacio le contestó perdiose en la oleada de ternezas que vino después, llenando de vagos rumores la plácida soledad del estudio.

XVI

Como contrapeso moral y físico de la enormísima exaltación de las tardes, Horacio, al retirarse de noche a su casa, se derrumbaba en el seno tenebroso de una melancolía sin ideas, o con ideas vagas, toda languidez y zozobra indefinibles. ¿Qué tenía? No le era fácil contestarse. Desde los tiempos de su lento martirio en poder del abuelo, solía padecer fuertes ataques periódicos de *spleen* que se le renovaban en todas las circunstancias anormales de su vida. Y no era que en aquellas horas de recogimiento se hastiara de Tristana, o tuviese dejos amargos de las dulzuras del día, no; la visión de ella le acosaba; el recuerdo fresquísimo de sus donaires ponía en continuo estremecimiento su natura-

---

[49]   *en jaspes sustentado:* verso de Fray Luis de León, *Vida retirada,* vv. 8-10.

[50]   *direte, Inés, la cosa:* verso de Baltasar del Alcazar, de «La cena jocosa»: «En Jaén, donde resido, / vive don Lope de Sosa, / y direte, Inés, la cosa / más brava que de él has oído».

leza, y antes que buscar un término a tan abrasadoras emociones, deseaba repetirlas, temeroso de que algún día pudieran faltarle. Al propio tiempo que consideraba su destino inseparable del de aquella singular mujer, un terror sordo le rebullía en el fondo del alma, y por más que procuraba, haciendo trabajar furiosamente a la imaginación, figurarse el porvenir al lado de Tristana, no podía conseguirlo. Las aspiraciones de su ídolo a cosas grandes causábanle asombro; pero al querer seguirla por los caminos que ella con tenacidad graciosa señalaba, la hechicera figura se le perdía en un término nebuloso.

No causaron inquietud a doña Trinidad (que así se llamaba la señora con quien Horacio vivía) las murrias de su sobrino, hasta que pasado algún tiempo advirtió en él un aplanamiento sospechoso. Entrábale como un sopor, conservando los ojos abiertos, y no había medio de sacarle del cuerpo una palabra. Veíasele inmóvil en un sillón del comedor, sin prestar la menor atención a la tertulia de dos o tres personas que amenizaban las tristes noches de doña Trini. Era ésta de dulcísimo carácter, achacosa, aunque no muy vieja, y derrumbada por los pesares que habían gravitado sobre ella, pues no tuvo tranquilidad hasta que se quedó sin padre y sin marido. Bendecía la soledad, y debía mucha gratitud a la muerte.

De su vida de afanes quedole una debilidad nerviosa, relajación de los músculos de los párpados. No abría los ojos sino a medias, y esto con dificultad en ciertos días, o cuando reinaban determinados aires, llegando a veces al sensible extremo de tener que levantarse el párpado con los dedos si quería ver bien a una persona. Por añadidura, estaba muy delicadita del pecho, y en cuanto entraba el invierno se ponía fatal, ahogada de tos, con horribles frialdades en pies y manos, y todo se le volvía imaginar defensas contra el frío, en la casa como en su persona. Adoraba a su sobrino, y por nada del mundo se separaría de él. Una noche, después de comer, y antes que llegaran los tertulios, doña Trini se sentó, hecha un ovillo, frente a la butaca en que Horacio fumaba, y le dijo: «Si no fuera por ti, yo no aguantaría las crudezas de este frío maldito que me está matando. ¡Y pensar que con irme a tu casa de Villajoyosa resucitaría! Pero ¿cómo me voy y te dejo aquí solo? Imposible, imposible».

Replicole el sobrino que bien podría irse y dejarle, pues nadie se lo comería.

—¡Quién sabe, quién sabe si te comerán...! Tú andas también delicadillo. No me voy, no me separo de ti por nada de este mundo.

Desde aquella noche empezó una lucha tenaz entre los deseos de emigración de la señora y la pasividad sedentaria del señorito. Anhelaba doña Trini largarse; él también quería que se fuera, porque el clima de Madrid la minaba rápidamente. Habría tenido gusto en acompañarla; pero ¿cómo, ¡santo Dios!, si no veía forma humana de romper su amorosa cadena, ni siquiera de aflojarla?

—Iré a llevarla a usted —dijo a su tía, buscando una transacción—, y me volveré en seguida.

—No, no.

—Iré después a buscarla a usted a la entrada de la primavera.

—Tampoco.

La tenacidad de doña Trini no se fundaba sólo en su horror al invierno, que aquel año vino con espada en mano. Nada sabía concretamente de los devaneos de Horacio; pero sospechaba que algo anormal y peligroso ocurría en la vida del joven y con feliz instinto estimó conveniente llevársele de Madrid. Alzando la cabeza para mirarle bien, pues aquella noche funcionaban muy mal los párpados, y abrir no podía más que un tercio de ojos, le dijo:

—Pues me parece que en Villajoyosa pintarías como aquí, y aun mejor. En todas partes hay naturaleza y natural... Y, sobre todo, tontín, allí te librarás de tanto quebradero de cabeza y de las angustias que estás pasando. Te lo dice quien bien te quiere, quien sabe algo de este mundo traicionero. No hay cosa peor que apegarse a un vicio de querer... Despréndete de un tirón. Pon tierra por medio.

Dicho esto, doña Trini dejó caer el párpado, como tronera que se cierra después de salir el tiro. Horacio nada contestó; pero las ideas de su tía quedaron en su mente como semillas dispuestas a germinar. Repitió sus sabias exhortaciones a la siguiente noche la simpática viuda, y a los dos días ya no le pareció al pintor muy disparatada la idea de partir, ni vio, como antes, en la separación de su amada, un suceso tan grave como la rotura del planeta en pedazos mil. De improviso sintió que del fondo de su naturaleza salía un prurito, una reclamación de descanso. Su existencia toda pedía tregua, uno de esos paréntesis que la guerra y el amor suelen solicitar con necesidad imprescindible para poder seguir peleando y viviendo.

La primera vez que comunicó a Tristana los deseos de doña Trini, aquélla puso el grito en el cielo. Él también se indignó; protestaron ambos contra el importuno viaje, y... *antes morir que consentir tiranos.* Mas otro día, tratando de lo mismo, Tristana pareció conformarse. Sentía lástima de la pobre viuda. ¡Era tan natural que no quisiera ir sola...! Horacio afirmó que doña Trini no resistiría en Madrid los rigores del invierno, ni se determinaba a separarse de su sobrino. Mostrose la de Reluz más compasiva, y por fin... ¿Sería que también a ella le pedían el cuerpo y el alma tregua, paréntesis, solución de continuidad? Ni uno ni otro cedían en su amoroso anhelo; pero la separación no les asustaba; al contrario, querían probar el desconocido encanto de alejarse, sabiendo que era por tiempo breve; probar el sabor de la ausencia, con sus inquietudes, el esperar y recibir cartas, el desearse recíprocamente, y el contar lo que faltaba para tenerse de nuevo.

En resumidas cuentas, que Horacio tomó las de Villadiego. Tierna fue la despedida: se equivocaron, creyéndose con serenidad bastante para soportarla, y al fin se hallaban como condenados al patíbulo. Horacio, la verdad, no se sintió muy pesaroso por el camino, respiraba con desahogo, como jornalero en sábado por la tarde, después de una semana de destajo; saboreaba el descanso moral, el placer pálido de no sentir emociones fuertes. El primer día de Villajoyosa, ninguna novedad ocurrió. Tan conforme el hombre y muy bien hallado con su destierro. Pero al segundo día, aquel mar tranquilo de su espíritu empezó a moverse y picarse con leve ondulación, y luego fue el crecer, el encresparse. A los cuatro días el hombre no podía vivir de soledad, de tristeza, de privación. Todo le aburría: la casa, doña Trini, la parentela. Pidió auxilio al arte, y el arte no le proporcionó más que desaliento y rabia. El paisaje hermosísimo, el mar azul, las pintorescas rocas, los silvestres pinos, todo le ponía cara fosca. La primera carta le consoló en su soledad; no podían faltar en ella ausencias dulcísimas ni aquello tan sobado de *nessun maggior dolore*... [51] ni los términos del vocabulario formado en las continuas charlas de amor. Habían convenido en escribirse dos cartitas por semana, y resultaba carta *todos los días diariamente,* según

---

[51]   *nessum maggior dolore:* Dante, *La divina comedia, Infierno,* Canto V, v. 121.

decía Tristana. Si las de él ardían, las de ella quemaban.
Véase la clase:

«He pasado un día cruel y una noche de todos los perros
de la jauría de Satanás. ¿Por qué te fuiste?... Hoy estoy más
tranquila; oí misa, recé mucho. He comprendido que no
debo quejarme, que hay que poner frenos al egoísmo. Demasiado bien me ha dado Dios, y no debo ser exigente. Merezco que me riñas y me pegues, y aun que me quieras un
poco menos (¡no por Dios!), cuando me aflijo por una ausencia breve y necesaria... Me mandas que esté tranquila, y
lo estoy. *Tu duca, tu maestro, tu signore*[52]. Sé que mi *señó
Juan* volverá pronto, que ha de quererme siempre, y *Paquita de Rímini* espera confiada y se resigna con su *soleá*».

De él a ella:

«Hijita, ¡qué días paso! Hoy quise pintar un burro, y me
salió... algo así como un pellejo de vino con orejas. Estoy
de remate; no veo el color, no veo la línea, más que a mi
Restituta, que me encandila los ojos con sus monerías. Día
y noche me persigue la imagen de mi *monstrua* serrana, con
todo el pesquis del Espíritu Santo y toda la sal del *botiquín*.

»(*Nota del colector:* Llamaban *botiquín* al mar, por aquel
cuento andaluz del médico de a bordo, que todo lo curaba
con agua salada.)

»... Mi tía no está bien. No puedo abandonarla. Si tal barbaridad hiciera, tú misma no me la perdonarías. Mi aburrimiento es una horrible tortura que se le quedó en el tintero
a nuestro amigo Alighieri...

»He vuelto a leer tu carta del jueves, la de las pajaritas, la
de los éxtasis... *inteligenti pauca*. Cuando Dios te echó al

---

[52]   *Tu duca, tu maestro, tu signore:* Dante, *La divina comedia, Infierno,* Canto II, v. 140.

mundo, llevose las manos a la cabeza augusta, arrepentido y pesaroso de haber gastado en ti todo el ingenio que tenía dispuesto para fabricar cien generaciones. Haz el favor de no decirme que tú no vales, que eres un cero. ¡Ceritos a mí! Pues yo te digo, aunque la modestia te salga a la cara como una aurora boreal, yo te digo, ¡oh *Restituta!,* que todos los bienes del mundo son una *perra chica* comparados con lo que tú vales; y que todas las glorias humanas, soñadas por la ambición y perseguidas por la fortuna, son un *zapato viejo* comparadas con la gloria de ser tu dueño... No me cambio por nadie... No, no, digo mal: quisiera ser Bismarck[53] para crear un imperio, y hacerte a ti emperatriz. Chiquilla, yo seré tu vasallo humilde; pisotéame, escúpeme, y manda que me azoten».

De ella a él:

«... Ni en broma me digas que puede mi *señó Juan* dejar de quererme. No conoces tú bien a tu *Panchita de Rímini,* que no se asusta de la muerte, y se siente con valor para *suicidarse a sí misma* con la mayor sal del mundo. Yo me mato como quien se bebe un vaso de agua. ¡Qué gusto, qué dulcísimo estímulo de curiosidad! ¡Enterarse de todo lo que hay por allá, y verle la cara al *pusuntra!*[54]... ¡Curarse radicalmente de aquella dudita fastidiosa de *ser o no ser,* como dijo *Chispearís...!*[55]. En fin, que no me vuelvas a decir eso de quererme un poquito menos, porque mira tú... ¡si vieras qué bonita colección de revólveres tiene mi don *Lepe!* Y te

---

[53] *Bismarck:* Otto von Bismarck (1815-1898) conocido como el Canciller de Hierro, porque consigió crear el imperio austro-prusiano, llegando a ser su todopoderoso primer ministro, ministro de asuntos exteriores y ministro de comercio. Detentó, pues, un poder absoluto sobre los asuntos internos y externos del país.

[54] *pusuntra:* el más allá, el *plus ultra.*

[55] *Chispearís:* Shakespeare.

advierto que los sé manejar, y que si me atufo, ¡pim!, me voy a dormir la siesta con el Espíritu Santo...».

¡Y cuando el tren traía y llevaba todo este cargamento de sentimentalismo, no se inflamaban los ejes del coche-correo ni se disparaba la locomotora, como corcel en cuyos ijares aplicaran espuelas calentadas al rojo! Tantos ardores permanecían latentes en el papelito en que estaban escritos.

XVII

Tan voluble y extremosa era en sus impresiones la señorita de Reluz, que fácilmente pasaba del júbilo desenfrenado y epiléptico a una desesperación lúgubre. He aquí la muestra:

«Caro bene, mio diletto, ¿es verdad que me quieres tanto y que en tanto me estimas? Pues a mí me da por dudar que sea verdad tanta belleza. Dime: ¿existes tú, o no eres más que un fantasma vano, obra de la fiebre, de esta ilusión de lo hermoso y de lo grande que me trastorna? Hazme el favor de echar para acá una carta *fuera de abono,* o un telegrama que diga: *Existo. Firmado, señó Juan...* Soy tan feliz, que a veces paréceme que vivo suspendida en el aire, que mis pies no tocan la tierra, que huelo la eternidad y respiro el airecillo que sopla más allá del sol. No duermo. ¡Ni qué falta me hace dormir!... más quiero pasarme toda la noche pensando que te gusto, y contando los minutos que faltan para ver tu jeta preciosa. No son tan felices como yo los justos que están en éxtasis a la *verita* de la Santísima Trinidad; no lo son, no pueden serlo... Sólo un recelo chiquito y fastidioso, como el grano de tierra que en un ojo se nos mete y nos hace sufrir tanto, me estorba para la felicidad absoluta. Y es la sospecha de que todavía no me quieres

bastante, que no has llegado al supremo límite del querer, ¿qué digo límite, si no lo hay?, al principio del último cielo, pues yo no puedo hartarme de pedir más, más, siempre más; y no quiero, no quiero sino cosas infinitas, entérate... todo infinito, infinitísimo, o nada... ¿Cuántos abrazos crees que te voy a dar cuando llegues? Ve contando. Pues tantos como segundos tarde una hormiga en dar la vuelta al globo terráqueo. No; más, muchos más. Tantos como segundos tarde la hormiga en partir en dos, con sus patas, la esferita terrestre, dándole vueltas siempre por una misma línea... Conque saca esa cuenta, tonto».

Y otro día:

«No sé lo que me pasa, no vivo en mí, no puedo vivir de ansiedad, de temor. Desde ayer no hago más que imaginar desgracias, suponer cosas tristes: o que tú te mueres, y viene a contármelo don Lope con cara de regocijo, o que me muero yo y me meten en aquella caja horrible, y me echan tierra encima. No, no, no quiero morirme, no me da la gana. No deseo saber lo de allá, no me interesa. Que me resuciten, que me devuelvan mi vidita querida. Me espanta mi propia calavera. Que me devuelvan mi carne fresca y bonita, con todos los besos que tú me has dado en ella. No quiero ser sólo huesos fríos y después polvo. No, esto es un engaño. Ni me gusta que mi espíritu ande pidiendo hospitalidad de estrella en estrella, ni que san Pedro, calvo y con cara de malas pulgas, me dé con la puerta en los hocicos... Pues aunque supiera que había de entrar allí, no me hablen de muerte; venga mi vidita mortal, y la tierra en que padecí y gocé, en que está mi pícaro *señó Juan*. No quiero yo alas ni alones, ni andar entre ángeles sosos que tocan el arpa. Déjenme a mí de arpas y acordeones, y de fulgores celestes. Venga mi vida mortal, y salud y amor, y todo lo que deseo.

»El problema de mi vida me anonada más cuanto más pienso en él. Quiero ser algo en el mundo, cultivar un arte, vivir de mí misma. El desaliento me abruma. ¿Será verdad, Dios mío, que pretendo un imposible? Quiero tener una profesión, y no sirvo para nada, ni sé nada de cosa alguna. Esto es horrendo.

»Aspiro a no depender de nadie, ni del hombre que adoro. No quiero ser su manceba, tipo innoble, la hembra que mantienen algunos individuos para que les divierta, como un perro de caza; ni tampoco que el hombre de mis ilusiones se me convierta en marido. No veo la felicidad en el matrimonio. Quiero, para expresarlo a mi manera, estar casada conmigo misma, y ser mi propia cabeza de familia. No sabré amar por obligación; sólo en la libertad comprendo mi fe constante y mi adhesión sin límites. Protesto, me da la gana de protestar contra los hombres, que se han cogido todo el mundo por suyo, y no nos han dejado a nosotras más que las veredas estrechitas por donde ellos no saben andar...

»Estoy cargante, ¿verdad? No hagas caso de mí. ¡Qué locuras! No sé lo que pienso ni lo que escribo; mi cabeza es un nidal de disparates. ¡Pobre de mí! Compadéceme; hazme burla... Manda que me pongan la camisa de fuerza y que me encierren en una jaula. Hoy no puedo escribirte ninguna broma, no está la masa para rosquillas. No sé más que llorar, y este papel te lleva un *botiquín* de lágrimas. Dime tú: ¿por qué he nacido? ¿Por qué no me quedé allá, en el regazo de la señora nada, tan hermosa, tan tranquila, tan dormilona, tan...? No sé acabar».

En tanto que estas ráfagas tempestuosas cruzaban el largo espacio entre la villa mediterránea y Madrid, en el espíritu de Horacio se iniciaba una crisis, obra de la inexorable ley de adaptación, que hubo de encontrar adecuadas

condiciones locales para cumplirse. La suavidad del clima le
embelesaba, y los encantos del paisaje se abrieron paso al fin,
si así puede decirse, por entre las brumas que envolvían su
alma. El arte se confabuló con la naturaleza para conquistarle, y habiendo pintado un día, después de mil tentativas infructuosas, una marina soberbia, quedó para siempre prendado del mar azul, de las playas luminosas y del risueño
contorno de tierra. Los términos próximos y lejanos, el pintoresco anfiteatro de la villa, los almendros, los tipos de labradores y mareantes le inspiraban deseos vivísimos de transportarlo todo al lienzo; entrole la fiebre del trabajo, y por fin,
el tiempo, antes tan estirado y enojoso, hízosele breve y fugaz; de tal modo que, al mes de residir en Villajoyosa, las tardes se comían las mañanas y las noches se merendaban las
tardes, sin que el artista se acordara de merendar ni de comer.

Fuera de esto, empezó a sentir las querencias del propietario, esas atracciones vagas que sujetan al suelo la planta,
y el espíritu a las pequeñeces domésticas. Suya era la hermosa casa en que vivía con doña Trini; un mes tardó en hacerse cargo de su comodidad y de su encantadora situación.
La huerta poblada de añosos frutales, algunos de especies
rarísimas, todos en buena conservación, suya era también,
y el fresal espeso, la esparraguera y los plantíos de lozanas
hortalizas; suya la acequia que atravesaba caudalosa la
huerta y terrenos colindantes. No lejos de la casa podía mirar asimismo con ojos de propietario un grupo de palmeras
gallardas, de bíblica hermosura, y un olivar de austero color, con ejemplares viejos, retorcidos y verrugosos como
los de Getsemaní [56]. Cuando no pintaba, echábase a pasear

---

[56]   *Getsemaní:* el huerto de olivos situado a las afueras de Jerusalén
donde Jesús fue hecho prisionero. (Mateo, 26.)

de largo, en compañía de gentes sencillas del pueblo, y sus ojos no se cansaban de contemplar la extensión cerúlea, el siempre admirable *botiquín,* que a cada instante cambiaba de tono, como inmenso ser vivo, dotado de infinita impresionabilidad. Las velas latinas que lo moteaban, blancas a veces, a veces resplandecientes como tejuelos de oro bruñido, añadían toques picantes a la majestad del grandioso elemento, que algunas tardes parecía lechoso y dormilón, otras rizado y transparente, dejando ver, en sus márgenes quietas, cristalinos bancos de esmeralda.

Lo que observaba Horacio, dicho se está que al punto era comunicado a Tristana.

Del mismo a la misma:

«¡Ay, niña mía, no sabes cuán hermoso es esto! Pero ¿cómo has de comprenderlo tú, si yo mismo he vivido hasta hace poco ciego a tanta belleza y poesía? Admiro y amo este rincón del planeta, pensando que algún día hemos de amarlo y admirarlo juntos. Pero ¡si estás conmigo aquí, si en mí te llevo, y no dudo que tus ojos ven dentro de los míos lo que los míos ven!... ¡Ay, *Restitutilla,* cuánto te gustaría mi casa, *nuestra* casa, si en ella te vieras! No me satisface, no, tenerte aquí en espíritu. ¡En espíritu! Retóricas, hija, que llenan los labios y dejan vacío el corazón. Ven, y verás. Resuélvete a dejar a ese viejo absurdo, y casémonos ante este altar incomparable, o ante cualquier otro altarito que el mundo nos designe, y que aceptaremos para estar bien con él... ¿No sabes? Me he franqueado con mi ilustre tía. Imposible guardar más tiempo el secreto. Pásmate, chiquilla; no puso mala cara. Pero aunque la pusiera... ¿y qué? Le he dicho que te tengo ley, que no puedo vivir sin ti, y ha soltado la risa. ¡Vaya que tomar a broma una cosa tan seria! Pero más vale así... Dime que te alegra lo que te cuento hoy, y que al leerme te entran ganas de echar a correr para acá.

Dime que has hecho el hatillo y me lanzo a buscarte. No sé
lo que pensará mi tía de una resolución tan *súpita*. Que
piense lo que quiera. Dime que te gustará esta vida obscura
y deliciosa; que amarás esta paz campestre; que aquí te cu-
rarás de las locas efervescencias que turban tu espíritu, y
que anhelas ser una feliz y robusta villana, ricachona en
medio de la sencillez y la abundancia, teniendo por maridillo al más chiflado de los artistas, al más espiritual habi-
tante de esta tierra de luz, fecundidad y poesía.

»*Nota bene*. Tengo un palomar que da la hora, con treinta
o más pares. Me levanto al alba, y mi primera ocupación es
abrirles la puerta. Salen mis amiguitas adoradas, y para sa-
ludar al nuevo día, dan unas cuantas vueltas por el aire, tra-
zando espirales graciosas; después vienen a comer a mi
mano, o en derredor de mí, hablándome con sus arrullos un
lenguaje que siento no poder transmitirte. Convendría que
tú lo oyeras y te enteraras por ti misma».

XVIII

De Tristana a Horacio:

«¡Qué entusiasmadito y qué tonto está el *señó Juan!* ¡Y
cómo con las glorias de este terruño se le van las memorias
de este páramo en que yo vivo! Hasta te olvidas de nuestro
vocabulario, y ya no soy la *Frasquita de Rímini*. Bueno,
bueno. Bien quisiera entusiasmarme con tu *rustiquidad* (ya
sabes que yo invento palabras), *que del oro y del cetro pone
olvido* [57]. Hago lo que me mandas, y te obedezco... hasta

---

[57]   *que del oro y del cetro pone olvido:* Fray Luis de León, *Vida retirada,* v. 60.

donde pueda. *Bello país debe ser...* [58]. ¡Yo de villana, criando gallinitas, poniéndome cada día más gorda, hecha un animal, y con un dije que llaman *maridillo* colgado de la punta de la nariz! ¡Qué guapota estaré, y tú qué salado, con tus tomates tempranos y tus naranjas tardías, saliendo a coger langostinos, y pintando burros con zaragüelles [59], o personas racionales con albarda... digo, al revés. Oigo desde aquí las palomitas, y entiendo sus arrullos. Pregúntales por qué tengo yo esta ambición loca que no me deja vivir; por qué aspiro a lo imposible, y aspiraré siempre, hasta que el imposible mismo se me plante enfrente y me diga: «Pero ¿no me ve usted, so...?». Pregúntales por qué sueño despierta con mi propio ser transportado a otro mundo, en el cual me veo libre y honrada, queriéndote más que las señoritas de mis ojos, y... Basta, basta, *per pietá*. Estoy borracha hoy. Me he bebido tus cartas de los días anteriores y las encuentro horriblemente cargadas de *amílico* [60]. ¡Mistificador!

»Noticia fresca. Don Lope, el gran don Lope, *ante quien muda se postró la tierra* [61], anda malucho. El reuma se está encargando de vengar el sin número de maridillos que burló, y a las vírgenes honestas o esposas frágiles que inmoló en el ara nefanda de su liviandad. ¡Vaya una figurilla!... Pues esto no quita que yo le tenga lástima al pobre

---

[58]   *Bello país debe ser:* verso inicial de un poema popular de Francisco Camprodón (1816-1870): «Bello país debe ser / El de América, papá / ¿Te gustaría ir allá? / ¡Tendría mucho placer!».

[59]   *zaragüelles:* pantalones de amplias perneras con grandes pliegues. Eran usados principalmente por los labradores.

[60]   *amílico:* alcohol procedente de la fermentación de sustancias orgánicas.

[61]   *ante quien muda se postró la tierra:* cita de un poema de Rodrigo Caro (1573-1647), *Canción a las ruinas de Itálica*.

don Juan caído, porque fuera de su poquísima vergüenza en el ramo de mujeres, es bueno y caballeroso. Ahora que renquea y no sirve para nada, ha dado en la flor de entenderme, de estimar en algo este afán mío de aprender una profesión. ¡Pobre don *Lepe!* Antes se reía de mí; ahora me aplaude, y se arranca los pelos que le quedan, rabioso por no haber comprendido antes lo razonable de mi anhelo.

»Pues verás: haciendo un gran esfuerzo, me ha puesto profesor de inglés, digo, profesora, aunque más bien la creerías del género masculino o del neutro; una señora alta, huesuda, andariega, con feísima cara de rosas y leche, y un sombrero que parece una jaula de pájaros. Llámase doña Malvina, y estuvo en la capilla evangélica, ejerciendo de *sacerdota protestanta,* hasta que le cortaron los víveres, y se dedicó a dar lecciones... Pues espérate ahora y sabrás lo más gordo: dice mi maestra que tengo unas disposiciones terribles, y se pasma de ver que apenas me ha enseñado las cosas, ya yo me las sé. Asegura que en seis meses sabré tanto inglés como *Chaskaperas* [62] o el propio *Lord Mascaole* [63]. Y al paso que me enseña inglés, me hace recordar el franchute, y luego le meteremos el diente al alemán. *Give me a kiss,* pedazo de bruto. Parece mentira que seas tan *iznorante,* que no entiendas esto.

»Bonito es el inglés, casi tan bonito como tú, que eres una fresca rosa de mayo... si las rosas de mayo fueran negras como mis zapatos. Pues digo que estoy metida en unos afanes espantosos. Estudio a todas horas y devoro los temas. Perdona mi inmodestia; pero no puedo contenerme: soy un prodigio. Me admiro de encontrarme que sé las co-

---

[62]   *Chaskaperas:* Shakespeare.
[63]   *Lord Mascaole:* lord Thomas Macaulay (1800-1859), político inglés.

sas cuando intento saberlas. Y a propósito, *señó Juan* naranjero y con zaragüelles, sácame de esta duda: «*¿Has comprado la pluma de acero del hijo de la jardinera de tu vecino?*». Tonto, no; lo que has comprado es *la palmatoria de marfil de la suegra del...* sultán de Marruecos.

»Te muerdo una oreja. Expresiones a las palomitas. *To be or not to be... All the world a stage*»[64].

De *señó Juan* a *señá Restituta:*

«Cielín mío, miquina, no te hagas tan sabia. Me asustas. De mí sé decirte que en esta *rustiquidad* (admitida la nueva palabra) casi me dan ganas de olvidar lo poquito que sé. ¡Viva la naturaleza! ¡Abajo la ciencia! Quisiera acompañarte en tu aborrecimiento de la vida obscura: *ma non posso.* Mis naranjos están cargados de azahares, para que lo sepas, ¡rabia, rabiña!, y de frutas de oro. Da gozo verlos. Tengo unas gallinas que cada vez que ponen huevo, preguntan al cielo, cacareando, qué razón hay para que no vengas tú a comértelos. Son tan grandes que parecen tener dentro un elefantito. Las palomas dicen que no quieren nada con ingleses, ni aun con los que son émulos del gran *Sáspirr*[65]. Por lo demás, comprenden y practican la libertad honrada o la honradez libre. Se me olvidó decirte que tengo tres cabras con cada ubre como el bombo grande de la lotería. No me compares esta leche con la que venden en la cabrería[66] de tu casa, con aquellos *lácteos virgíneos candores*

---

[64]   *To be or not to be... All the world a stage:* palabras universalmente conocidas de Shakespeare. La primera proviene del drama *Hamlet* (1601) y la segunda, con una pequeña variante, de *As you like it* (1599).

[65]   *Sáspirr:* de nuevo, Shakespeare.

[66]   *cabrería:* en Madrid han existido cabrerías y vaquerías, establecimientos donde se mantenían animales, que todos los días eran ordeñados, y la leche vendida a los clientes. Las vaquerías existieron en Madrid hasta finales de los años cincuenta del pasado siglo.

que tanto asco nos daban. Las cabritas te esperan, inglesilla de tres al cuarto, para ofrecerte sus *senos turgentes*. Dime otra cosa... ¿Has comido turrón estas navidades? Yo tengo aquí almendra y avellana bastantes para empacharte a ti y a toda tu casta. Ven y te enseñaré cómo se hace el de Jijona, lo de Alicante y el sabrosísimo de yema, menos dulce que tu alma gitana. ¿Te gusta a ti el cabrito asado? Dígolo porque si probaras lo de mi tierra te chuparías el dedo; no, el *deíto* ese de san Juan te lo chuparía yo. Ya ves que me acuerdo del vocabulario. Hoy está revuelto el *botiquín,* porque el poniente [67] le hace muchas cosquillas, poniéndole nervioso...

»Si no te enfadas ni me llamas prosaico, te diré que como por siete. Me gustan extraordinariamente las sopas de ajo tostaditas, el bacalao y el arroz *en sus múltiples aspectos,* los pavipollos y los salmonetes con piñones. Bebo sin tasa del riquísimo *licor de Engadi* [68], digo de Aspe, y me estoy poniendo gordo y guapo inclusive, para que te enamores de mí cuando me veas y te *extasíes* delante de mis encantos o *appas,* como dicen los franceses y nosotros. ¡Ay, qué *appases* los míos! Pues ¿y tú? Haz el favor de no encanijarte con tanto estudio. Temo que la *señá* Malvina te contagie de su fealdad seca y hombruna. No te me vuelvas muy filósofa, no te encarames a las estrellas, porque a mí me están pesando mucho las carnazas y no puedo subir a cogerte, como cogería un limón de mis limoneros... Pero ¿no te da envidia

---

[67] *poniente:* viento proviniente del oeste.

[68] *licor de Engadi:* se refiere a la viña bíblica situada en Yeroskipou, Chipre, la isla de Afrodita, mencionada en el «Cantar de los Cantares». El vino de licor de Aspe, proviene de la comarca de Vinapoló, situada a 25 kilómetros de Alicante. Es un vino color rubí oscuro y bastante dulce. Horacio parece literalmente subirse a la parra diciendo que bebe un vino bíblico, para luego decir que es de cerca de su pueblo, de Aspe.

de mi manera de vivir? ¿A qué esperas? Si no *la jazemos* ahora, ¿cuándo, *per Baco?* Vente, vente. Ya estoy arreglando tu habitación, que será *manífica,* digno estuche de tal joya. Dime que sí, y parto, parto (no el de los montes), quiero decir que corro a traerte. *Oh donna di virtú!* [69]. Aunque te vuelvas más marisabidilla que Minerva, y me hables en griego para mayor claridad; aunque te sepas de memoria las falsas decretales y la tabla de logaritmos, te adoraré con toda la fuerza de mi supina barbarie».

De la señorita de Reluz:

«¡Qué pena, qué ansiedad, qué miedo! No pienso más que cosas malas. No hago más que bendecir este fuerte constipado que me sirve de pretexto para poder limpiarme los ojos a cada instante. El llanto me consuela. Si me preguntas por qué lloro, no sabré responderte. ¡Ah!, sí, sí, ya sé: lloro porque no te veo, porque no sé cuándo te veré. Esta ausencia me mata. Tengo celos del mar azul, los barquitos, las naranjas, las palomas, y pienso que todas esas cosas tan bonitas serán Galeotos [70] de la infidelidad de mi *señó Juan...* Donde hay tanto bueno, ¿no ha de haber también buenas mozas? Porque con todo mi *marisabidillismo* (ve apuntando las palabras que invento), yo me mato si tú me abandonas. Eres responsable de la tragedia que puede ocurrir, y...

---

[69] *Oh donna di virtú:* Dante, *La divina comedia, Infierno,* Canto II, v. 76.
[70] *Galeotos:* referencia al drama de José de Echegaray (1832-1916), *El gran Galeoto* (1881). El tema es parecido al de *Tristana,* se trata también de un hombre maduro, don Julián, casado con una joven, Teodora, que viven acompañados por un joven sobrino del esposo llamado Ernesto. Un amigo del marido, don Severo, le dice que los jóvenes mantienen relaciones a sus espaldas, este Galeoto, es al que se refieren las palabras de Tristana. Las naranjas, las palomas, le cuentan de la infidelidad de su amante.

»Acabo de recibir tu carta. ¡Cuánto me consuela! Me he reído de veras. Ya se me pasaron los *esplines;* ya no lloro; ya soy feliz, tan feliz que no *sabo* expresarlo. Pero no me engatusas, no, con tus limoneros y tus acequias de *undosa corriente.* Yo libre y honrada, te acepto así, aldeanote y criador de pollos. Tú como eres, yo como *ero.* Eso de que dos que se aman han de volverse iguales y han de pensar lo mismo no me cabe a mí en la cabeza. ¡El uno para el otro! ¡Dos en uno! ¡Qué bobadas inventa el egoísmo! ¿A qué esa confusión de los caracteres? Sea cada cual como Dios le ha hecho, y siendo distintos, se amarán más. Déjame suelta, no me amarres, no borres mi... ¿lo digo? Estas palabras tan sabias se me atragantan; pero, en fin, la soltaré... mi *doisingracia.*

»A propósito. Mi maestra dice que pronto sabré más que ella. La pronunciación es el caballo de batalla; pero ya me soltaré, no te apures, que esta lengüecita mía hace todo lo que quiero. Y ahora, allá van los golpes de incensario que me echo a mí misma. ¡Qué modesta es la nena! Pues, señor, sabrás que domino la gramática, que me bebo el diccionario, que mi memoria es prodigiosa, lo mismo que mi entendimiento (no, si no lo digo yo; lo dice *la señá* Malvina). Ésta no se anda en bromas, y sostiene que conmigo hay que empezar por el fin. De manos a boca nos hemos *ponido* a leer a *don Guillermo* [71], al inmenso poeta, *el que más ha creado después de Dios,* como dijo Séneca... [72] no, no, Alejandro Dumas [73]. Doña Malvina se sabe de memoria el Glo-

---

[71]   *don Guillermo:* Shakespeare.

[72]   *Séneca:* Lucio Anneo Seneca (2 a. C.-65 d. C.), filósofo y poeta romano. Sus ideas, afines a las de los estoicos, propugnaban el vivir en consonancia con la naturaleza. La frase es un anacronismo evidente.

[73]   *Alejandro Dumas:* hubo dos Alexandre Dumas, famosos escritores franceses del siglo XIX, el padre (1802-1870) y el hijo (1824-1895).

sario, y conoce al dedillo el texto de todos los dramas y comedias. Me dio a escoger, y elegí el *Macbeth* [74], porque aquella señora de Macbeth me ha sido siempre muy simpática. Es mi amiga... En fin, que le metimos el diente a la tragedia. Las brujitas me han *dicido* que seré reina... y yo me lo creo. Pero en fin, ello es que estamos traduciendo. ¡Ay hijo, aquella exclamación de *la señá* Macbeth, cuando grita al cielo con toda su alma *unsex me here,* me hace estremecer y despierta no sé qué terribles emociones en lo más profundo de mi naturaleza! Como no perteneces a las *clases ilustradas,* no entenderás lo que aquello quiere decir, ni yo te lo explico, porque sería como echar margaritas a... No, eres mi cielo, mi infierno, mi polo *maznético,* y hacia ti marca siempre tu brújula, tu chacha querida, tu... *Lady Restitute*».

Jueves 14.

«¡Ay! No te había dicho nada. El gran don Lope, *terror de las familias,* está conmigo como un merengue. El reuma sigue mortificándole, pero siempre tiene para mí palabras de cariño y dulzura. Ahora le da por llamarme su hija, por recrear su espíritu (así lo dice) llamándose mi papá, y por figurarse que lo es. *E se non piangi, de che pianger suoli?* [75]. Se arrepiente de no haberme comprendido, de no haber cultivado mi inteligencia. Maldice su abandono... Pero aún es tiempo; aún podremos ganar el terreno perdido. Porque yo

---

El padre fue el autor de, entre otros libros, las novelas *Los tres mosqueteros* (1844) y *El conde de Montecristo* (1845-1846), mientras que el hijo escribió *La dama de las camelias* (1848, novela; drama, 1852).

[74] *Macbeth:* drama de Shakespeare de 1605.

[75] *E se non piangi, de che pianger suoli:* Dante, *La divina comedia, Infierno,* Canto XXXIII, v. 42.

tenga una profesión que me permita ser honradamente libre, venderá él la camisa, si necesario fuese. Ha empezado por traerme un carro de libros, pues en casa jamás los hubo. Son de la biblioteca de su amigo el marqués de Cícero. Excuso decirte que he caído sobre ellos como lobo hambriento, y a éste quiero, a éste no quiero, heme dado unos atracones que ya, ya... ¡Dios mío, cuánto *sabo!* En ocho días he tragado más páginas que lentejas dan por mil duros. Si vieras mi cerebrito por dentro, te asustarías. Allí andan las ideas a bofetada limpia unas con otras... Me sobran muchas, y no sé con *cuálas* quedarme... Y lo mismo le hinco el diente a un tomo de historia que a un tratado de filosofía. ¿A que no sabes tú lo que son las mónadas del señor de Leibniz?[76]. Tonto, ¿crees que digo *monadas?* Para monadas, las tuyas, dirás, y con razón. Pues si tropiezo con un libro de medicina, no creas que le hago *fu.* Yo con todo apenco. Quiero saber, saber, saber. Por cierto que... No, no te lo digo. Otro día será. Es muy tarde: he velado por escribirte: la *pálida antorcha* se extingue, bien mío. Oigo el canto del gallo, *nuncio* del nuevo día, y ya el plácido beleño[77] por mis venas se derrama... Vamos, palurdo, confiesa que te ha hecho gracia lo del beleño... En fin, que estoy rendida y me voy al almo[78] lecho... sí, señor, no me vuelvo atrás: almo, almo.»

---

[76] *Leibniz:* Gottfried W. Leibniz (1646-1716), filósofo, físico, jurista, alemán. Inventor de la primera máquina de calcular, y autor de la original teoría filosófica de las mónadas. El mundo, según él, se rige por una armonía preestablecida y es el mejor de los mundos posibles.

[77] *beleño:* planta narcótica.

[78] *almo:* santo.

XIX

De la misma al mismo:

«Monigote, ¿en qué consiste que cuanto más sé, y ya sé mucho, más te idolatro?... Ahora que estoy malita y triste, pienso más en ti... Curiosón, todo lo quieres saber. Lo que tengo no es nada, nada; pero me molesta. No hablemos de eso... Hay en mi cabeza un barullo tal, que no sé si esto es cabeza o el manicomio donde están encerrados los grillos que han perdido la razón grillesca... ¡Un aturdimiento, un pensar y pensar siempre cosas mil, millones más bien, de cosas bonitas y feas, grandes y chicas! Lo más raro de cuanto me pasa es que se me ha borrado tu imagen: no veo claro tu lindo rostro; lo veo así como envuelto en una niebla, y no puedo precisar las facciones, ni hacerme cargo de la expresión, de la mirada. ¡Qué rabia!... A veces me parece que la neblina se despeja... abro mucho los ojitos de la imaginación, y me digo: "Ahora, ahora le voy a ver". Pero resulta que veo menos, que te obscureces más, que te borras completamente, y abur mi *señó Juan*. Te me vuelves espíritu puro, un ser intangible, un... no sé cómo decirlo. Cuando considero la pobreza de palabras, me dan ganas de inventar muchas, a fin de que todo pueda decirse. ¿Serás tú *mi-mito?* [79].

»Pienso que todo eso que me dices de que estás hecho un ganso es por burlarte de mí. No, niño, eres un gran artista, y tienes en la mollera la divina luz; tú darás que hacer a la fama y asombrarás al mundo con tu genio maravilloso.

---

[79]   *mi-mito:* con el paso del tiempo se le borra a Tristana la imagen del amado, y se vuelve un espíritu puro, 'él mismito'. Se trata de una pronunciación andaluza de las palabras.

Quiero que se diga que Velázquez[80] y Rafael[81] eran unos pinta-puertas comparados contigo. Lo tienen que decir. Tú me engañas: echándotelas de patán y de huevero y de *naranjista,* trabajas en silencio y me preparas la gran sorpresa. ¡No son malos huevos los que tú empollas! Estás preparando con estudios parciales el gran cuadro que era tu ilusión y la mía, el *Embarque de los moriscos expulsados,* para el cual apuntaste ya algunas figuras. Hazlo, por Dios, trabaja en eso. ¡Asunto histórico profundamente humano y patético! No vaciles, y déjate de gallinas y vulgaridades estúpidas. ¡Es arte! ¡La gloria, *señó Juanico!* Es la única rival de quien no tengo celos. Súbete a los cuernos de la luna, pues bien puedes hacerlo. Si hay otros que regarán las hortalizas mejor que tú, ¿por qué no intentas lo que nadie como tú hará? ¿No debe cada cual estar en lo suyo? Pues lo tuyo es eso: el divino arte, en que tan poco te falta para ser maestro. He dicho».

Lunes.

«¿Te lo digo? No, no te lo digo. Te vas a asustar, creyendo que es más de lo que es. No, permíteme que no te diga nada. Ya estoy viendo los morros que me pones por este sistema mío de apuntar y no hacer fuego, diciendo las cosas con misterio y callándolas sin dejar de decirlas. Pues entérate, aguza el oído y escucha. ¡Ay, ay, ay! ¿No oyes cómo se queja tu *Beatricita?*[82] ¿Crees que se queja de amor, que se arrulla como tus palomas? No; quéjase de do-

---

[80]   *Velázquez:* Diego Rodríguez de Silva Velázquez (1599-1660), uno de los mejores pintores españoles de todos los tiempos.

[81]   *Rafael:* gran pintor y arquitecto italiano, Raffaello Santi (1483-1520). Sus obras son apreciadas por la sencillez y armonía de sus formas.

[82]   *Beatricita:* véase nota 39.

lor físico. ¿Pensarás que estoy tísica pasada, como *La dama de las camelias*? [83] No, hijo mío. Es que don Lope me ha pegado su reuma. Hombre, no te asustes; don Lope no puede pegarme nada, porque... ya sabes... No hay caso. Pero se dan contagios intencionales. Quiero decir que mi tirano se ha vengado de mis desdenes comunicándome por arte gitanesco o de mal de ojo la endiablada enfermedad que padece. Hace dos días, al levantarme de la cama, sentí un dolor tan agudo, pero tan agudo, hijo... No quiero decirte dónde: ya sabes que una señorita, inglesa por añadidura, *miss Restitute,* no puede nombrar decorosamente, delante de un hombre, otras partes del cuerpo que la cara y las manos. Pero, en fin, grandísimo poca vergüenza, yo tengo confianza contigo y quiero decírtelo claro: me duele una pierna. ¡Ay, ay, ay! ¿Sabes dónde? Junto a la rodilla, *do* existe aquel lunar... ¡Vamos, que si esto no es confianza...! ¿No te parece cruel lo que hace Dios conmigo? ¡Que a ese perdulario le cargue de achaques en su vejez, como castigo de una juventud de crímenes contra la moral, muy santo y muy bueno; pero que a mí, jovenzuela que empiezo a pecar, que apenas... y esto con circunstancias atenuantes; que a mí me aflija, a las primeras de cambio, con tan fiero castigo...! Ello será todo lo justo que se quiera, pero no lo entiendo. Verdad que somos unos papanatas. ¡No faltaba más sino que entendiéramos los designios, etcétera...! En fin, que los decretos del Altísimo me traen muy apenada. ¿Qué será esto? ¿No se me quitará pronto? Me desespero a ratos, y creo que no es Dios, que no es el Altísimo, sino el *Bajísimo,* quien me ha traído este alifafe. El demonio es mala persona, y quiere vengarse de mí por lo que le hice rabiar. Poco

---

[83]   *La dama de las camelias:* véase nota 73.

antes de conocerte, mi desesperación anduvo en tratos con
él; pero te conocí y le mandé a freír espárragos. Me salvaste
de caer en sus uñas. El maldito juró vengarse, y ya lo ves.
¡Ay, ay, ay! Tu *Restituta,* tu *Curra de Rímini* está cojita. No
creas que es broma: no puedo andar... Me causa terror la
idea de que, si estuvieras aquí, no podría yo ir a tu estudio.
Aunque sí, iría, vaya si iría, arrastrándome. ¿Y tú me
querrás cojitranca? ¿No te burlarás de mí? ¿No perderás la
ilusión? Dime que no; dime que esta cojerilla es cosa pasa-
jera. Vente para acá; quiero verte; me mortifica horriblemente esto de haber perdido la memoria de tu carátula. Me
paso largos ratos de la noche figurándome cómo eres, sin
poder conseguirlo. ¿Y qué hace la niña? Reconstruirte a su
manera, crearte, con violencias de la imaginación. Ven
pronto, y por el camino pídele a Dios, como yo se lo pido,
que cuando llegues no cojee ya tu *fenómena.»*

Martes.

«¡Albricias, *señó Juan,* hombre rústico y pedestre, destri-
paterrones, moro de los dátiles, albricias! Ya no me duele.
Hoy no cojeo. ¡Qué alivio, qué alegrón! Don Lope celebra
mi mejoría; pero se me figura a mí que en su fuero interno
(un foro de muchas esquinas) siente que la esclava no clau-
dique, porque la cojera es como un grillete que la sujeta
más a su malditísima persona... Tu carta me ha hecho reír
mucho. Eso de no ver en mi enfermedad más que una luxa-
ción, por los brincos que doy para escalar *de la inmortalidad el alto asiento* [84], tiene mucha sal. Lo que me aflige es
que persistas en ser tan rebrutísimo y en apegarte a esas co-

---

[84]   *de la inmortalidad el alto asiento:* verso de Garcilaso de la Vega,
Elegía al duque de Alba en la muerte de don Bernardino de Toledo, su
hermano, v. 203.

minerías ramplonas. ¡Que la vida es corta y hay que gozar de ella! ¡Que el arte y la gloria no valen dos ochavos! No decías eso cuando nos conocimos, grandísimo tuno. ¡Que en vez de brincar debo sentarme con muchísima pachorra en las losas calentitas de la vida doméstica! Hijo, si no puedo; si cada vez soy menos doméstica. Mientras más lecciones le da Saturna, más torpe es la niña. Si esto es una falta grave, ten lástima de mí.

»¡Qué feliz soy! Primero: me dices tú que vendrás pronto. Segundo: ya no cojeo. Tercero... no, lo tercero no te lo digo. Vamos, para que no te devanes los sesos, allá va. Anoche estuve muy desvelada, y una idea mariposeaba en torno de mí, hasta que se me metió en la mollera y allí se quedó; y hecho su nido, ya me tienes con mi plaga de ideítas que me están atormentando y que te comunicaré incontinenti. Sabrás que ya he resuelto el temido problema. La esfinge de mi destino desplegó los marmóreos labios y me dijo que para ser libre y honrada, para gozar de independencia y vivir de mí misma, debo ser actriz. Y yo he dicho que sí; lo apruebo, me siento actriz. Hasta ahora dudé de poseer las facultades del arte escénico; pero ya estoy segura de poseerlas. Me lo dicen ellas mismas gritando dentro de mí. ¡Representar los afectos, las pasiones, fingir la vida! ¡Jesús, qué cosa más fácil! ¡Si yo sé sentir no sólo lo que siento, sino lo que sentiría en los varios casos de la vida que puedan ocurrir! Con esto, y buena voz, y una figura que... vamos, no es maleja, tengo todo lo que me basta.

»Ya, ya veo lo que me dices: que me faltará presencia de ánimo para soportar la mirada de un público, que me cortaré... Quítate, hombre, ¡qué he de turbarme yo! No tengo vergüenza, dicho sea en el mejor sentido. Te juro que en este instante me encuentro con alientos para representar los más difíciles dramas de pasión, las más delicadas comedias

de gracia y coquetería. ¿Qué?, ¿te burlas? ¿No me crees?
Pues a probarlo. Que me saquen a la escena y verás quién
es tu *Restituta*. Nada, hombre, que ya te convencerás, ya te
irás convenciendo. ¿A ti qué te parece? Ya me figuro que
no te gustará, que tendrás celos del teatro. Eso de que un
galán me abrace, eso de que a un actorcillo cualquiera tenga
yo que hacerle mimos y decirle mil ternezas, te desagrada,
¿verdad? Ni tiene maldita gracia que veinte mil majaderos
se prenden de mí, y me lleven ramos, y se crean autoriza-
dos para declararme la mar de pasiones volcánicas. No, no
seas tonto. Yo te quiero más que a mi vida. Pero hazme el
favor de concederme que el arte escénico es un arte noble,
de los pocos que puede cultivar honradamente una mujer.
Concédemelo, bruto, y también que esa profesión me dará
independencia y que en ella sabré y podré quererte más,
siempre más, sobre todo si te decides a ser grande hombre.
Hazme el favor de serlo, niño, y no te vea yo convertido
en un terrateniente vulgar y obscuro. No me hables a mí
de dulces tinieblas. Quiero luz, más luz, siempre más luz.»

Sábado.

«¡Ay, ay, ay! Mi gozo en un pozo. Estarás en ascuas, sin
carta mía desde el martes. Pero ¿no sabes lo que me pasa?
Me muero de pena... ¡Coja otra vez, con dolores horribles!
He pasado tres días crueles. La mejoría traidora del martes
me engañó. El miércoles, después de una noche infernal,
amanecí en un grito. Don Lope trajo al médico, un tal Miquis[85], joven y agradable. ¡Qué vergüenza! No tuve más remedio que enseñarle mi pierna. Vio el lunarcito, ¡ay, ay,

---

[85]   *Miquis:* médico que aparece en diversas obras de Galdós, desde
La desheredada (1881) en adelante. Es uno de sus personajes más simpáticos, y recuerda a su amigo el doctor Tolosa Latour.

ay!, y me dijo no sé qué bromas para hacerme reír. Creo que su pronóstico no es muy tranquilizador, aunque don *Lepe* asegura lo contrario, sin duda para animarme. Dios mío, ¿cómo voy a ser actriz con esta cojera maldita? No puede ser, no puede ser. Estoy loca; no pienso más que horrores. Y todo ello, ¿qué es? Nada; alrededor del lunarcito, una dureza... y si me toco, veo las estrellas, lo mismo que si ando. Ese Miquis, que parta un rayo, me ha mandado no sé qué ungüentos, y una venda sin fin, que Saturna me arrolla con muchísimo cuidado. ¡Estoy bien, vive Dios! Tienes a tu Beatrice hecha una cataplasma. Debo de estar feísima, ¡y qué facha!... Te escribo en el sillón, del cual no puedo moverme. Saturna mantiene el tintero... ¿Y cómo te veo ahora, si vienes? No, no vengas hasta que esto se me quite. Yo le pido a Dios y a la Virgen que me curen pronto. No he sido tan mala que este castigo merezca. ¿Qué crimen he cometido? ¿Quererte? ¡Vaya un crimen! Como tengo esta maldita costumbre de buscar siempre el *perché delle cose,* cavilo que Dios se ha equivocado con respecto a mí. ¡Jesús, qué blasfemia! No, ¡cuando Él lo hace...! Sufriremos; venga paciencia, aunque, francamente, esto de no poder ser actriz me vuelve loca y me hace tirar a un lado toda la paciencia que había podido reunir... Pero ¿y si me curo?... porque esto se curará, y no cojearé, o cojearé tan poquito que lo pueda disimular.

»Vamos, que si ahora no tienes lástima de mí, no sé para cuándo la guardas. Y si ahora no me quieres más, más, más, mereces que el Bajísimo te coja por su cuenta y te saque los ojos. ¡Soy tan desgraciada!... No sé si por la congoja que siento, o efecto de la enfermedad, ello es que todas las ideas se me han escapado, como si se echaran a volar. Volverán, ¿no crees tú que volverán? Y me pongo a pensar y digo: pero, Señor, todo lo que leí, todo lo que aprendí en tantos

librotes, ¿dónde está? Debe de andar revoloteando en torno
de mi cabeza, como revolotean los pajaritos alrededor del
árbol antes de acostarse, y ya entrarán, ya entrará todo otra
vez. Es que estoy muy triste, muy desalentada, y la idea de
andar con muletas me abruma. No, yo no quiero ser coja.
Antes...

»Malvina, por distraerme, me propone que la emprenda-
mos con el alemán. La he mandado a paseo. No quiero alemán, no quiero lenguas, no quiero más que salud, aunque
sea más tonta que un cerrojo. ¿Me querrás tú cojita? No, ¡si
me curaré...! ¡Pues no faltaba más! Si no, sería una injusticia muy grande, una barbaridad de la providencia, del Altísimo, del... no sé qué decir. Me vuelvo loca. Necesito llorar, pasarme todo el día llorando... pero estoy rabiosa, y con
rabia no puedo llorar. Tengo odio a todo el género humano,
menos a ti. Quisiera que ahorcaran a doña Malvina, que fu-
silaran a Saturna, que a don Lope le azotaran públicamente,
paseándole en un burro, y después le quemaran vivo. Estoy
atroz, no sé lo que pienso, no sé lo que digo...»

XX

Al caer de la tarde, en uno de los últimos días de enero,
entró en su casa don Lope Garrido melancólico y taciturno,
como hombre sobre cuyo ánimo pesan gravísimas tristezas
y cuidados. En pocos meses, la vejez había ganado a su persona el terreno que supieron defender la presunción y el
animoso espíritu de sus años maduros; inclinábase hacia la
tierra; su noble semblante tomaba un color terroso y som-
brío; las canas iban prosperando en su cabeza, y para completar la estampa del decaimiento, hasta en el vestir se mar-
caba cierta negligencia, más lastimosa que el bajón de la

persona. Y las costumbres no se quedaban atrás en este cambiazo, porque don Lope apenas salía de noche, y el día se lo pasaba casi enteramente en casa. Bien se comprendía el motivo de tanto estrago, porque habrá que repetirlo, fuera de su absoluta ceguera moral en cosas de amor, el libertino inservible era hombre de buenos sentimientos y no podía ver padecer a las personas de su intimidad. Cierto que él había deshonrado a Tristana, matándola para la sociedad y el matrimonio, hollando su fresca juventud; pero lo cortés no quitaba lo valiente; la quería con entrañable afecto y se acongojaba de verla enferma y con pocas esperanzas de pronto remedio. Era cosa larga, ¡ay!, según dijo Miquis en la primera visita, sin asegurar que quedase bien, es decir, libre de cojera.

Entró, pues, don Lope, y soltando la capa en el recibimiento, se fue derechito al cuarto de su esclava. ¡Cuán desmejorada la pobrecita con la inacción, con la pena moral y física de su dolorosa enfermedad! Encajada y quieta en un sillón de resortes que su viejo le compró, y que se extendía para dormir cuando la necesidad de sueño la agobiaba; envuelta en un mantón de cuadros, las manos en cruz y la cabeza al aire, Tristana no era ya ni sombra de sí misma. Su palidez a nada puede compararse; la pasta de papel de que su lindo rostro parecía formado era ya de una diafanidad y de una blancura increíbles; sus labios se habían vuelto morados; la tristeza y el continuo llorar rodeaban sus ojos de un cerco de transparencias opalinas.

—¿Qué tal, mona? —le dijo don Lope, acariciándole la barbilla y sentándose a su lado—. Mejor, ¿verdad? Me ha dicho Miquis que ahora vas bien, y que el mucho dolor es señal de mejoría. Claro, ya no tienes aquel dolor sordo, profundo, ¿verdad? Ahora te duele, te duele de firme; pero como una desolladura... eso es. Precisamente es lo que se

quiere: que te duela. La hinchazón va cediendo. Ahora...
niña *(sacando una cajita de farmacia),* vas a tomar esto.
No sabe mal: dos pildoritas cada tres horas. En cuanto al
medicamento externo, dice don Augusto que sigamos con
lo mismo. Conque anímate, que dentro de un mes ya podrás
brincar y hasta bailar unas malagueñas.

—¡Dentro de un mes! ¡Ay!, yo apuesto a que no. Dices
eso por consolarme. Lo agradezco; pero, ¡ay!... Ya no brin-
caré más.

El tono de hondísima tristeza con que lo dijo enterneció
a don Lope, hombre valiente y de mucho corazón para otras
cosas, pero que no servía para nada delante de un enfermo.
El dolor físico en persona de su intimidad le ponía corazón
de niño.

—Ea, no hay que acobardarse. Yo tengo confianza; tenla
tú también. ¿Quieres más libros para distraerte? ¿Quieres
dibujar? Pide por esa boca. ¿Tráigote comedias para que
vayas estudiando tus papeles? *(Tristana hacía signos negativos de cabeza.)* Bueno, pues te traeré novelas bonitas o libros de historia. Ya que has empezado a llenar tu cabeza de
sabiduría, no te quedes a la mitad. A mí me da el corazón
que has de ser una mujer extraordinaria. ¡Y yo tan bruto, que
no comprendí desde el principio tus grandes facultades! No
me lo perdonaré nunca.

—Todo perdonado —murmuró Tristana con señales de
profundo aburrimiento.

—Y ahora, ¿comemos? ¿Tienes ganita? ¿Que no? Pues,
hija, hay que hacer un esfuerzo. Ya que no otra cosa, el
caldo y la copita de jerez. ¿Te chuparías una patita de
gallina? ¿Que no? Pues no insisto... Ahora, si la egregia Saturna quiere darme algún alimento, se lo agradeceré. No
tengo muchas ganas; pero me siento desfallecido y algo hay
que echar al cuerpo miserable.

Fuese al comedor, y sin enterarse del contenido de los platos, pues sus pensamientos le abstraían completamente de todo lo externo, despachó sopa, un poco de carne y algo más. Con el último bocado entre los dientes volvió al lado de Tristana.

—¿Qué tal?... ¿Has tomado el caldito? Bien; me gusta que no hagas ascos a la comida. Ahora te daré tertulia hasta que te entre sueño. No salgo, por acompañarte... No, no te lo digo para que me lo agradezcas. Ya sé que en otros tiempos debí hacerlo y no lo hice. Es tarde, es tarde ya, y estos mimos resultan algo trasnochados. Pero no hablemos de eso; no me abochornes... Si te incomodo, me lo dices; si gustas de estar sola, me voy a mi cuarto.

—No, no. Estate aquí. Cuando me quedo sola pienso cosas malas.

—¿Cosas malas, vida mía? No desbarres. Tú no te has hecho cargo de lo mucho bueno y grande que te reserva tu destino. Un poquillo tarde he comprendido tu mérito; pero lo comprendo al fin. Reconozco que no soy digno ni del honor de darte mis consejos; pero te los doy, y tú los tomas o los dejas, según te acomode.

No era la primera vez que don Lope le hablaba en este tono; y la señorita de Reluz, dicha sea la verdad, le oía gozosa, porque el marrullero galán sabía herirla en lo más sensible de su ser, adulando sus gustos y estimulando su soñadora fantasía. Hay que advertir, además, que algunos días antes de la escena que se refiere, el tirano dio a su víctima pruebas de increíble tolerancia. Escribía ella sus cartas sin moverse del sillón, sobre una tabla que para el caso le había preparado convenientemente Saturna. Una mañana, hallándose la joven en lo más recio de su ocupación epistolar, entró inesperadamente don Lope, y como la viese esconder con precipitación papel y tintero, díjole con bondad risueña:

—No, no, mocosa, no te prives de escribir tus cartitas. Me voy para no estorbarte.

Pasmada oyó Tristana las gallardas expresiones que desmentían en un punto el carácter receloso y egoísta del viejo galán, y continuó escribiendo tan tranquila. En tanto, don Lope, metido en su cuarto y a solas con su conciencia, se despachó a su gusto consigo mismo en esta forma: «No, no puedo hacerla más desgraciada de lo que es... ¡Me da mucha pena, pero mucha pena... pobrecilla! Que en esta última temporada, hallándose sola, aburrida, encontrara por ahí a un mequetrefe y que éste me la trastornara con cuatro palabras amorosas... Vamos... pase... No quiero hacer a ese danzante el honor de preocuparme de él... Bueno, bueno; que se aman, que se han hecho mil promesas estúpidas... Los jóvenes de hoy no saben enamorar; pero fácilmente le llenan la cabeza de viento a muchacha tan soñadora y exaltada como esta. De fijo que le ha ofrecido casarse, y ella se lo cree... Bien claro está que van y vienen cartitas... ¡Dios mío, las tonterías que se dirán!... Como si las leyera. Y matrimonio por arriba, matrimonio por abajo, el estribillo de siempre. Tanta imbecilidad me movería a risa si no se tratara de esta niña hechicera, mi último trofeo, y como el último, el más caro a mi corazón. ¡Vive Dios que si estúpidamente me la dejé quitar, ha de volver a mí; no para nada malo, bien lo sabe Dios, pues ya estoy mandado recoger, sino para tener el gusto de arrancársela al chisgarabís, quien quiera que sea, que me la birló, y probar que cuando el gran don Lope se atufa, nadie puede con él! La querré como hija, la defenderé contra todos, contra las formas y especies varias de amor, ya sea con matrimonio, ya sin él... Y ahora, ¡por vida de...!, ahora me da la gana de ser su padre, y de guardarla para mí solo, para mí solo, pues aún pienso vivir muchos años, y si no me cuadra retenerla como mujer, la retendré como hija querida; pero que nadie la toque, ¡vive Dios!, nadie la mire siquiera».

El profundo egoísmo que estas ideas entrañaban fue expresado por el viejo galán con un resoplido de león, accidente muy suyo en los casos críticos de su vida. Fuese luego junto a Tristana, y con mansedumbre que parecía surgir de su ánimo sin ningún esfuerzo, le acarició las mejillas diciéndole: «Pobre alma mía, cálmate. Ha llegado la hora de la suprema indulgencia. Necesitas un padre amoroso, y lo tendrás en mí... Sé que has claudicado moralmente, antes de cojear con tu piernecita... No, no te apures, no te riño... Mía es la culpa; sí, a mí, sólo a mí, debo echarme los tiempos por ese devaneo tuyo, resultado de mi abandono, del olvido... Eres joven, bonita. ¿Qué extraño es que cuantos monigotes te ven en la calle te galanteen? ¿Qué extraño que entre tantos haya saltado uno, menos malo que los demás, y que te haya caído en gracia... y que creas en sus promesas tontas y te lances con él a proyectillos de felicidad que pronto se te vuelven humo?... Ea, no hablemos más de eso. Te lo perdono... Absolución total. Ya ves... quiero ser tu padre, y empiezo por...».

Trémula, recelosa de que tales declaraciones fueran astuto ardid para reducirla a confesar su secreto, y sintiendo más que nunca el misterioso despotismo que don Lope ejercía sobre ella, la cautiva negó, balbuciendo excusas; pero el tirano, con increíble condescendencia, redobló sus ternuras y mimos paternales en estos términos: «Es inútil que niegues lo que declara tu turbación. No sé nada y lo sé todo. Ignoro y adivino. El corazón de la mujer no tiene secretos para mí. He visto mucho mundo. No te pregunto quién es el caballerito, ni me importa saberlo. Conozco la historia, que es de las más viejas, de las más adocenadas y vulgares del humano repertorio. El tal te habrá vuelto tarumba con esa ilusión cursi del matrimonio, buena para horteras y gente menuda. Te habrá hablado del altarito, de las bendiciones y de la vida chabacana y obscura, con sopa boba, criaturitas, ovillito de algodón, brasero, camillita y demás imbecilidades. Y si tú te tragas semejante anzuelo, haz cuenta que te pierdes, que echas a rodar tu porvenir y le das una bofetada a tu destino...».

—¡Mi destino! —exclamó Tristana, reanimándose; y sus ojos se llenaron de luz.

—Tu destino, sí. Has nacido para algo muy grande, que no podemos precisar aún. El matrimonio te zambulliría en la vulgaridad. Tú no puedes ni debes ser de nadie, sino de ti misma. Esa idea tuya de la honradez libre, consagrada a una profesión noble; esa idea que yo no supe apreciar antes y que al fin me ha conquistado, demuestra la profunda lógica de tu vocación, de tu ambición diré, si quieres. Ambicionas porque vales. Si tu voluntad se dilata, es porque tu entendimiento no cabe en ti... ¡Si esto no tiene vuelta de hoja, niña querida! *(Adoptando un tonillo zumbón.)* ¡Vaya, que a una mujer de tu temple salirle con la monserga de las tijeras y el dedalito, de la echadura de huevos, del amor de la lumbre, y del contigo pan y cebolla! Mucho cuidado, hija mía, mucho cuidado con esas seducciones para costureras y señoritas de medio pelo... Porque te pondrás buena de la pierna y serás una actriz tan extraordinaria, que no haya otra en el mundo. Y si no te cuadra ser comedianta, serás otra cosa, lo que quieras, lo que se te antoje... Yo no lo sé... tú misma lo ignoras aún; no sabemos más sino que tienes alas. ¿Hacia dónde volarás? ¡Ah!... si lo supiéramos, penetraríamos los misterios del destino, y eso no puede ser.

XXI

«¡Ay Dios mío —decía Tristana para sí, cruzando las manos y mirando fijamente a su viejo—, cuánto sabe este maldito! Él es un pillastre redomado, sin conciencia; pero como saber... ¡vaya si sabe!...»

—¿Estás conforme con lo que te digo, pichona? —le preguntó don Lope, besando sus manos, sin disimular la alegría que le causaba el sentimiento íntimo de su victoria.

—Te diré... sí... Yo creo que no sirvo para lo doméstico; vamos, que no puedo entender... Pero no sé, no sé si las cosas que sueño se realizarán...

—¡Ay, yo lo veo tan claro como esta luz! —replicó Garrido con el acento de honrada convicción que sabía tomar en sus fórmulas de perjurio—. Créeme a mí... Un padre no engaña, y yo, arrepentido del daño que te hice, quiero ser padre para ti y nada más que padre.

Siguieron hablando de lo mismo, y don Lope, con suma habilidad estratégica, evolucionó para ganarle al enemigo sus posiciones, y allí fue el ridiculizar la vida boba, la unión eterna con un ser vulgar y las prosas de la intimidad matrimoñesca.

Al propio tiempo que estas ideas lisonjeaban a la señorita, servíanle de lenitivo en su grave dolencia. Se sintió mejor aquella tarde, y al quedarse sola con Saturna, antes que ésta la acostara, tuvo momentos de ideal alborozo, con las ambiciones más despiertas que nunca y gozándose en la idea de verlas realizadas. «Sí, sí, ¿por qué no he de ser actriz? Si no, seré lo que quiera... Viviré con holgura decorosa, sin ligarme eternamente a nadie, ni al hombre que amo y amaré siempre. Le querré más cuanto más libre sea.»

Ayudada de Saturna, se acostó, después de que ésta le hubo curado con esmero exquisito la rodilla enferma, renovándole los vendajes. Intranquila pasó la noche; pero se consolaba con los efluvios de su imaginación ardorosa y con la idea de pronto restablecimiento. Aguardaba con ansia el día para escribir a Horacio, y al amanecer, antes que se levantara don Lope, enjaretó una larga y nerviosa epístola.

«Amor mío, paletito mío, *mio diletto,* sigo mal; pero estoy contenta. Mira tú qué cosa tan rara... ¡Ay, quién me entendiera a mí, si yo misma no me entiendo! Estoy alegre, sí, y llena de esperanzas, que se me cuelan en el alma cuando menos las llamo. Dios es bueno y me manda estas alegrías, sin duda porque me las merezco. Se me antoja que me curaré, aunque no mejore; pero se me antoja, y basta. Me da por pensar que se cumplirán mis deseos, que seré actriz del género trágico, que podré adorarte desde el castillo de mi independencia comiquil. Nos querremos de castillo a castillo, dueños absolutos de nuestras respectivas voluntades, tú libre, libre yo, y tan señora como la que más, con dominios propios y sin vida común ni sagrado vínculo ni sopas de ajo ni nada de eso.

»No me hables a mí del altarito, porque te me empequeñeces tanto que no te veo de tan chiquitín como te vuelves. Esto será un delirio; pero nací para delirante crónica, y soy... como la carne de oveja: se me toma o se me deja. No, dejarme, no; te retengo, te amarro, pues mis locuras necesitan de tu amor para convertirse en razón. Sin ti me volvería tonta, que es lo peor que podría pasar.

»Y yo no quiero ser tonta, ni que lo seas tú. Yo te engrandezco con mi imaginación cuando quieres achicarte, y te vuelvo bonito cuando te empeñas en ponerte feo, abandonando tu arte sublime para cultivar rábanos y calabazas. No te opongas a mi deseo, no desvanezcas mi ilusión; te quiero grande hombre y me saldré con la mía. Lo siento, lo veo... no puede ser de otra manera. Mi voz interior se entretiene

describiéndome las perfecciones de tu ser... No me niegues
que eres como te sueño. Déjame a mí que te fabrique... no,
no es esa la palabra; que te componga... tampoco... Déjame
que te piense, conforme a mi real gana. Soy feliz así; déjame, déjame.»

Siguieron a esta carta otras, en que la imaginación de la
pobre enferma se lanzaba sin freno a los espacios de lo
ideal, recorriéndolos como corcel desbocado, buscando el
imposible fin de lo infinito sin sentir fatiga en su loca y ga-
llarda carrera.

Véase el género:

«Mi señor, ¿cómo eres? Mientras más te adoro, más olvido tu fisonomía; pero te invento otra a mi gusto, según
mis ideas, según las perfecciones de que quiero ver ador-
nada tu sublime persona. ¿Quieres que te hable un poquito
de mí? ¡Ay, padezco mucho! Creí que mejoraba; pero no,
no quiere Dios. Él sabrá por qué. Tu bello ideal, tu Tristanita, podrá ser, andando el tiempo, una celebridad; pero yo
te aseguro que no será bailarina... ¡Lo que es eso...! Mi
piernecita se opondría. Y también voy creyendo que no
será actriz, por la misma razón. Estoy furiosa... cada día
peor, con sufrimientos horribles. ¡Qué médicos éstos! No
entienden una palabra del arte de curar... Nunca creí que
en el destino de las personas influyera tanto cosa tan insignificante como es una pierna, una triste pierna, que sólo
sirve para andar. El cerebro, el corazón, creí yo que man-
darían siempre; pero ahora una estúpida rodilla se ha eri-
gido en tirana, y aquellos nobles órganos la obedecen...
Quiero decir, no la obedecen ni le hacen maldito caso; pero
sufren un absurdo despotismo, que confío será pasajero.
Es como si se sublevara la soldadesca... Al fin, al fin, la ca-
nalla tendrá que someterse.

»Y tú, mi rey querido, ¿qué dices? Si no fuera porque tu amor me sostiene, ya habría yo sucumbido ante la sedición de esta pata que se me quiere subir a la cabeza. Pero no, no me acobardo, y pienso las cosas atrevidas que he pensado siempre... no, que pienso más y mucho más, y subo, subo siempre. Mis aspiraciones son ahora más acentuadas que nunca; mi ambición, si así quieres llamarla, se desata y brinca como una loca. Créelo, tú y yo hemos de hacer algo grande en el mundo. ¿No aciertas cómo? Pues yo no puedo explicármelo; pero lo sé. Me lo dice mi corazón, que todo lo sabe, que no me ha engañado nunca ni puede engañarme. Tú mismo no te formas una idea clara de lo que eres y de lo que vales. ¿Será preciso que yo te descubra a ti mismo? Mírate en mí, que soy tu espejo, y te verás en el supremo Tabor de la glorificación artística. Estoy segura de que no te ríes de lo que digo, como segura estoy de que eres tal y como te pienso: la suma perfección moral y física. En ti no hay defectos, ni puede haberlos, aunque los ojos del vulgo los vean. Conócete; haz caso de mí; entrégate sin recelo a quien te conoce mejor que tú mismo... No puedo seguir... Me duele horriblemente... ¡Que un hueso, un miserable hueso, nos...!».

Jueves.

«¡Qué día ayer, y qué noche! Pero no me acobardo. El espíritu se me crece con los sufrimientos. ¿Creerás una cosa? Anoche, cuando el pícaro dolor me daba algunos ratitos de descanso, me volvía todo el saber que leyendo adquirí, y que se me había como desvanecido y evaporado. Entraban las ideas unas tras otras, atropellándose, y la memoria, una vez que las cogía dentro, ¡zas!, cerraba la puerta para no dejarlas salir. No te asombres; no sólo sé todo lo que sabía, sino que sé más, muchísimo más. Con las ideas de casa han entrado otras nuevas, desconocidas. Debo yo de tener un ideón, palomo ladrón, que al salir por esos aires seduce cuantas ideítas encuentra y me las trae. Sé más, mucho más que antes. Lo sé todo... no; esto es mucho decir... Hoy me he sentido muy aliviada, y me dedico a pensar en ti. ¡Qué bueno eres! Tu inteligencia no conoce igual; para tu genio artístico no hay dificultades. Te quiero con más alma que nunca, porque respetas mi libertad, porque no me amarras a la pata de una silla ni a la pata de una mesa con el cordel del matrimonio. Mi pasión reclama libertad. Sin ese campo no podría vivir. Necesito comerme libremente la hierba, que crecerá más arrancada del suelo por mis dientes. No se hizo para mí el establo. Necesito la pradera sin término.»

En sus últimas cartas, ya Tristana olvidaba el vocabulario de que solían ambos hacer alarde ingenioso en sus íntimas expansiones hablando o escritas. Ya no volvió a usar el señó Juan ni la Paca de Rímini, ni los terminachos y licencias gramaticales que eran la sal de su picante estilo. Todo ello se borró de su memoria, como se fue desvaneciendo la persona misma de Horacio, sustituida por un ser ideal, obra temeraria de su pensamiento, ser en quien se cifraban todas las bellezas visibles e invisibles. Su corazón se inflamó en un cariñazo que bien podría llamarse místico, por lo incorpóreo y puramente soñado del ser que tales efectos movía. El Horacio nuevo e intangible parecíase un poco al verdadero, pero nada más que un poco. De aquel bonito fantasma iba haciendo Tristana la verdad elemental de su existencia, pues sólo vivía para él, sin caer en la cuenta de que tributaba culto a un Dios de su propia cosecha. Y este culto se expresaba en cartas centelleantes, trazadas con trémula mano, entre las alteradas excitaciones del insomnio y la fiebre, y que sólo por mecánica costumbre eran dirigidas a Villajoyosa, pues en realidad debían expedirse por la estafeta del ensueño hacia la estación de los espacios imaginarios.

Miércoles.

«Maestro y señor, mis dolores me llevan a ti, como me llevarían mis alegrías si alguna tuviera. Dolor y gozo son un mismo impulso para volar... cuando se tienen alas. En medio de las desgracias con que me aflige, Dios me hace el inmenso bien de concederme tu amor. ¿Qué importa el dolor físico? Nada. Lo soportaré con resignación, siempre que tú... no me duelas. ¡Y no me digan que estás lejos! Yo te traigo a mi lado, te siento junto a mí, y te veo y te toco; tengo bastante poder de imaginación para suprimir la distancia y contraer el tiempo conforme se me antoja.»

Jueves.

«Aunque no me lo digas, sé que eres como debes ser. Lo siento en mí. Tu inteligencia sin par, tu genio artístico, lanzan sus chispazos dentro de mi propio cerebro. Tu sentimiento elevadísimo del bien, en mi propio corazón parece que ha hecho su nido... ¡Ay, para que veas la virtud del espíritu! Cuando pienso mucho en ti, se me quita el dolor. Eres mi medicina, o al menos un anestésico que mi doctor no entiende. ¡Si vieras...! Miquis se pasma de mi serenidad. Sabe que te adoro; pero no conoce lo que vales, ni que eres el pedacito más selecto de la divinidad. Si lo supiera, sería parco en recetar calmantes, menos activos que la idea de ti... He metido en un puño el dolor, porque necesitaba reposo para escribirte. Con mi fuerza de voluntad, que es enorme, y con el poder del pensamiento, consigo algunas treguas. Llévese el demonio la pierna. Que me la corten. Para nada la necesito. Tan espiritualmente amaré con una pierna, como con dos... como sin ninguna.»

Viernes.

«No me hace falta ver los primores de tu arte maravilloso. Me los figuro como si delante de mis ojos los tuviera. La naturaleza no tiene secretos para ti. Más que tu maestra es tu amiga. De sopetón se introduce en tus obras, sin que tú lo solicites, y tus miradas la clavan en el lienzo antes que los pinceles. Cuando yo me ponga buena, haré lo mismo. Me rebulle aquí dentro la seguridad de que lo he de hacer. Trabajaremos juntos, porque ya no podré ser actriz; voy viendo que es imposible... ¡pero lo que es pintora...! No hay quien me lo quite de la cabeza. Tres o cuatro lecciones tuyas me bastarán para seguir tus huellas, siempre a distancia, se entiende... ¿Me enseñarás? Sí, porque tu grandeza de alma corre pareja con tu entendimiento, y eres el sumo bien, la absoluta bondad, como eres... aunque no quieras confesarlo, la suprema belleza.»

XXII

El efecto que estas deshilvanadas y sutiles razones hacían en Horacio, fácilmente se comprenderá. Viose convertido en ser ideal, y a cada carta que recibía entrábanle dudas acerca de su propia personalidad, llegando al extremo increíble de preguntarse si era él como era, o como lo pintaba con su indómita pluma la visionaria niña de don *Lepe*. Pero su inquietud y confusión no le impidieron ver el peligro tras ellas oculto, y empezó a creer que *Paquita de Rímini* más padecía de la cabeza que de las extremidades. Asaltado de ideas pesimistas, y lleno de zozobra y cavilaciones, resolvió marchar a Madrid, y ya tenía dispuesto todo para el viaje, a últimos de febrero, cuando un repentino ataque de hemoptisis [86] de doña Trinidad le encadenó a Villajoyosa en tan mala ocasión.

En los mismos días de esta ocurrencia pasaban en Madrid y en la casa de don Lope cosas de extraordinaria gravedad, que deben ser puntualmente referidas. Tristana empeoró tanto, que nada pudo su fuerza de voluntad contra el dolor intensísimo, acompañado de fiebre, vómitos y malestar general. Desesperado y aturdido, sin la presencia de ánimo que requería el caso, don Lope creía conjurar el peligro clamando al cielo, ya con acento de piedad, ya con amenazas y blasfemias. Su irreflexivo temor le hacía ver la salvación de la enferma en los cambios de tratamiento: despedido Miquis, hubo de llamarle otra vez, porque su sucesor era de los que todo lo curan con sanguijuelas, y esta medicación, si al principio determinó algún alivio, luego aniquiló las cortas fuerzas de la paciente.

Alegrose Tristana de la vuelta de Miquis, porque le inspiraba simpatía y confianza, levantándole el espíritu con el poder terapéutico de su afabilidad. Los calmantes enérgicos le devolvieron por algunas horas cada día la virtud preciosa de consolarse con su propia imaginación, de olvidar el peligro, pensando en bienes imaginarios y en glorias remotísimas. Aprovechó los momentos de sedación para escribir algunas cartas breves, compendiosas, que el mismo don Lope, sin hacer ya misterio de su indulgencia, se encargaba de echar al correo. «Basta de tapujos, niña mía —le dijo con alardes de confianza paterna—. Para mí no hay secretos. Y si tus cartitas te consuelan, yo no te riño, ni me opongo a que las escribas. Nadie te comprende como yo, y el mismo que tiene la dicha de leer tus garabatos no está a

---

[86] *hemoptisis:* hemorragia de sangre.

la altura de ellos, ni merece tanto honor. En fin, ya te irás convenciendo... Entre tanto, muñeca de mi vida, escribe todo lo que quieras, y si algún día no tuvieras ganas de manejar la pluma, díctame, y seré tu secretario. Ya ves la importancia que doy a ese juego infantil... ¡Cosas de chiquillos, que comprendo perfectamente, porque yo también he tenido veinte años, yo también he sido tonto, y a cuanta niña me caía por delante la llamaba *mi bello ideal,* y le ofrecía mi blanquísima mano...!» Terminaba estas bromas con una risita no muy sincera, que inútilmente quería comunicar a Tristana, y al fin él solo reía sus propios chistes, disimulando la terrible procesión que por dentro le andaba.

Augusto Miquis iba tres veces al día, y aún no estaba contento don Lope, decidido a emplear todos los recursos de la ciencia médica para sanar a su muñeca infeliz. En aquel caso no se contentaba con dar la camisa, pues la piel misma le hubiera parecido corto sacrificio para objeto tan grande. «Si mis recursos se acaban por completo —decía—, lo que no es imposible al paso que vamos, haré lo que siempre me repugnó y me repugna: daré sablazos, me rebajaré a pedir auxilio a mis parientes de Jaén, que es para mí el colmo de la humillación y de la vergüenza. Mi dignidad no vale un pito ante la tremenda desgracia que me desgarra el corazón, este corazón que era de bronce y ahora es pura manteca. ¡Quién me lo había de decir! Nada me afectaba y los sentimientos de toda la humanidad me importaban un ardite... Pues ahora, la piernecita de esta pobre mujer me parece a mí que nos va a traer el desequilibrio del universo. Creo que hasta el momento presente no he conocido cuánto la quiero, ¡pobrecilla! Es el amor de mi vida, y no consiento perderla por nada de este mundo. A Dios mismo, a la muerte se la disputaré. Reconozco en mí un egoísmo capaz de mover las montañas, un egoísmo que no vacilo en llamar santo, porque me lleva a la reforma de mi carácter y de todo mi ser. Por él abomino de mis aventuras, de mis escándalos; por él me consagraré, si Dios me concede lo que le pido, al bien y a la dicha de esta sin par mujer, que no es mujer, sino un ángel de sabiduría y de gracia. ¡Y yo la tuve en mis manos y no supe entenderla! Confiesa y declara, Lope amigo, que eres un zote, que sólo la vida instruye, y que la ciencia verdadera no crece sino en los eriales de la vejez...»

En su trastorno insano, tan pronto volvía los ojos a la medicina como al charlatanismo. Una mañana le llevó Saturna el cuento de que cierta curandera, establecida en Tetuán, y cuya fama y prestigio llegaban por acá hasta Cuatro Caminos, y por allá hasta los mismos muros de Fuencarral, curaba los tumores blancos con la aplicación de las llamadas *hierbas callejeras*. Oírlo don Lope y mandar que viniera la que tales prodigios hacía fue todo uno, y poco le importaba que don Augusto pusiese mala cara. Descolgose la comadre con un pronóstico muy risueño, y aseguró que aquello era cosa de días. Revivió en don *Lepe* la esperanza; hízose cuanto la vieja dispuso; enterose Miquis aquella misma tarde y no se enojó, dando a entender que el emplasto de la profesora libre de Tetuán no produciría daño ni provecho a la enferma. Maldijo don Lope a todas las charlatanas habidas y por haber, mandándolas que se fueran con cien mil pares de demonios, y se restablecieron los planes y estilos de la ciencia.

Pasó Tristana una noche infernal, con violentos accesos de fiebre, entrecortados de intensísimo frío en la espalda. Garrido, a quien se podía ahorcar con un cabello, no tuvo más que ver la cara del doctor, en su visita matutina, para comprender que el mal entraba en un período de gravedad crítica, pues aunque el bueno de Augusto sabía disfrazar ante los enfermos su impresión diagnóstica, aquel día pudo más la pena que el disimulo. La misma Tristana se le adelantó,

diciendo con aparente serenidad: «Comprendido, doctor...
Ésta... no la cuento. No me importa. La muerte me gusta; se
me está haciendo simpática. Tanto padecer va consumiendo
las ganas de vivir... Hasta anoche, figurábaseme que el vivir
es algo bonito... a veces... Pero ya me encariño con la idea de
que lo más gracioso es morirse... no sentir dolor... ¡qué deli-
cia, qué gusto!». Echose a llorar, y el bravo don *Lepe* nece-
sitó evocar todo su coraje para no hacer pucheros.

Después de consolar a la enferma con cuatro mentiras
muy bien tramadas, encerrose Miquis con don Lope en el
cuarto de éste, dejándose en la puerta sus bromas y la máscara de amabilidad caritativa, y le habló con la solemnidad
propia del caso.

—Amigo don Lope —dijo, poniendo sus dos manos sobre los hombros del caballero, que parecía más muerto que
vivo—, hemos llegado a lo que yo me temía. Tristanita está
muy grave. A un hombre como usted, valiente y de espíritu
sereno, capaz de atemperarse a las circunstancias más an-
gustiosas de la vida, se le debe hablar con claridad.

—Sí —murmuró el caballero, haciéndose el valiente, y
creyendo que el cielo se le venía encima, por lo cual, con
movimiento instintivo, alzó las manos como para sostenerlo.

—Pues sí... La fiebre altísima, el frío en la médula, ¿sabe
usted lo que es? Pues el síntoma infalible de la
reabsorción...

—Ya, ya comprendo...

—La reabsorción... el envenenamiento de la sangre... la...

—Sí... y...

—Nada, amigo mío. Ánimo. No hay más remedio que
operar...

—¡Operar! —exclamó Garrido en el colmo del aturdimiento—. Cortar... ¿no es eso? ¿Y usted cree...?

—Puede salvarse, aunque no lo aseguro.

—¿Y cuándo...?

—Hoy mismo. No hay que perder tiempo... Una hora que perdamos nos haría llegar tarde.

Don Lope fue asaltado de una especie de demencia al oír esto, y dando saltos como fiera herida, tropezando con los muebles, y golpeándose el cráneo, pronunció estas incongruentes y desatentadas expresiones:

—¡Pobre niña!... Cortarle la... ¡Oh!, mutilarla horriblemente... ¡Y qué pierna, doctor!... Una obra maestra de la naturaleza... Fidias [87] mismo la querría para modelar sus estatuas inmortales... Pero ¿qué ciencia es esa que no sabe curar sino cortando? ¡Ah!, no saben ustedes de la misa la media... Don Augusto, por la salvación de su alma, invente usted algún otro recurso. ¡Quitarle una pierna! Si eso se arreglara cortándome a mí las dos... ahora mismo, aquí están... Ea, empiece usted... y sin cloroformo.

Los gritos del buen caballero debieron oírse en el cuarto de Tristana, porque entró Saturna, asustadísima, a ver qué demonches le pasaba a su amo.

—Vete de aquí, bribona... Tú tienes la culpa. Digo, no... ¡Cómo está mi cabeza!... Vete, Saturna, y dile a la niña que no consentiré se le corte ni tanto así de pierna ni de nada. Primero me corto yo la cabeza... No, no se lo digas... Cállate... Que no se entere... Pero habrá que decírselo... Yo me encargo... Saturna, mucho cuidado con lo que hablas... Lárgate, déjanos.

Y volviéndose al médico, le dijo: «Dispénseme, querido Augusto; no sé lo que pienso. Estoy loco... Se hará todo, todo lo que la facultad disponga... ¿Qué dice usted? ¿Que hoy mismo...?».

---

[87] *Fidias:* escultor griego (vivió hacia el siglo V a. C.), fue el artista más famoso de la Grecia clásica.

—Sí, cuanto más pronto, mejor. Vendrá mi amigo el doctor Ruiz Alonso, cirujano de punta, y... Veremos. Creo que practicada con felicidad la amputación, la señorita podrá salvarse.

—¡Podrá salvarse! De modo que ni aun así es seguro... ¡Ay doctor, no me vitupere usted por mi cobardía! No sirvo para estas cosas... Me vuelvo un chiquillo de diez años. ¡Quién lo había de decir! ¡Yo, que he sabido afrontar sin un fruncimiento de cejas los mayores peligros!...

—Señor don Lope —dijo Miquis con triste acento—, en estas ocasiones de prueba se ven los puntos que calza nuestra capacidad para el infortunio. Muchos que se tienen por cobardes resultan animosos, y otros que se creen gallos salen gallinitas. Usted sabrá ponerse a la altura de la situación.

—Y será forzoso prepararla... ¡Dios mío, qué trance! Yo me muero... yo no sirvo, don Augusto...

—¡Pobrecilla! No se lo diremos claramente. La engañaremos.

—¡Engañarla! No se ha enterado usted todavía de su penetración.

—En fin, vamos allá, que en estas cosas, señor mío, hay que contar siempre con alguna circunstancia inesperada y favorable. Es fácil que ella, si tanta agudeza tiene, lo haya comprendido, y no necesitemos... El enfermo suele ver muy claro.

XXIII

No se equivocaba el sagaz alumno de Hipócrates. Cuando entraron a ver a Tristana, ésta los recibió con semblante entre risueño y lloroso. Se reía, y dos gruesos lagrimones corrían por sus mejillas de papel.

—Ya, ya sé lo que tiene que decirme... No hay que apurarse. Soy valiente... Si casi me alegro... Y sin casi... porque vale más que me la corten... Así no sufriré... ¿Qué importa tener una sola pierna? Digo, como importar... Pero si ya en realidad no la tengo, ¡si no me sirve para nada!... Fuera con ella, y me pondré buena, y andaré... con muletas, o como Dios me dé a entender...

—Hija mía, te quedarás buenísima —dijo don Lope, envalentonándose al verla tan animosa—. Pues si yo supiera que cortándome las dos me quedaba sin reuma, hoy mismo... Después de todo, las piernas se sustituyen por aparatos mecánicos que fabrican los ingleses y alemanes, y con ellos se anda mejor que con estos maldecidos remos que nos ha encajado la naturaleza.

—En fin —agregó Miquis—, no se asuste la muñeca, que no la haremos sufrir nada... pero nada... Ni se enterará usted. Y luego se sentirá muy bien, y dentro de unos cuantos días ya podrá entretenerse en pintar...

—Hoy mismo —dijo el viejo, haciendo de tripas corazón, y procurando tragarse el nudo que en la garganta sentía— te traigo el caballete, la caja de colores... Verás, verás qué cuadros tan bonitos nos vas a pintar.

Con un cordial apretón de manos se despidió Augusto, anunciándole su pronta vuelta, sin precisar la hora, y solos Tristana y don Lope, estuvieron un ratito sin hablarse. «¡Ah!, tengo que escribir» —dijo la enferma.

—¿Podrás, vida mía? Mira que estás muy débil. Díctame, y yo escribiré.

Al decir esto, llevaba junto a la cama la tabla que servía de mesa y la resmilla de papel y el tintero.

—No... Puedo escribir... Es particular lo que ahora me pasa. Ya no me duele. Casi no siento nada. ¡Vaya si puedo escribir! Venga... Un poquito me tiembla el pulso, pero no importa.

Delante del tirano escribió estas líneas:

«Allá va una noticia que no sé si es buena o mala. Me la cortan. ¡Pobrecita pierna! Pero ella tiene la culpa... ¿Para qué es mala? No sé si me alegro, porque, en verdad, la tal patita no me sirve para nada. No sé si lo siento, porque me quitan lo que fue parte de mi persona... y voy a tener sin ella cuerpo distinto del que tuve... ¿Qué piensas tú? Verdaderamente, no es cosa de apurarse por una pierna. Tú, que eres todo espíritu, lo creerás así. Yo también lo creo. Y lo mismo has de quererme con un remo que con dos. Ahora pienso que habría hecho mal en dedicarme a la escena. ¡Uf!, arte poco noble, que fatiga el cuerpo y empalaga el alma. ¡La pintura!... Eso ya es otra cosa... Me dicen que no sufriré nada en la... ¿lo digo?, en la operación... ¡Ay!, hablando en plata, esto es muy triste, y yo no lo soportaré sino sabiendo que seré la misma para ti después de la carnicería... ¿Te acuerdas de aquel grillo que tuvimos, y que cantaba más y mejor después de arrancarle una de las patitas? Te conozco bien, y sé que no desmereceré nada para ti... No necesitas asegurármelo para que yo lo crea y lo afirme... Vamos, ¿a que al fin resulta que estoy alegre?... Sí, porque ya no padeceré más. Dios me alienta, me dice que saldré bien del lance, y que después tendré salud y felicidad, y podré quererte todo lo que se me antoje, y ser pintora, o mujer sabia, y filósofa por todo lo alto... No, no puedo estar contenta. Quiero encandilarme, y no me resulta... Basta por hoy. Aunque sé que me querrás siempre, dímelo para que conste. Como no puedes engañarme, ni cabe la mentira en un ser que reúne todas las formas del bien, lo que me digas será mi Evangelio... Si tú no tuvieras brazos ni piernas, yo te querría lo mismo. Conque...».

Las últimas líneas apenas se entendían, por el temblor de la escritura. Al soltar la pluma, cayó la muñeca infeliz en grande abatimiento. Quiso romper la carta, arrepintiose de ello, y por fin la entregó a don Lope, abierta, para que le pusiese el sobre y la enviase a su destino. Era la primera vez que no se cuidaba de defender ni poco ni mucho el secreto epistolar. Llevose Garrido a su cuarto el papel, y lo leyó despacio, sorprendido de la serenidad con que la niña trataba de tan grave asunto.

«Lo que es ahora —dijo al escribir el sobre y como si hablara con la persona cuyo nombre trazaba la pluma— ya no te temo. La perdiste, la perdiste para siempre, pues esas bobadas del amor eterno, del amor ideal, sin piernas ni brazos, no son más que un hervor insano de la imaginación. Te he vencido. Triste es mi victoria, pero cierta. Dios sabe que no me alegro de ella sino descartando el motivo que es la mayor pena de mi vida... Ya me pertenece en absoluto hasta que mis días acaben. ¡Pobre muñeca con alas! Quiso alejarse de mí, quiso volar; pero no contaba con su destino, que no le permite revoloteos ni correrías; no contaba con Dios, que me tiene ley... no sé por qué... pues siempre se pone de mi parte en estas contiendas... Él sabrá la razón... y cuando se me escapa lo que quiero... me lo trae atadito de pies y manos. ¡Pobre alma mía, adorable chicuela, la quiero, la querré siempre como un padre! Ya nadie me la quita, ya no...»

En el fondo de estos sentimientos tristísimos que don Lope no sacó del corazón a los labios, palpitaba una satisfacción de amor propio, un egoísmo elemental y humano de que él mismo no se daba cuenta. «¡Sujeta para siempre! ¡Ya no más desviaciones de mí!» Repitiendo esta idea, parecía querer aplazar el contento que de ella se derivaba, pues no era la ocasión muy propicia para alegrarse de cosa alguna.

Halló después a la joven bastante alicaída, y empleó para reanimarla, ya los razonamientos piadosos, ya consideraciones ingeniosísimas acerca de la inutilidad de nuestras extremidades inferiores. A duras penas tomó Tristana algún alimento; el buen Garrido no pudo pasar nada. A las dos entraron Miquis, Ruiz Alonso y un alumno de medicina, que hacía de ayudante, pasando a la sala silenciosos y graves. Uno de los tres llevaba, cuidadosamente envuelto en un paño el estuche que contenía las herramientas del oficio. Poco después entró un mozo que llevaba los frascos de líquidos antisépticos. Recibioles don Lope como si recibiera al verdugo cuando va a pedir perdón al condenado a muerte y a prepararle para el suplicio. «Señores —dijo—, esto es muy triste, muy triste...» y no pudo pronunciar una palabra más. Miquis fue al cuarto de la enferma y se anunció con donaire: «Guapa moza, todavía no hemos venido... quiero decir, he venido yo solo. A ver, ¿qué tal?, ese pulso...».

Tristana se puso lívida, clavando en el médico una mirada medrosa, infantil, suplicante. Para tranquilizarla, asegurole Miquis que confiaba en curarla completa y radicalmente, que su excitación era precursora de la mejoría franca y segura, y que para calmarla le iba a dar un poquitín de éter... «Nada, hija, basta echar unas gotitas de líquido en un pañuelo, y olerlo, para conseguir que los pícaros nervios entren en caja.» Mas no era fácil engañarla. La pobre señorita comprendió las intenciones de Augusto y le dijo, esforzándose en sonreír: «Es que quiere usted dormirme... Bueno. Me alegro de conocer ese sueño profundo, con el cual no puede ningún dolor, por muy perro que sea. ¡Qué gusto! ¿Y si no despierto, si me quedo allá...?».

—¡Qué ha de quedarse...! Buenos tontos seríamos... —dijo Augusto, a punto que entraba don Lope consternado, medio muerto.

Y resueltamente se puso a preparar la droga, volviendo la espalda a la enferma, dejando sobre una cómoda el frasquito del precioso anestésico. Hizo con su pañuelo una especie de nido chiquitín, en el cual puso los algodones impregnados de cloroformo, y entre tanto se difundió por la habitación un fuerte olor de manzanas. «¡Qué bien huele!», dijo la señorita, cerrando los ojos, como si rezara mentalmente. Y al instante le aplicó Augusto a la nariz el hueco del pañuelo. Al primer efecto de somnolencia siguió sobresalto, inquietud epiléptica, convulsiones y una verbosidad desordenada, como de embriaguez alcohólica. «No quiero, no quiero... Ya no me duele... ¿Para qué cortar?... ¡Está una tocando todas las sonatas de Beethoven [88], tocándolas tan bien... al piano, cuando vienen estos tíos indecentes a pellizcarle a una las piernas!... Pues que zanjen, que corten... y yo sigo tocando. El piano no tiene secretos para mí... Soy el mismo Beethoven, su corazón, su cuerpo, aunque las manos sean otras... Que no me quiten también las manos, porque entonces... Nada, que no me dejo quitar esta mano; la agarro con la otra para que no me la lleven... y la otra la agarro con ésta, y así no me llevan ninguna. Miquis, usted no es caballero, ni lo ha sido nunca, ni sabe tratar con señoras, ni menos con artistas eminentes... No quiero que venga Horacio y me vea así. Se figurará cualquier cosa mala... Si estuviera aquí *señó Juan,* no permitiría esta infamia... Atar a una pobre mujer, ponerle sobre el pecho una piedra tan grande, tan grande... y luego llenarle la paleta de ceniza para que no pueda pintar... ¡Cosa tan extraordinaria! ¡Cómo huelen las flores que he pintado! Pero si las pinté creyendo pintarlas, ¿cómo es que ahora me resultan vivas... vivas? ¡Poder del genio artístico! He de retocar otra

---

[88]   *Beethoven:* las *sonatas* del músico alemán Ludwig van Beethoven (1770-1827) eran unas de las piezas preferidas de Galdós.

vez el cuadro de *Las hilanderas* [89] para ver si me sale un poquito mejor. La perfección, esa perfección endiablada, ¿dónde está?... Saturna, Saturna... ven, me ahogo... Este olor de las flores... No, no, es la pintura, que cuanto más bonita, más venenosa...»

Quedó al fin inmóvil, la boca entreabierta, quieta la pupila... De vez en vez lanzaba un quejido como de mimo infantil, tímido esfuerzo del ser aplastado bajo la losa de aquel sueño brutal. Antes que la cloroformización fuera completa, entraron los otros dos sicarios, que así en su pensamiento los llamaba don Lope, y en cuanto creyeron bien preparada a la paciente, colocáronla en un catre con colchoneta, dispuesta para el caso, y ganando no ya minutos, sino segundos, pusieron manos en la triste obra. Don Lope trincaba los dientes, y a ratos, no pudiendo presenciar cuadro tan lastimoso, se marchaba a la habitación para volver en seguida avergonzándose de su pusilanimidad. Vio poner la venda de Esmarch, tira de goma que parece una serpiente. Empezó luego el corte por el sitio llamado de elección; y cuando tallaban el colgajo, la piel que ha de servir para formar después el muñón; cuando a los primeros tajos del diligente bisturí vio don Lope la primera sangre, su cobardía trocose en valor estoico, altanero, incapaz de flaquear; su corazón se volvió de bronce, de pergamino su cara, y presenció hasta el fin con ánimo entero la cruel operación, realizada con suma habilidad y presteza por los tres médicos. A la hora y cuarto de haber empezado a cloroformizar a la paciente, Saturna salía presurosa de la habitación con un objeto largo y estrecho envuelto en una sábana. Poco después, bien ligadas las arterias, cosida la piel del muñón, y

---

[89]   *Las hilanderas: La fábula de Arané* (1657), cuadro de Velázquez.

hecha la cura antiséptica con esmero prolijo, empezó el despertar lento y triste de la señorita de Reluz, su nueva vida, después de aquel simulacro de muerte, su resurrección, dejándose un pie y dos tercios de la pierna en el seno de aquel sepulcro que a manzanas olía.

XXIV

«¡Ay, todavía me duele!», fueron las primeras palabras que pronunció al volver del tenebroso abismo. Y después, su fisonomía pálida y descompuesta revelaba como un profundo análisis autopersonal, algo semejante a la intensísima fuerza de observación que los aprensivos dirigen sobre sus propios órganos, auscultando su respiración y el correr de la sangre, palpando mentalmente sus músculos y acechando el vibrar de sus nervios. Sin duda la pobre niña concentraba todas las fuerzas de su mente en aquel vacío de su extremidad inferior, para reponer el miembro perdido, y conseguía restaurarlo tal como fue antes de la enfermedad, sano, vigoroso y ágil. Sin gran esfuerzo imaginaba que tenía sus dos piernas, y que andaba con ellas garbosamente, con aquel pasito ligero que la llevaba en un periquete al estudio de Horacio.

—¿Qué tal mi niña? —le preguntó don Lope haciéndole caricias.

Y ella, tocando suavemente los blancos cabellos del galán caduco, le contestó con gracia: «Muy bien... Me siento muy descansadita. Si me dejaran, ahora mismo me echaría a correr... digo, a correr, no... No estamos para esas bromas».

Augusto y don Lope, cuando los otros dos médicos se habían marchado, diéronle seguridades de completa curación, y se felicitaron del éxito quirúrgico con un entusiasmo que no podían comunicarle. Pusiéronla cuidadosamente en su lecho en las mejores condiciones de higiene y comodidad, y ya no había más que hacer sino esperar los diez o quince días críticos subsiguientes a la operación.

Durante este período no tuvo sosiego el bueno de Garrido, porque si bien el traumatismo se presentaba en las mejores condiciones, el abatimiento y postración de la niña eran para causar alarma. No parecía la misma, y denegaba su propio ser; ni una vez siquiera pensó en escribir cartas, ni salieron a relucir aquellas aspiraciones o antojos sublimes de su espíritu siempre inquieto y ambicioso; ni se le ocurrieron los donaires y travesuras que gastar solía hasta en las horas más crueles de su enfermedad. Entontecida y aplanada, su ingenio superior sufría un eclipse total. Tanta pasividad y mansedumbre, al principio agradaron a don Lope; mas no tardó el buen señor en condolerse de aquella mudanza de carácter. Ni un momento se separaba de ella, dando ejemplo de paternal solicitud, con extremos cariñosos que rayaban en mimo. Por fin, al décimo día, Miquis declaró muy satisfecho que la cicatrización iba perfectamente, y que pronto la cojita sería dada de alta. Coincidió con esto una resurrección súbita del espiritualismo de la inválida, que una mañana, como descontenta de sí misma, dijo a don Lope: «¡Vaya, que tantos días sin escribir! ¡Qué mal me estoy portando...!».

—No te apures, hija mía —replicó con donaire el viejo galán—. Los seres ideales y perfectos no se enfadan por dejar de recibir una carta, y se consuelan del olvido paseándose impávidos por las regiones etéreas donde habitan... Pero si quieres escribir, aquí tienes los trebejos. Díctame: soy tu secretario.

—No; escribiré yo misma... O si gustas... escribe tú. Cuatro palabras.

—A ver; ya estoy pronto —dijo Garrido, pluma en mano y el papel delante.

—«Pues, como te decía —dictó Tristana—, ya no tengo más que una piernecita. Estoy mejor. Ya no me duele... padezco muy poco... ya...»

—¿Qué... no sigues?

—Mejor será que lo escriba yo. No me salen, no me salen las ideas dictando.

—Pues toma... Escribe tú y despáchate a tu gusto (*dándole la pluma y poniéndole delante la tabla con la carpeta y papel*). ¿Qué... tan premiosa estás? Y esa inspiración y esos arranques, ¿adónde diablos se han ido?

—¡Qué torpe estoy! No se me ocurre nada.

—¿Quieres que te dicte yo? Pues oye: «¡Qué bonito eres, qué pillín te ha hecho Dios y qué... qué desabridas son tantas perfecciones!... No, no me caso contigo ni con ningún serafín terrestre ni celeste...». Pero qué, ¿te ríes? Adelante. «Pues no me caso... Que esté coja o no lo esté, eso no te importa a ti. Tengo quien me quiera tal como soy ahora, y con una sola patita valgo más que antes con las dos. Para que te vayas enterando, ángel mío...» No, esto de ángel es un poquito cursi... «pues, para que te vayas enterando, te diré que tengo alas... me han salido alas. Mi papá piensa traerme todos los trebejos de pintura, y *ainda mais,* me comprará un organito, y me pondrá profesor para que aprenda a tocar música buena... Ya verás... Comparados conmigo, los ángeles del cielo serán unos murguistas...».

Soltaron ambos la risa, y animado don Lope con su éxito, siguió hiriendo aquella cuerda, hasta que Tristana hubo de cortar bruscamente la conversación, diciendo con toda seriedad: «No, no; yo escribiré... yo sola».

Dejola don Lope un momento, y escribió la cojita su carta, breve y sentida:

«Señor de mi alma: ya Tristana no es lo que fue. ¿Me querrás lo mismo? El corazón me dice que sí. Yo te veo más lejos aún que antes te veía, más hermoso, más inspirado, más generoso y bueno. ¿Podré llegar hasta ti con la patita de palo, que creo me pondrán? ¡Qué mona estaré! Adiós. No vengas. Te adoro lejos, te ensalzo ausente. Eres mi Dios, y como Dios, invisible. Tu propia grandeza te aparta de mis ojos... hablo de los de la cara... porque con los del espíritu bien claro te veo. Hasta otro día».

Cerró ella misma la carta y le puso el sello, dándola a Saturna, que, al tomarla, hizo un mohín de burla. Por la tarde, hallándose solas un momento, la criada se franqueó en esta forma: «Mire, esta mañana no quise decir nada a la señorita por hallarse presente don *Lepe*. La carta... aquí la tengo. ¿Para qué echarla al correo, si don Horacio está en Madrid? Se la daré en propia mano esta noche».

Palideció la inválida al oír esto, y después se le encendió el rostro. No supo qué decir ni se le ocurría nada.

—Te equivocas —dijo al fin—. Habrás visto a alguno que se le parezca.

—¡Señorita, cómo había de confundir...! ¡Qué cosas tiene! El mismo. Hablamos más de media hora. Empeñado el hombre en que le contara todo, punto por punto. ¡Ay, si le viera la señorita! Está más negro que un zapato. Dice que se ha pasado la vida corriendo por montes y mares, y que aquello es muy precioso... pero muy precioso... Pues nada; le conté todo, y el pobrecito... como la quiere a usted tanto, me comía con los ojos cuando yo le hablaba... Dice que se avistará con don Lope para cantarle clarito.

—¡Cantarle clarito!... ¿qué?

—Él lo sabrá... Y está rabiando por ver a la señorita. Es preciso que lo arreglemos, aprovechando una salida del señor...

Tristana no dijo nada. Un momento después pidió a Saturna que le llevase un espejo y mirándose en él se afligió extremadamente.

—Pues no está usted tan desfigurada... vamos.

—No digas. Parezco la muerte... Estoy horrorosa... *(echándose a llorar).* No me va a conocer. Pero ¿ves? ¿Qué color es este que tengo? Parece de papel de estraza. Los ojos son horribles, de tan grandes como se me han puesto... ¡Y qué boca, santo Dios! Saturna, llévate el espejo y no vuelvas a traérmelo aunque te lo pida.

Contra su deseo, que a la casa le amarraba, don Lope salía muy a menudo, movido de la necesidad, que en aquellas tristes circunstancias llenaba de amargura y afanes su existencia. Los gastos enormes de la enfermedad de la niña consumieron los míseros restos de su esquilmada fortuna, y llegaron días, ¡ay!, en que el noble caballero tuvo que violentar su delicadeza y desmentir su carácter, llamando a la puerta de un amigo con pretensiones que le parecían ignominiosas. Lo que padeció el infeliz señor no es para referido. En pocos días quedose como si le echaran cinco años más encima. «¡Quién me lo había de decir... Dios mío... yo... Lope Garrido, descender a...! ¡Yo, con mi orgullo, con mi idea puntillosa de la dignidad, rebajarme a pedir ciertos favores...! Y llegará el día en que la insolvencia me ponga en el trance de solicitar lo que no he de poder restituir... Bien sabe Dios que sólo por sostener a esta pobre niña y alegrar su existencia soporto tanta vergüenza y degradación. Me pegaría un tiro y en paz. ¡Al otro mundo con mi alma, al hoyo con mis cansados huesos! Muerte y no vergüenza... Mas las circunstancias disponen lo contrario: vida sin dignidad... No lo hubiera creído nunca. Y luego dicen que el carácter... No, no creo en los caracteres. No hay más que hechos, accidentes. La vida de los demás es molde de nuestra propia vida y troquel de nuestras acciones.»

En presencia de la señorita disimulaba el pobre don *Lepe* las horribles amarguras que pasando estaba, y aun se permitía fingir que su situación era de las más florecientes. No sólo le llevó los avíos de pintar, dos cajas de colores para óleo y acuarela, pinceles, caballetes y demás, sino también el organito o armónium que le había prometido, para que se distrajese con la música los ratos que la pintura le dejaba libres. En el piano poseía Tristana la instrucción elemental del colegio, suficiente para farfullar polcas y valses o alguna pieza fácil. Algo tarde era ya para adquirir la destreza, que sólo da un precoz y duro trabajo; pero con un buen maestro podría vencer las dificultades, y además el órgano no le exigía digitación muy rápida. Se ilusionó con la música más que con la pintura, y anhelaba levantarse de la cama para probar su aptitud. Ya se arreglaría con un solo pie para mover los pedales. Aguardando con febril impaciencia al profesor anunciado por don Lope, oía en su mente las dulces armonías del instrumento, menos sentidas y hermosas que las que sonaban en lo íntimo de su alma. Creyose llamada a ser muy pronto una notabilidad, una concertista de primer orden, y con tal idea se animó y tuvo algunas horitas de felicidad. Cuidaba Garrido de estimular su ambiciosa ilusión, y en tanto, le hacía recordar sus ensayos de dibujo, incitándola a bosquejar en lienzo o en tabla algún bonito asunto, copiado del natural. «Vamos, ¿por qué no te atreves con mi retrato... o con el de Saturna?»

Respondía la inválida que le convendría más adestrar la mano en alguna copia, y don Lope prometió traerle buenos estudios de cabeza o paisaje para que escogiese.

El pobre señor no escatimaba sacrificio por ser grato a su pobre cojita, y... al fin, ¡oh caprichos de la mudable suerte!, hallándose perplejo por no saber cómo procurarse los estudios pictóricos, la casualidad, el demonio, Saturna, resolvieron de común acuerdo la dificultad.

—¡Pero señor —dijo Saturna—, si tenemos ahí!... No sea bobo, déjeme y le traigo...

Y con sus expresivos ojos y su mímica admirable completó el atrevido pensamiento.

—Haz lo que quieras, mujer —indicó don Lope, alzando los hombros—. Por mí...

Media hora después entró Saturna de la calle con un rimero de tablas y bastidores pintados, cabezas, torsos desnudos, apuntes de paisaje, bodegones, frutas y flores, todo de mano de maestro.

XXV

Impresión honda hizo en la señorita de Reluz la vista de aquellas pinturas, semblantes amigos que veía después de larga ausencia, y que le recordaban horas felices. Fueron para ella, en ocasión semejante, como personas vivas, y no necesitaba forzar su imaginación para verlas animadas, moviendo los labios y fijando en ella miradas cariñosas. Mandó a Saturna que colgase los lienzos en la habitación para recrearse contemplándolos, y se transportaba a los tiempos del estudio y de las tardes deliciosas en compañía de Horacio. Púsose muy triste, comparando su presente con el pasado, y al fin rogó a la criada que guardase aquellos objetos hasta que pudiese acostumbrarse a mirarlos sin tanta emoción; mas no manifestó sorpresa por la facilidad con que las pinturas habían pasado del estudio a la casa, ni curiosidad de saber qué pensaba de ello el suspicaz don Lope. No quiso la sirviente meterse en explicaciones, que no se le pedían, y poco después, sobre las doce, mientras daba de almorzar al amo una mísera tortilla de patatas y un trozo de carne con representación y honores de chuleta, se aventuró a decirle cuatro verdades, valida de la confianza que le diera su largo servicio en la casa.

—Señor, sepa que el amigo quiere ver a la señorita, y es natural... Ea, no sea malo y hágase cargo de las circunstancias. Son jóvenes, y usted está ya más para padre o para abuelo que para otra cosa. ¿No dice que tiene el corazón grande?

—Saturna —replicó don Lope, golpeando en la mesa con el mango del cuchillo—, lo tengo más grande que la copa de un pino, más grande que esta casa y más grande que el Depósito de Aguas, que ahí enfrente está.

—Pues entonces... pelillos a la mar. Ya no es usted joven, gracias a Dios; digo... por desgracia. No sea el perro del hortelano, que ni come ni deja comer. Si quiere que Dios le perdone todas sus barrabasadas y picardías, tanto engaño de mujeres y burla de maridos, hágase cargo de que los jóvenes son jóvenes, y de que el mundo y la vida y las cositas buenas son para los que empiezan a vivir, no para los que acaban... Conque tenga un... ¿cómo se dice?, un rasgo, don *Lepe,* digo, don Lope... y...

En vez de incomodarse, al infeliz caballero le dio por tomarlo a buenas.

—¿Conque un rasgo...? Vamos a ver: ¿y de dónde sacas tú que yo soy tan viejo? ¿Crees que no sirvo ya para nada? Ya quisieran muchas, tú misma, con tus cincuenta...

—¡Cincuenta! Quite usted *jierro,* señor.

—Pongamos treinta... y cinco.

—Y dos. Ni uno más. ¡Vaya!

—Pues quédese en lo que quieras. Pues digo que tú misma, si yo estuviese de humor y te... No, no te ruborices... ¡Si pensarás que eres un esperpento!... No; arreglándote un poquito, resultarías muy aceptable. Tienes unos ojos que ya los quisieran más de cuatro.

—Señor... vamos... Pero qué... ¿también a mí me quiere camelar? —dijo la doméstica, familiarizándose tanto, que no vaciló en dejar a un lado de la mesa la fuente vacía de la carne y sentarse frente a su amo, los brazos en jarras.

—No... no estoy ya para diabluras. No temas nada de mí. Me he cortado la coleta y ya se acabaron las bromas y las cositas malas. Quiero tanto a la niña, que desde luego convierto en amor de padre el otro amor, ya sabes... y soy capaz, por hacerla dichosa, de todos los rasgos, como tú dices, que... En fin, ¿qué hay?... ¿Ese mequetrefe...?

—Por Dios, no le llame así. No sea soberbio. Es muy guapo.

—¿Qué sabes tú lo que son hombres guapos?

—Quítese allá. Toda mujer sabe de eso. ¡Vaya! Y sin comparar, que es cosa fea, digo que don Horacio es un buen mozo... mejorando lo presente. Que usted fue el acabose, por sabido se calla; pero eso pasó. Mírese al espejo y verá que ya se le fue la hermosura. No tiene más remedio que reconocer que el pintorcito...

—No le he visto nunca... Pero no necesito verle para sostener, como sostengo, que ya no hay hombres guapos, airosos, atrevidos, que sepan enamorar. Esa raza se extinguió. Pero, en fin, demos de barato que el pintamonas sea un guapo... relativo.

—La niña le quiere... No se enfade... la verdad por delante... La juventud es juventud.

—Bueno... pues le quiere... Lo que yo te aseguro es que ese muchacho no hará su felicidad.

—Dice que no le importa la pata coja.

—Saturna, ¡qué mal conoces la naturaleza humana! Ese hombre no hará feliz a la niña, repito. ¡Si sabré yo de estas

cosas! Y añado más: la niña no espera su felicidad de semejante tipo...

—¡Señor...!

—Para entender estas cosas, Saturna, es menester... en-
tenderlas. Eres muy dura de mollera y no ves sino lo que
tienes delante de tus narices. Tristana es mujer de mucho
entendimiento, ahí donde la ves, de una imaginación ardiente... Está enamorada...

—Eso ya lo sé.

—No lo sabes. Enamorada de un hombre que no existe,
porque si existiera, Saturna, sería Dios, y Dios no se entretiene en venir al mundo para diversión de las muchachas.
Ea, basta de palique; tráeme el café...

Corrió Saturna a la cocina, y al volver con el café permi-
tiose comentar las últimas ideas expresadas por don Lope.

—Señor, lo que yo digo es que se quieren, sea por lo fino,
sea por lo basto, y que el don Horacio desea verse con la
señorita... Viene con buen fin.

—Pues que venga. Se irá con mal principio.

—¡Ay, qué tirano!

—No es eso... Si no me opongo a que se vean —dijo el
caballero, encendiendo un cigarro—. Pero antes conviene
que yo mismo hable con ese sujeto. Ya ves si soy bueno. ¿Y
este rasgo?... Hablar con él, sí, y decirle... ya, ya sabré yo...

—¿Apostamos a que le espanta?

—No; le traeré, traerele yo mismo. Saturna, esto se llama
un rasgo. Encárgate de avisarle que me espere en su estudio
una de estas tardes... mañana. Estoy decidido. *(Paseándose
inquieto por el comedor.)* Si Tristana quiere verle, no la pri-
varé de ese gusto. Cuanto antojo tenga la niña se lo satis-
fará su amante padre. Le traje los pinceles, le traje el armónium, y no basta. Hacen falta más juguetes. Pues venga el
hombre, la ilusión, la... Saturna, di ahora que no soy un hé-

roe, un santo. Con este solo arranque lavo todas mis culpas y merezco que Dios me tenga por suyo. Conque...

—Le avisaré... Pero no salga con alguna patochada. ¡Vaya, que si le da por asustar a ese pobre chico...!

—Se asustará sólo de verme. Saturna, soy quien soy... Otra cosa: con maña vas preparando a la niña. Le dices que yo haré la vista gorda, que saldré exprofeso una tarde para que él entre y puedan hablarse como una media hora nada más... No conviene más tiempo. Mi dignidad no lo permite. Pero yo estaré en casa, y... Mira, se abrirá una rendijita en la puerta para que tú y yo podamos ver cómo se reciben el uno al otro y oír lo que charlen.

—¡Señor...!

—¿Tú qué sabes...? Haz lo que te mando.

—Pues haga usted lo que le aconsejo. No hay tiempo que perder. Don Horacio tiene mucha prisa...

—¿Prisa?... Esa palabra quiere decir juventud. Bueno, pues esta misma tarde subiré al estudio... Avísale... anda... y después, cuando acompañes a la señorita, te dejas caer... ¿entiendes? Le dices que yo ni consiento ni me opongo... o más bien, que tolero y me hago el desentendido. Ni le dejes comprender que voy al estudio, pues este acto de inconsecuencia, que desmiente mi carácter, quizá me rebajaría a sus propios ojos... aunque no... tal vez no... En fin, prepárala para que no se afecte cuando vea en su presencia al... bello ideal.

—No se burle.

—Si no me burlo.

—Bello ideal quiere decir...

—Su tipo... el tipo de una, supongamos...

—Tú sí que eres tipo *(soltando la risa)*. En fin, no se hable más. La preparas, y yo voy a encararme con el galán joven.

A la hora convenida, previo el aviso dado por Saturna, dirigiose don Lope al estudio, y al subir, no sin cansancio, la interminable escalera, se decía entre toses broncas y ahogados suspiros: «Pero, ¡Dios mío, qué cosas tan raras estoy haciendo de algún tiempo a esta parte! A veces me dan ganas de preguntarme: ¿Y es usted aquel don Lope...? Nunca creí que llegara el caso de no parecerse uno a sí mismo... En fin, procuraré no infundir mucho miedo a ese inocente».

La primera impresión de ambos fue algo penosa, no sabiendo qué actitud tomar, vacilando entre la benevolencia y una dignidad que bien podría llamarse decorativa. Hallábase dispuesto el pintor a tratar a don Lope según los aires que éste llevase. Después de los saludos y cumplidos de ordenanza, mostró el anciano galán una cortesía desdeñosa, mirando al joven como a ser inferior, al cual se dispensa la honra de un trato pasajero, impuesto por la casualidad.

—Pues sí, caballero... ya sabe usted la desgracia de la niña. ¡Qué lástima, ¿verdad?, con aquel talento, con aquella gracia...! Es ya mujer inútil para siempre. Ya comprenderá usted mi pena. La miro como hija, la amo entrañablemente con cariño puro y desinteresado, y ya que no he podido conservarle la salud ni librarla de esa tristísima amputación, quiero alegrar sus días, hacerle placentera la vida, en lo posible, y dar a su alma todo el recreo que... En fin, su voluble espíritu necesita juguetes. La pintura no acaba de distraerla... la música tal vez... Su incansable afán pide más, siempre más. Yo sabía que usted...

—De modo, señor don Lope —dijo Horacio con gracejo cortés—, que a mí me considera usted juguete.

—No, juguete precisamente, no... Pero... Yo soy viejo, como usted ve, muy práctico en cosas de la vida, en pasiones y afectos, y sé que las inclinaciones juveniles tienen siempre un cierto airecillo de juego de muñecas... No hay que tomarlo a mal. Cada cual ve estas cosas según su edad. El prisma de los veinticinco o de los treinta años descompone los objetos de un modo gracioso y les da matices frescos y brillantes. El cristal mío me presenta las cosas de otro modo. En una palabra: que yo veo la inclinación de la niña con indulgencia paternal; sí, con esa indulgencia que siempre nos merece la criatura enfermita, a quien es forzoso dispensar los antojos y mimos, por extravagantes que sean.

—Dispénseme, señor mío —dijo Horacio con gravedad, sobreponiéndose a la fascinación que el mirar penetrante del caballero ejercía sobre él, encogiéndole el ánimo—, dispénseme. Yo no puedo apreciar con ese criterio de abuelo chocho la inclinación que Tristana me tiene, y menos la que por ella siento.

—Pues por eso no hemos de reñir —replicó Garrido, acentuando más la urbanidad y el desdén con que le hablaba—. Yo pienso lo que he tenido el honor de manifestarle; piense usted lo que guste. No sé si usted rectificará su manera de apreciar estas cosas. Yo soy muy viejo, muy curtido, y no sé rectificarme a mí propio. Lo que hay es que, dejándole a usted pensar lo que guste, yo vengo a decirle que, pues desea usted ver a Tristanita, y Tristanita se alegrará de verle, no me opongo a que usted honre mi casa; al contrario, tendré una satisfacción en ello. ¿Creía tal vez que yo iba a salir por el registro del padre celoso o del tirano doméstico? No, señor. No me gustan a mí los tapujos, y menos en cosa tan inocente como esta visita. No, no es decoroso que ande el novio buscándome las vueltas para entrar en casa. Usted y yo no ganamos nada, el uno colándose sin mi permiso, y el otro atrancando las puertas como si hubiera en ello alguna malicia. Sí, señor don Horacio, usted puede ir, a la hora que yo le designe, se entiende. Y si resultase que habría que repetir las visitas, porque así conviniera a la paz de mi enferma, ha de prometerme usted no entrar nunca sin conocimiento mío.

—Me parece muy bien —afirmó Díaz, que poco a poco se iba dejando conquistar por la agudeza y pericia mundana del atildado viejo—. Estoy a sus órdenes.

Sentía Horacio la superioridad de su interlocutor, y casi... y sin casi, se alegraba de tratarle, admirando de cerca, por primera vez, un ejemplar curiosísimo de la fauna social más desarrollada, un carácter que resultaba legendario y revestido de cierto matiz poético. La atracción se fue acentuando con las cosas donosísimas que después le dijo don Lope pertinentes a la vida galante, a las mujeres y al matrimonio. En resumidas cuentas, que le fue muy simpático, y se despidieron, prometiéndole Horacio obedecer sus indicaciones y fijando para la tarde siguiente las *vistas* con la pobre inválida.

XXVI

«¡Qué pedazo de ángel! —decía don Lope, dejando atrás, con menos calma que a la subida, el sin fin de peldaños de la escalera del estudio—. Y parece honrado y decente. No le veo muy aferrado a la infantil manía del matrimonio, ni me ha dicho nada de bello ideal, ni aquello de *amarla hasta la muerte,* con patita o sin patita... Nada; que esto es cosa concluida... Creí encontrar un romántico, con cara de haber bebido el vinagre de las pasiones contrariadas, y me encuentro un mocetón de color sano y espíritu sereno, un hombre sesudo, que al fin y a la postre verá las cosas como las veo yo. Ni se le conoce que esté enamoradísimo, como debió de estarlo antes, allá qué sé yo cuándo. Más bien parece confuso, sin saber qué actitud tomar cuando la vea ni cómo presentársele... En fin, ¿qué saldrá de esto?... Para mí, es cosa terminada... terminada... sí, señor... cosa muerta, caída, enterrada... como la pierna.»

El estupendo notición de la próxima visita de Horacio inquietó a Tristana, que aparentando creer cuanto se le decía, abrigaba en su interior cierta desconfianza de la realidad de aquel suceso, pues su labor mental de los días que precedieron a la operación habíala familiarizado con la idea de suponer ausente al bello ideal; y la hermosura misma de éste y sus raras perfecciones se representaban en la mente de la niña como ajadas y desvanecidas por obra y gracia de la aproximación. Al propio tiempo, el deseo puramente humano y egoísta de ver al ser querido, de oírle, luchaba en su alma con aquel desenfrenado idealismo, en virtud del cual, más bien que a buscar la aproximación, tendía, sin darse cuenta de ello, a evitarla. La distancia venía a ser como una voluptuosidad de aquel amor sutil, que pugnaba por desprenderse de toda influencia de los sentidos.

En tal estado de ánimo, llegó el momento de la entrevista. Fingió don Lope que se ausentaba, sin hacer la menor alusión al caso; pero se quedó en su cuarto, dispuesto a salir si algún accidente hacía necesaria su presencia. Arreglose Tristana la cabeza, recordando sus mejores tiempos, y como se había repuesto algo en los últimos días, resultaba muy bien. No obstante, descontenta y afligida, apartó de sí el espejo, pues el idealismo no excluía la presunción. Cuando sintió que entraba Horacio, que Saturna le introducía en la sala, palideció, y a punto estuvo de perder el conocimiento. La poca sangre de sus venas afluyó al corazón; apenas podía respirar, y una curiosidad más poderosa que todo sentimiento la embargaba. «Ahora —se decía— veré cómo es, me enteraré de su rostro, que se me ha perdido desde hace tiempo, que se me ha borrado, obligándome a inventar otro para mi uso particular.»

Por fin, Horacio entró... Sorpresa de Tristana, que en el primer momento casi le vio como a un extraño. Fuese derecho a ella con los brazos abiertos y la acarició tiernamente. Ni uno ni otro pudieron hablar hasta pasado un breve rato... Y a Tristana le sorprendió el metal de voz de su antiguo amante, cual si nunca lo hubiera oído. Y después... ¡qué cara, qué tez, qué color como de bronce, bruñido por el sol!

—¡Cuánto has padecido, pobrecita! —dijo Horacio, cuando la emoción le permitió expresarse con claridad—. ¡Y yo sin poder estar al lado tuyo! Habría sido un gran consuelo para mí acompañar a mi *Paquilla de Rímini* en aquel trance, sostener su espíritu...; pero ya sabes, ¡mi tía tan malita...! Por poco no lo cuenta la pobre.

—Sí... hiciste bien en no venir... ¿Para qué? —repuso Tristana, recobrando al instante su serenidad—. Cuadro tan lastimoso te habría desgarrado el corazón. En fin, ya pasó; estoy mejor, y me voy acostumbrando a la idea de no tener más que una patita.

—¿Qué importa, vida mía? —dijo el pintor, por decir algo.

—Allá veremos. Aún no he probado a andar con muletas. El primer día he de pasar mal rato; pero al fin me acostumbraré. ¿Qué remedio tengo?...

—Todo es cuestión de costumbre. Claro que al principio estarás menos airosa... Es decir, tú siempre serás airosa...

—No... cállate. Ese grado de adulación no debe consentirse entre nosotros. Un poco de galantería, de caridad más bien, pase...

—Lo que más vale en ti, la gracia, el espíritu, la inteligencia, no ha sufrido ni puede sufrir menoscabo. Ni el encanto de tu rostro ni las proporciones admirables de tu busto... tampoco.

—Cállate —dijo Tristana con gravedad—. Soy una belleza sentada... ya para siempre sentada, una mujer de medio cuerpo, un busto y nada más.

—¿Y te parece poco? Un busto, pero ¡qué hermoso! Luego, tu inteligencia sin par, que hará siempre de ti una mujer encantadora...

Horacio buscaba en su mente todas las flores que pueden echarse a una mujer que no tiene más que una pierna. No le fue difícil encontrarlas, y una vez arrojadas sobre la infeliz inválida, ya no tenía más que añadir. Con un poquito de violencia, que casi no pudo apreciar, añadió lo siguiente:

—Y yo te quiero y te querré siempre lo mismo.

—Eso ya lo sé —replicó ella, afirmándolo por lo mismo que empezaba a dudarlo.

Continuó la conversación en los términos más afectuosos, sin llegar al tono y actitudes de la verdadera confianza. En los primeros momentos sintió Tristana una desilusión brusca. Aquel hombre no era el mismo que, borrado de su memoria por la distancia, había ella reconstruido laboriosamente con su facultad creadora y plasmante. Parecíale tosca y ordinaria la figura, la cara sin expresión inteligente, y en cuanto a las ideas... ¡Ah, las ideas le resultaban de lo más vulgar...! De los labios del *señó Juan* no salieron más que las conmiseraciones que se dan a todo enfermo, revestidas de una forma de tierna amistad. Y en todo lo que dijo referente a la constancia de su amor veíase el artificio trabajosamente edificado por la compasión.

Entretanto, don Lope iba y venía sin sosiego por el interior de su casa, calzado de silenciosas zapatillas, para que no se le sintieran los pasos, y se aproximaba a la puerta por si ocurría algo que reclamase su intervención. Como su dignidad repugnaba el espionaje, no aplicó el oído a la puerta. Más que por encargo del amo, por inspiración propia y ganas de fisgoneo, Saturna puso su oreja en el resquicio que abierto dejó para el caso, y algo pudo pescar de lo que los amantes decían. Llamándola al pasillo, don Lope la interrogó con vivo interés: «Dime: ¿han hablado algo de matrimonio?».

—Nada he oído que signifique cosa de casarse —dijo Saturna—. Amor, sí, quererse siempre, y qué sé yo... pero...

—De sagrado vínculo, ni una palabra. Lo que digo, cosa concluida. Y no podía suceder de otro modo. ¿Cómo sostener su promesa ante una mujer que ha de andar con muletas?... La naturaleza se impone. Es lo que yo digo... Mucho palique, mucha frase de relumbrón y ninguna sustancia. Al llegar al terreno de los hechos, desaparece toda la hojarasca y nada queda... En fin, Saturna, esto va bien y como yo deseo. Veremos por dónde sale ahora la niña. Sigue, sigue escuchando, a ver si salta alguna frase de compromiso formal para el porvenir.

Volvió la diligente criada a su punto de acecho; pero nada sacó en limpio, porque hablaban muy bajo. Por fin, Horacio propuso a su amada terminar la visita. «Por mi gusto —le dijo—, no me separaría de ti hasta mañana... ni mañana tampoco... Pero debo considerar que don Lope, concediéndome verte, procede con una generosidad y una alteza de miras que le honra mucho, y que me obliga a no incurrir en abuso. ¿Te parece que me retire ya? Como tú quieras. Y confío que no siendo muy largas las visitas, tu viejo me permitirá repetirlas todos los días.»

Opinó la inválida en conformidad con su amigo, y éste se retiró, después de besarla cariñosamente y de reiterarle aquellos afectos que, aunque no fríos, iban tomando un carácter fraternal. Tristana le vio partir muy tranquila, y al despedirse fijó para la siguiente tarde la primera lección de pintura, lo que fue muy del agrado del artista, quien, al salir de la estancia, sorprendió a don Lope en el pasillo y se fue derecho a él, saludándole con profundo respeto. Metiéronse en el cuarto del galán caduco, y allí charlaron de cosas que a éste le parecieron de singular alcance.

Por de pronto, ni una palabra soltó el pintor que a proyectos de matrimonio trascendiera. Manifestó un interés vivísimo por Tristana, lástima profunda de su estado y amor por ella en un grado discreto, discreción interpretada por don Lope como delicadeza o más bien repugnancia de un rompimiento brusco, que habría sido inhumano en la triste situación de la señorita de Reluz. Por fin, Horacio no tuvo inconveniente en dar al interés que su amiga le inspiraba un carácter señaladamente positivista. Como sabía por Saturna las dificultades de cierto género que agobiaban a don Lope, se arrancó a proponer a éste lo que en su altanera dignidad no podía el caballero admitir.

—Porque, mire usted, amigo —le dijo en tono campechano—, yo... y no se ofenda de mi oficiosidad... tengo para con Tristana ciertos deberes que cumplir. Es huérfana. Cuantos la quieren y la estiman en lo que vale, obligados están a mirar por ella. No me parece bien que usted monopolice la excelsa virtud de amparar al desvalido... Si quiere usted concederme un favor, que le agradeceré toda mi vida, permítame...

—¿Qué?... Por Dios, caballero Díaz, no me sonroje usted. ¿Cómo consentir...?

—Tómelo usted por donde quiera... ¿Qué quiere decirme?... ¿que es una indelicadeza proponer que sean de mi cuenta los gastos de la enfermedad de Tristana? Pues hace usted mal, muy mal, en pensarlo así. Acéptelo, y después seremos más amigos.

—¿Más amigos, caballero Díaz? ¡Más amigos después de probar que yo no tengo vergüenza!

—¡Don Lope, por amor de Dios!

—Don Horacio... basta.

—Y en último caso, ¿por qué no se me ha de permitir que regale a mi amiguita un órgano expresivo de superior calidad, de lo mejor en su género; que le añada una completa biblioteca musical para órgano, comprendiendo estudios, piezas fáciles y de concierto, y que, por fin, corra de mi cuenta el profesor?...

—Eso... ya... Vea usted cómo transijo. Se admite el regalo del instrumento y de los papeles. Lo del profesor no puede ser, caballero Díaz.

—¿Por qué?

—Porque se regala un objeto, como testimonio de afectos presentes o pasados; pero no sé yo de nadie que obsequie con lecciones de música.

—Don Lope... déjese de distingos.

—A ese paso, llegaría usted a proponerme costearle la ropa y a señalarle alimentos... y esto, con franqueza, paréceme denigrante para mí... a menos que usted viniera con propósitos y fines de cierto género.

Viéndole venir, Horacio quiso dar una vuelta a la conversación.

—Mis propósitos son que se instruya en un arte en que pueda lucir y gastar ese caudal inmenso de fluido acumulado en su sistema nervioso, los tesoros de pasión artística, de noble ambición, que llenan su alma.

—Si no es más que eso, yo me basto y me sobro. No soy rico; pero poseo lo bastante para abrir a Tristana los caminos por donde pueda correr hacia la gloria una pobre cojita. Yo... francamente, creí que usted...

Queriendo obtener una declaración categórica, y viendo que no la lograba por ataques oblicuos, embistiole de frente:

—Pues yo creí que usted, al venir aquí, traía el propósito de casarse con ella.

—¡Casarme!... ¡oh!... no —dijo Horacio, desconcertado por el repentino golpe, pero rehaciéndose al momento—. Tristana es enemiga irreconciliable del matrimonio. ¿No lo sabía usted?

—¿Yo?... no.

—Pues sí: lo detesta. Quizá ve más que todos nosotros; quizá su mirada perspicua, o cierto instinto de adivinación concedido a las mujeres superiores, ve la sociedad futura que nosotros no vemos.

—Quizá... Estas niñas mimosas y antojadizas suelen tener vista muy larga. En fin, caballero Díaz, quedamos en que se acepta el obsequio del organito, pero no lo demás; se agradece, eso sí; pero no se puede aceptar, porque lo veda el decoro.

—Y quedamos —dijo Horacio despidiéndose— que vendré a pintar un ratito con ella.

—Un ratito... cuando la levantemos, porque no ha de pintar en la cama.

—Justo... pero, en tanto, ¿podré venir...?

—¡Oh!, sí, a charlar, a distraerla. Cuéntele usted cosas de aquel hermoso país.

—¡Ah!, no, no —dijo Horacio frunciendo el ceño—. No le gusta el campo, ni la jardinería, ni la naturaleza, ni las aves domésticas, ni la vida regalada y obscura, que a mí me encantan y me enamoran. Soy yo muy terrestre, muy práctico, y ella muy soñadora, con unas alas de extraordinaria fuerza para subirse a los espacios sin fin.

—Ya, ya... *(estrechándole las manos)*. Pues venga usted cuando bien le cuadre, caballero Díaz. Y sabe que...

Despidiole en la puerta; se metió después en su cuarto, muy gozoso, y restregándose las manos, decía para su sayo:

«Incompatibilidad de caracteres... incompatibilidad absoluta, diferencias irreductibles».

XXVII

Notó el buen Garrido en su inválida cierta estupefacción después de la entrevista. Interrogada paternalmente por el astuto viejo, Tristana le dijo sin rebozo:

—¡Cuánto ha cambiado ese hombre, pero cuánto! Paréceme que no es el mismo, y no ceso de representármele como antes era.

—Y qué, ¿gana o pierde en la transformación?

—Pierde... al menos hasta ahora.

—Parece buen sujeto, sí. Y te estima. Me propuso abonar los gastos de tu enfermedad. Yo lo rechacé... Figúrate...

A Tristana se le encendió el rostro.

—No es de estos —añadió don Lope—, que al dejar de amar a una mujer se despiden a la francesa. No, no; paréceme atento y delicado. Te regala un órgano expresivo de lo mejor, y toda la música que puedas necesitar. Esto lo acepté: no creí prudente rechazarlo. En fin, el hombre es bueno, y te tiene lástima; comprende que tu situación social, después de esa pérdida de la patita, exige que se te mime y se te rodee de distracciones y cuidados; y él empieza por prestarse, como amigo sincero y bondadoso, a darte leccioncitas de pintura.

Tristana no dijo nada, y todo el día estuvo muy triste. Al siguiente, la entrevista con Horacio fue bastante fría. El pintor se mostró muy amable; pero sin decir ni una palabra de amor. Introdújose don Lope en la habitación cuando menos se pensaba, metiendo su cucharada en el coloquio, que versó exclusivamente sobre cosas de arte. Como pinchara después a Horacio para que hablase de los encantos de la vida en Villajoyosa, el pintor se explayó en aquel tema, que, contra la creencia de don Lope, parecía del agrado de Tristana. Con vivo interés oía ésta las descripciones de aquella vida placentera y de los puros goces de la domesticidad en pleno campo. Sin duda, por efecto de una metamorfosis verificada en su alma después de la mutilación de su cuerpo, lo que antes desdeñó era ya para ella como risueña perspectiva de un mundo nuevo.

En las visitas que se sucedieron, Horacio rehuía con suma habilidad toda referencia a la deliciosa vida que era ya su pasión más ardiente. Mostró también indiferencia del arte, asegurando que la gloria y los laureles no despertaban entusiasmo en su alma. Y al decir esto, fiel reproducción de las ideas expresadas en sus cartas de Villajoyosa, observó que a Tristana no le causaba disgusto. Al contrario, en ocasiones parecía ser de la misma opinión, y mirar con desdén las empresas y victorias artísticas, con gran estupor de Horacio, en cuya memoria subsistían indelebles los exaltados conceptos de la correspondencia de su amante.

Por fin, la levantaron, y el estrecho gabinete en que la pobre inválida pasaba las horas, embutida en un sillón, fue convertido en taller de pintura. La paciencia y la solicitud con que Horacio hacía de maestro, no son para dichas. Mas sucedió una cosa muy rara, y fue que, no sólo mostraba la señorita poca afición al arte de Apeles [90], sino que sus aptitudes, claramente manifestadas meses antes, se obscurecían y eclipsaban, sin duda por falta de fe. No volvía el pintor de su asombro, recordando la facilidad con que su discípula

---

[90]   *Apeles:* Apelles, famoso pintor griego de la corte de Alejandro Magno. Vivió en la segunda mitad del siglo IV a. C.

entendía y manejaba el color, y asombrados los dos de semejante cambio, concluían por desmayar y aburrirse, difiriendo las lecciones o haciéndolas muy cortas. A los tres o cuatro días de estas tentativas, apenas pintaban ya; pasaban las horas charlando; y solía suceder que también la conversación languidecía, como entre personas que ya se han dicho todo lo que tienen que decirse, y sólo tratan de las cosas corrientes y regulares de la vida.

El primer día que probó Tristana las muletas, fueron ocasión de risa y chacota sus primeros ensayos en tan extraño sistema de locomoción. «No hay manera —decía con buena sombra—, de imprimir al paso de muletas un aire elegante. No, por mucho que yo discurra, no inventaré un bonito andar con estos palitroques. Siempre seré como las mujeres lisiadas que piden limosna a la puerta de las iglesias. No me importa. ¡Qué remedio tengo más que conformarme!»

Propúsole Horacio enviarle un carrito de mano para que paseara, y no acogió mal la niña este ofrecimiento, que se hizo efectivo dos días después, aunque no se utilizó sino a los tres o cuatro meses de regalado el vehículo. Lo más triste de todo cuanto allí ocurría era que Horacio dejó de ser asiduo en sus visitas. La retirada fue tan lenta y gradual que apenas se notaba. Empezó por faltar un día, excusándose con ocupaciones imprescindibles; a la siguiente semana hizo novillos dos veces; luego tres, cinco... y por fin, ya no se contaron los días que faltaba, sino los que iba. No parecía Tristana muy contrariada de estas faltillas; recibíale siempre afectuosa, y le veía partir sin aparente disgusto. Jamás le preguntaba el motivo de sus ausencias, ni menos le reñía por ellas. Otra circunstancia digna de notarse era que jamás hablaban de lo pasado: uno y otro parecían acordes en dar por fenecida y rematada definitivamente aquella novela, que sin duda les resulta inverosímil y falsa, produciendo efecto semejante al que nos causan en la edad madura los libros de entretenimiento que nos han entusiasmado y enloquecido en la juventud.

Del marasmo espiritual en que se encontraba salió Tristana casi bruscamente, como por arte mágico, con las primeras lecciones de música y de órgano. Fue como una resurrección súbita, con alientos de vida, de entusiasmo y pasión que confirmaban en su verdadero carácter a la señorita de Reluz, y que despertaron en ella, con el ardor de aquel nuevo estudio, maravillosas aptitudes. Era el profesor un hombre chiquitín, afable, de una paciencia fenomenal, tan práctico en la enseñanza y tan hábil en la transmisión de su método, que habría convertido en organista a un sordomudo. Bajo su inteligente dirección venció Tristana las primeras dificultades en brevísimo tiempo, con gran sorpresa y alborozo de cuantos aquel milagro veían. Don Lope estaba verdaderamente lelo de admiración, y cuando Tristana pulsaba las teclas, sacando de ellas acordes dulcísimos, el pobre señor se ponía chocho, como un abuelo que ya no vive más que para mimar a su descendencia menuda y volverse todo babas ante ella. A las lecciones de mecanismo, digitación y lectura añadió pronto el profesor algunas nociones de armonía, y fue una maravilla ver a la joven asimilarse estos arduos conocimientos. Diríase que le eran familiares las reglas antes que se las revelaran; adelantábase a la propia enseñanza, y lo que aprendía quedaba profundamente grabado en su espíritu. El minúsculo profesor, hombre muy cristiano, que se pasaba la vida de coro en coro y de capilla en capilla, tocando en misas solemnes, funerales y novenas, veía en su discípula un ejemplo del favor de Dios, una predestinación artística y religiosa. «Es un genio esta niña —afirmaba, admirándola con efusión contemplativa—, y a ratos paréceme una santa.»

—¡Santa Cecilia! —exclamaba don Lope con entusiasmo, que le ponía ronco, ¡qué hija, qué mujer, qué divinidad!

No le era fácil a Horacio disimular su emoción oyendo a Tristana modular en el órgano acordes de carácter litúrgico, en estilo fugado, escalonando los miembros melódicos con pasmosa habilidad; y trabajillo le costaba al artista ocultar sus lágrimas, avergonzado de verterlas. Cuando la señorita, inflamada por religiosa inspiración, se engolfaba en su música, convirtiendo el grave instrumento en lenguaje de su alma, a nadie veía ni se cuidaba de su reducido y fervoroso público. El sentimiento, así como el estilo para expresarlo, absorbíanla por entero; su rostro se transfiguraba, adquiriendo celestial belleza; su alma se desprendía de todo lo terreno para mecerse en el seno pavoroso de una idealidad dulcísima. Un día, el bueno del organista llegó al colmo de la admiración oyéndola improvisar con gallardo atrevimiento, y se pasmó de la soltura con que modulaba, enlazando los tonos y añadiendo a sus conocimientos de armonía otros que nadie supo de dónde los había sacado, obra de un misterioso poder de adivinación, sólo concedido a las almas privilegiadas, para quienes el arte no tiene ningún secreto. Desde aquel día el maestro asistió a las lecciones con interés superior al que la pura enseñanza puede infundir, y puso sus cinco sentidos en la discípula, educándola como a un hijo único y adorado. El anciano músico y el anciano galán se extasiaban junto a la inválida, y mientras el uno le mostraba con paternal amor los arcanos del arte, el otro dejaba traslucir su acendrada ternura con suspiros y alguna expresión fervorosa. Concluida la lección, Tristana daba un paseíto por la estancia, con muletas, y a don Lope y al otro viejo se les figuraba, contemplándola, que la propia santa Cecilia no podía moverse ni andar de otra manera.

Por este tiempo, es decir, cuando los adelantos de la joven se marcaron de un modo tan notable, Horacio volvió a menudear sus visitas, y de pronto éstas escasearon notoriamente. Al llegar el verano, transcurrían hasta dos semanas sin que el pintor aportara por allí, y cuando iba, Tristana, por agradarle y entretenerle, le obsequiaba con una sesión de música; sentábase el artista en lo más oscuro de la estancia para seguir con abstracción profunda lá hermosa salmodia, como en éxtasis, mirando vagamente a un punto indeterminado del espacio, mientras su alma divagaba suelta por las regiones en que el ensueño y la realidad se confunden. Y de tal modo absorbió a Tristana el arte con tanto anhelo cultivado, que no pensaba ni podía pensar en otra cosa. Cada día ansiaba más y mejor música. La perfección embargaba su espíritu, teniéndolo como fascinado. Ignorante de cuanto en el mundo ocurría, su aislamiento era completo, absoluto. Día hubo en que fue Horacio y se retiró sin que ella se enterara de que había estado allí.

Una tarde, sin que nadie lo hubiese previsto, despidiose el pintor para Villajoyosa, pues según dijo, su tía, que allá continuaba residiendo, se hallaba en peligro de muerte. Así era la verdad, y a los tres días de llegar el sobrino, doña Trini cerró las pesadas compuertas de sus ojos para no volverlas a abrir más. Poco después, a la entrada del otoño, cayó Díaz enfermo, aunque no de gravedad. Cruzáronse cartas amistosas entre él y Tristana, y el mismo don Lope, las cuales en todo el año siguiente continuaron yendo y viniendo cada dos, cada tres semanas, por el mismo camino por donde antes corrían las incendiarias cartas de *señó Juan* y de *Paquita de Rímini*. Tristana escribía las suyas deprisa y corriendo, sin poner en ellas más que frases de cortés amistad. Por una de esas inspiraciones que llevan al ánimo su conocimiento profundo y certero de las cosas, la inválida creía firmemente, como se cree en la luz del sol, que no vería más a Horacio. Y así era, así fue... Una mañana de noviembre entró don Lope con cara grave en el cuarto de la joven, y sin expresar alegría ni pena, como quien dice la cosa más natural del mundo, le soltó la noticia con este frío laconismo:

—¿No sabes?... Nuestro don Horacio se casa.

XXVIII

Creyó notar el viejo galán que Tristana se desconcertaba al recibir el jicarazo; pero tan rápidamente y con tanto tesón volvió sobre sí misma, que no le era fácil a don *Lepe* conocer a ciencia cierta el estado de ánimo de su cautiva, después del acabamiento definitivo de sus locos amores. Como quien se arroja a un piélago tranquilo, zambullose la señorita en el *maremágnum* musical, y allí se pasaba las horas, ya sumergiéndose en lo profundo, ya saliendo graciosamente a la superficie, incomunicada realmente con todo lo humano y procurando estarlo con algunas ideas propias que aún la atormentaban. A Horacio no le volvió a mentar, y aunque el pintor no cortó relaciones con ella, y alguna que otra vez escribía cartas amistosas, Garrido era el encargado de leerlas y contestarlas. Guardábase bien el viejo de hablar a la niña del que fue su adorador, y con toda su sagacidad y experiencia, nunca supo fijamente si la actitud triste y serena de Tristana ocultaba una desilusión, o el sentimiento de haberse equivocado profundamente al creerse desilusionada en los días de la vuelta de Horacio. ¿Pero cómo había de saber esto don Lope, si ella misma no lo sabía?

En las buenas tardes de invierno salía a la calle en el carrito, que empujaba Saturna. La ausencia de toda presunción fue uno de los accidentes más característicos de aquella nueva metamorfosis de la señorita de Reluz: cuidaba poco de embellecer su persona; ataviábase sencillamente con mantón y pañuelo de seda a la cabeza; pero no perdió la costumbre de calzarse bien, y de continuo bregaba con el zapatero por si ajustaba con más o menos perfección la bota... única. ¡Qué raro le parecía siempre el no calzarse más que un pie! Transcurrirían los años sin que acostumbrarse pudiera a no ver en parte alguna la bota y el zapato del pie derecho.

Al año de la operación, su rostro había adelgazado tanto, que muchos que en sus buenos tiempos la trataron apenas la conocían ya, al verla pasar en el cochecillo. Representaba cuarenta años cuando apenas tenía veinticinco. La pierna de palo que le pusieron a los dos meses de arrancada la de carne y hueso era de lo más perfecto en su clase; mas no podía la inválida acostumbrarse a andar con ella, ayudada sólo de un bastón. Prefería las muletas, aunque éstas le alzaran los hombros, destruyendo la gallardía de su cuello y de su busto. Aficionose a pasar las horas de la tarde en la iglesia, y para facilitar esta inocente inclinación, mudose don Lope desde lo alto del paseo de Santa Engracia al del Obelisco, donde tenían muy a mano cuatro o cinco templos, modernos y bonitos, y además la parroquia de Chamberí. Y el cambio de domicilio le vino bien a don Lope por el lado económico, pues en el alquiler de la nueva casa ahorraba una corta cantidad, que no venía mal para otros gastos en tiempos tan calamitosos. Pero lo más particular fue que la afición de Tristana a la iglesia se comunicó a su viejo tirano, y sin que éste notara la gradación, llegó a pasar ratos placenteros en las Siervas, en las Reparatrices y en San Fermín, asistiendo a novenas y manifiestos. Cuando don Lope notó esta nueva fase de sus costumbres seniles, ya no se hallaba en condiciones para poder apreciar lo extraño de tal cambio. Anublose su entendimiento; su cuerpo envejeció con terrible presteza; arrastraba los pies como un octogenario, y la cabeza y manos le temblaban. Al fin, el entusiasmo de Tristana por la paz de la iglesia, por la placidez de las ceremonias del culto y la comidilla de las beatas llegó a ser tal, que acortaba las horas dedicadas al arte músico para aumentar las consagradas a la contemplación religiosa. Tampoco se dio cuenta de esta nueva metamorfosis, a la que llegó por gradaciones lentas; y si al principio no había en ella más que pura afición, sin verdadero celo, si sus visitas a la iglesia eran al principio actos de lo que podría llamarse *dilettantismo* piadoso, no tardaron en ser actos de piedad verdadera, y por etapas insensibles vinieron las prácticas católicas, el oír misa, la penitencia y comunión.

Y como el buen don *Lepe,* no viviendo ya más que para ella y por ella, reflejaba sus sentimientos, y había llegado a ser plagiario de sus ideas, resultó que también él se fue metiendo poco a poco en aquella vida, en la cual su triste vejez hallaba infantiles consuelos. Alguna vez, volviendo sobre sí en momentos lúcidos, que parecían las breves interrupciones de un inseguro sueño, se echaba una mirada interrogativa, diciéndose: «¿Pero soy yo de verdad, Lope Garrido, el que hace estas cosas? Es que estoy lelo... sí, lelo... Murió en mí el hombre... ha ido muriendo en mí todo el ser, empezando por lo presente, avanzando en el morir hacia lo pasado; y por fin, ya no queda más que el niño... Sí, soy un niño, y como tal pienso y vivo. Bien lo veo con el cariño de esa mujer. Yo la he mimado a ella. Ahora ella me mima...».

En cuanto a Tristana, ¿sería, por ventura, aquélla su última metamorfosis? ¿O quizá tal mudanza era sólo exterior, y por dentro subsistía la unidad pasmosa de su pasión por lo ideal? El ser hermoso y perfecto que amó, construyéndolo ella misma con materiales tomados de la realidad, se había desvanecido, es cierto, con la reaparición de la persona que fue como génesis de aquella creación de la mente; pero el tipo, en su esencial e intachable belleza, subsistía vivo en el pensamiento de la joven inválida. Si algo pudo variar ésta en la manera de amarle, no menos varió en su cerebro aquella cifra de todas las perfecciones. Si antes era un hombre, luego fue Dios, el principio y fin de cuanto existe. Sentía la joven cierto descanso, consuelo inefable, pues la contemplación mental del ídolo érale más fácil en la iglesia que fuera de ella, las formas plásticas del culto la ayudaban a sentirlo. Fue la mudanza del hombre en Dios tan completa al cabo de algún tiempo, que Tristana llegó a olvidarse del primer aspecto de su ideal, y no vio al fin más que el segundo, que era seguramente el definitivo.

Tres años habían pasado desde la operación realizada con tanto acierto por Miquis y su amigo, cuando la señorita de Reluz, sin olvidar completamente el arte musical, mirábalo ya con desdén, como cosa inferior y de escasa valía. Las horas de la tarde pasábalas en la iglesia de las Siervas, en un banco, que por la fijeza y constancia con que lo ocupaba, parecía pertenecerle. Las muletas arrimadas a un lado, le hacían lúgubre compañía. Las hermanitas, al fin, entablaron amistad con ella, resultando de aquí ciertas familiaridades eclesiásticas; en algunas funciones solemnes, tocaba Tristanita el órgano, con gran regocijo de las religiosas y de todos los concurrentes. La *señora coja* hízose popular entre los que asiduamente asistían a los oficios mañana y tarde, y los acólitos la consideraban ya como parte integrante del edificio y aun de la institución.

XXIX

No tuvo la vejez de don Lope toda la tristeza y soledad que él se merecía, como término de una vida disipada y viciosa, porque sus parientes le salvaron de la espantosa miseria que le amenazaba. Sin el auxilio de sus primas, las señoras de Garrido Godoy, que en Jaén residían, y sin el generoso desprendimiento de su sobrino carnal, el arcediano de Baeza don Primitivo de Acuña, el galán en decadencia hubiera tenido que pedir limosna o entregar sus nobles huesos a San Bernardino. Pero aunque las tales señoras, solteronas, histéricas y anticuadas, muy metidas en la iglesia y de timoratas costumbres, veían en su egregio pariente un monstruo, más bien un diablo que andaba suelto por el mundo, la fuerza de la sangre pudo más que la mala opinión que de él tenían, y de un modo discreto le ampararon en su pobreza. En cuanto al buen arcediano, en un viaje que hizo a Madrid trató de obtener de su tío ciertas concesiones del orden moral: conferenciaron; oyole don Lope con indignación, partió el clérigo muy descorazonado, y no se habló más del asunto. Pasado algún tiempo, cuando se cumplieron cinco años de la enfermedad de Tristana, el clérigo volvió a la carga en esta forma, ayudado de argumentos en cuya fuerza persuasiva confiaba.

—Tío, se ha pasado usted la vida ofendiendo a Dios, y lo más infame, lo más ignominioso es ese amancebamiento criminal...

—Pero hijo, si ya... no...

—No importa; se irán ella y usted al infierno, y de nada les valdrán sus buenas intenciones de hoy.

Total, que el buen arcediano quería casarlos. ¡Inverosimilitud, sarcasmo horrible de la vida, tratándose de un hombre de ideales radicales y disolventes, como don Lope!

—Aunque estoy lelo —dijo éste empinándose con trabajo sobre las puntas de los pies—, aunque estoy hecho un mocoso y un bebé... no tanto, Primitivo, no me hagas tan imbécil.

Expuso el buen sacerdote sus planes sencillamente. No pedía, sino que secuestraba. Véase cómo.

—Las tías —dijo—, que son muy cristianas y temerosas de Dios, le ofrecen a usted, si entra por el aro y acata los mandamientos de la ley divina... ofrecen, repito, cederle en escritura pública las dos dehesas de Arjonilla, con lo cual no sólo podrá vivir holgadamente los días que el Señor le conceda, sino también dejar a su viuda...

—¡A mi viuda!

—Sí; porque las tías, con mucha razón, exigen que usted se case.

Don Lope soltó la risa. Pero no se reía de la extravagante proposición, ¡ay!, sino de sí mismo... Trato hecho. ¿Cómo rechazar la propuesta, si aceptándola aseguraba la existencia de Tristana cuando él faltase?

Trato hecho... ¡Quién lo diría! Don Lope, que en aquellos tiempos había aprendido a hacer la señal de la cruz sobre su frente y boca, no cesaba de persignarse. En suma: que se casaron... y cuando salieron de la iglesia, todavía no estaba don Lope seguro de haber abjurado y maldecido su queridísima doctrina del celibato. Contra lo que él creía, la señorita no tuvo nada que oponer al absurdo proyecto. Lo aceptó con indiferencia; había llegado a mirar todo lo terrestre con sumo desdén... Casi no se dio cuenta de que la casaron, de que unas breves fórmulas hiciéronla legítima esposa de Garrido, encasillándola en un hueco honroso de la sociedad. No sentía el acto, lo aceptaba, como un hecho impuesto por el mundo exterior, como el empadronamiento, como la contribución, como las reglas de policía.

Y el señor de Garrido, al mejorar de fortuna, tomó una casa mayor en el mismo paseo del Obelisco, la cual tenía un patio con honores de huerta. Revivió el anciano galán con el nuevo estado; parecía menos chocho, menos lelo, y sin saber cómo ni cuándo, próximo al acabamiento de su vida, sintió que le nacían inclinaciones que nunca tuvo, manías y querencias de pacífico burgués. Desconocía completamente aquel ardiente afán que le entró de plantar un arbolito, no parando hasta lograr su deseo, hasta ver que el plantón arraigaba y se cubría de frescas hojas. Y el tiempo que la señora pasaba en la iglesia rezando, él, un tanto desilusionado ya de su afición religiosa, empleábalo en cuidar las seis gallinas y el arrogante gallo que en el patinillo tenía. ¡Qué deliciosos instantes! ¡Qué grata emoción... ver si ponían huevo, si éste era grande, y, por fin, preparar la echadura para sacar pollitos, que al fin salieron, ¡ay!, graciosos, atrevidos y con ánimos para vivir mucho! Don Lope no cabía en sí de contento, y Tristana participaba de su alborozo. Por aquellos días, entrole a la cojita una nueva afición: el arte culinario en su rama importante de repostería. Una maestra muy hábil enseñole dos o tres tipos de pasteles, y los hacía tan bien, tan bien, que don Lope, después de catarlos, se chupaba los dedos, y no cesaba de alabar a Dios. ¿Eran felices uno y otro?... Tal vez.

Madrid.
Enero de 1892.

APÉNDICE

SOBRE EL GUIÓN DE *TRISTANA*, DE LUIS BUÑUEL

Las diferencias entre la novela de Galdós y el guión escrito por Luis Buñuel y Julio Alejandro [1] son importantes, y
merecen ser tenidas en cuenta siempre que se comparan
ambas obras. Quizá las más sorprendentes provienen de las
divergencias de escenario y de adscripción temporal. Galdós suele utilizar la ciudad de Madrid, de hecho la obra
ocurre en el barrio de Chamberí, mientras que Buñuel y
Alejandro decidieron trasladar la escena a la ciudad de Toledo. También la novela tiene lugar hacia 1886, durante la
Regencia de María Cristina, entonces el protagonista masculino, don Lope, tiene cincuenta y siete años de edad y
Tristana cuenta veintiún años. Buñuel la sitúa en 1929. Así
se inicia el guión.

Los títulos de crédito, breves y sencillos, se van sucediendo sobre un plano general, ligeramente en picado, de
una capital de provincia española; los tejados, de rojizas
tejas, se extienden hasta el fondo. Más en primer término,
la cinta serpeante de un río. Sabemos que se trata de Toledo, si bien nunca se menciona este nombre y la panorá-
mica difiere voluntariamente de la que hizo famosa una

[1] Las citas provienen del guión de Luis Buñuel y Julio Alejandro,
publicado en Barcelona, Aymá, 1971. El guión fue extraído directamente
del filme por E. Ripoll-Freixes.

pintura de El Greco. Como fondo sonoro, el tañido de las
campanas de alguna iglesia cercana.

La acción se inicia en cualquier mes frío del año 1929.
(Pág. 21.)

Este panorama con el que comienza el filme indica la intención de Buñuel de insertar la historia de la señorita Reluz en un contexto español, concretamente de provincias,
donde los movimientos y la libertad del personaje se res-
tringen aún más. Toledo y el pintor El Greco proveen, pues,
un trasfondo cargado de reminiscencias históricas y de significado conservador, le añaden pátina al argumento. Todo
lo contrario de lo que pensamos sucede con la novela,
donde el novelista quiere simplificar el argumento, redu-
ciéndolo a términos personales, sin prestar mayor atención
al contexto. Podemos decir que Buñuel quiere hacer española la novela galdosiana, mientras que el autor canario
pretendía hacerla lo menos dependiente posible del lugar
en que ocurre.

La apertura de la novela y de la película son también distintas. Una se inicia con la presentación de los cuatro personajes principales de la novela: don Lope, la criada Saturna y Tristana. La película comienza de la siguiente
manera, cito las indicaciones del guión:

> Por un terreno sin urbanizar, en las afueras de la pobla-
> ción, dos mujeres enlutadas avanzan hacia la cámara. Sa-
> turna y Tristana. La primera es una mujer alta y enjuta, un
> tanto hombruna, de unos cuarenta años más que cumpli-
> dos, modestamente vestida y con aspecto de sirvienta. La
> segunda contará apenas veinte años. Es bonita y esbelta,
> con aspecto inocente, casi infantil. Va peinada sin la me-
> nor coquetería y su apariencia exterior no le preocupa de-
> masiado: vestido negro un tanto raído que desfigura sus

graciosas formas, un pequeño velo cubriéndole la rubia cabellera y ninguna clase de maquillaje.

Las dos mujeres avanzan hasta quedar en primer término (la cámara las sigue en *travelling*) para detenerse unos pasos más adelante y contemplar a un grupo de muchachos que juegan al fútbol. Parece evidente que pertenecen a un colegio, porque todos llevan bata azul a modo de uniforme. Un preceptor hace las veces de árbitro; de vez en cuando agita una banderola blanca con la mano derecha para dar órdenes. [...] (Págs. 21-22.)

Y al momento empieza el diálogo, Saturna habla de su hijo con Tristana.

Otra escena estupenda, inventada por Buñuel y Alejandro, es la siguiente:

Poco más o menos a la misma hora en la calle donde vive Tristana, cerca de una pequeña plaza. Avanza por ella don Lope, caballero de unos sesenta años de edad, bien conservado, vestido atildadamente, casi en exceso, el rostro ligeramente maquillado con polvos y cabello teñido, sin lugar a dudas. Lleva bastón. Atraviesa la plaza y se cruza con una bonita muchacha portando una cesta recubierta con una servilleta blanca, la contempla, súbitamente animado, y la echa un piropo.

Don Lope: ¿Adónde va la gracia de Dios?

Muchacha (brusca, para quitárselo de encima): A buscar novio.

Don Lope: Pues ya lo has encontrado, preciosa

Muchacha (despreciativa): ¿Tan viejo?

Don Lope: ¡No tanto, no tanto, que esté muerto el diablo! (Págs. 24-25.)

Esta secuencia del filme es una total invención de los guionistas, y nos sirve para confirmar lo dicho. No sólo es que

la novela busque reflejar una España tradicional inexistente
en el texto galdosiano, sino también convertir al seductor
don Lope en una especie de caricatura, piropeador, maquillado y con el pelo teñido.

También los finales de la novela y de la película difieren
mucho. Cito las últimas indicaciones del guionista.

> [Tristana observa a don Lope agonizar] Tristana vuelve
> junto a don Lope, en la cama. Ella le sacude de nuevo,
> para saber hasta que punto está inconsciente. Él no reac-
> ciona. Y ella le deja, con ropa insuficiente para resistir la
> baja temperatura que va invadiendo la estancia.
>
> En su lecho, Tristana ni puede descansar, víctima de
> una pesadilla. Por su imaginación pasan vertiginosamente
> las imágenes que la torturan desde hace años: tañido de la
> campana mayor (primer plano de ella, con la cabeza de
> don Lope colgando como badajo). Tristana, sobresaltada,
> se incorpora en la cama. En su rostro se lee la angustia que
> la agobia. Otra imagen que se inmiscuye en su imagina-
> ción: final de la ceremonia de la boda, con Tristana apo-
> yándose en un bastón abandonando la iglesia del brazo de
> don Lope; Tristana sentada ante el tocador, en la casa de
> campo, y Saturna a sus espaldas acariciándole la nuca y el
> cabello que ella se está cepillando; Tristana y Horacio, de
> pie y abrazados, en el taller de este último, besándose apa-
> sionadamente; don Lope, en bata, arrastrando a la joven-
> cita Tristana hacia su cuarto, la primera vez, cogiéndola
> por la cintura; Tristana y Saturna, en las afueras de la ciu-
> dad, dirigiéndose hacia el establecimiento para sordomu-
> dos, y, finalmente, en esta «vuelta hacia atrás» imaginada
> por Tristana, está frente a Saturna comiendo la manzana
> que ella le ha regalado...
>
> Y sobre el fondo oscuro aparece la palabra FIN, seguida
> por los títulos de crédito. (Págs. 134-135.)

La diferencia resulta evidente; en la versión de Buñuel, Tristana acaba siendo un accesorio a la muerte de don Lope, matándolo de frío y sin pedir auxilio médico.

Valgan las cuatro breves muestras citadas para avivar el interés de los lectores en establecer comparaciones entre la novela y la película, que en última instancia supone una prolongación del texto escrito, que le devuelve la vida a la vez que lo complementa.

GUÍA DE LECTURA

por Heilette Van Ree

Benito Pérez Galdós retratado por Calvache

CUADRO CRONOLÓGICO

AÑO	VIDA Y OBRA DEL AUTOR	ACONTECIMIENTOS HISTÓRICOS	ACONTECIMIENTOS Y CULTURALES
1843	Nace el 10 de mayo de 1843 en Las Palmas de Gran Canaria. Benjamín del matrimonio del teniente coronel Sebastián Pérez y de Dolores Josefa Galdós Medina.	Comienzo del reinado de Isabel II (1843-1868).	Dickens, *Cuento de Navidad*. Wagner, *El holandés errante*.
1844			Gil y Carrasco, *El señor de Bembibre*. Zorrilla, *Don Juan Tenorio*.
1848		Revolución en Francia.	
1852	Comienza su educación en el Colegio de San Agustín.		
1857		Nace el futuro Alfonso XII.	Baudelaire, *Las flores del mal*. Flaubert, *Madame Bovary*.
1862	Termina el bachillerato Se traslada a Madrid para estudiar la carrera de Derecho.		Hugo, *Los miserables*. Zola, *Thérèse Raquin*. Verdi, *La fuerza del destino*.
1865	Inicia sus colaboraciones periodísticas en *La Nación*.	Noche de San Daniel. Narváez abandona el poder. I Congreso Obrero Español.	Claude Bernard, *Introducción al estudio de la medicina experimental*. Wagner, *Tristán e Isolda*
1866		Levantamiento frustrado del general Prim. Sublevación de los sargentos en el cuartel de San Gil.	Dostoievski, *Crimen y castigo*.

AÑO	VIDA Y OBRA DEL AUTOR	ACONTECIMIENTOS HISTÓRICOS	ACONTECIMIENTOS Y CULTURALES
1867	Viaje a París, donde visita la Exposición Universal. Lee a Balzac. Traduce *Pickwick Papers* de Dickens.	Muere O'Donnell.	Marx, *El capital*. Tolstoi, *Guerra y paz* (1867-1869).
1868	Nuevo viaje a París. Presencia la septembrina en Madrid.	Revolución de Setiembre. Isabel II abandona España. Guerra en Cuba.	
1870	Muerte de su hermano mayor, Domingo. Publica las novelas *La Fontana de Oro* y *La Sombra*, además de un famoso artículo, «Observaciones sobre la novela en España».	Amadeo de Saboya, rey de España. Asesinato del general Prim.	
1871	Dirige el periódico *El Debate*.	La Tercera República en Francia.	Bécquer, *Rimas* (póstumo). Verdi, *Aída*. Primera exposición de los pintores impresionistas en París.
1872	*El audaz.*	Nueva guerra carlista.	
1873	*Trafalgar.*		Tolstoi, *Ana Karenina*.
1874		Golpe de estado del general Pavía. Pronunciamiento de Martínez Campos.	Alarcón, *El sombrero de tres picos*. Valera, *Pepita Jiménez*.
1875	Termina la publicación de la primera serie de *Episodios. nacionales* con *La batalla de Arapiles*.	Restauración de Alfonso XII.	Alarcón, *El escándalo*. Bizet, *Carmen*.

AÑO	VIDA Y OBRA DEL AUTOR	ACONTECIMIENTOS HISTÓRICOS	ACONTECIMIENTOS Y CULTURALES
1876	*Doña Perfecta.* *Gloria* (1ª parte).	Constitución de 1876.	Francisco Giner de los Ríos: Fundación de la Institución Libre de Enseñanza. Invención del teléfono por Graham Bell.
1877	*Gloria* (2ª parte). *Los cien mil hijos de San Luis.*		
1878	Aprende a tocar el piano. *Marianela, La familia de León Roch.*	Boda de Alfonso XII y Mercedes de Orleans. Paz de Zanjón en Cuba (concluyen diez años de guerra).	
1881	*La desheredada.*	Primer gobierno de Sagasta.	Pardo Bazán, *Un viaje de novios.*
1882	*El amigo Manso.*		Oller, *La papallona.* Pardo Bazán, *La tribuna.* Pereda, *El sabor de la tierruca.* Wagner, *Parsifal.*
1883	*El doctor Centeno.* Viaje a Londres. Alas, *Clarín,* organiza un homenaje nacional a Galdós.	Movimiento anarquista de la Mano Negra.	Menéndez Pelayo, *Historia de las ideas estéticas en España.* Nietzsche, *Así habló Zaratustra.* Pardo Bazán, *La cuestión palpitante.*
1884	Comienza una larga colaboración en *La Prensa,* de Buenos Aires. *Tormento, La de Bringas, Lo prohibido* (1ª parte).		Huysman, *À Rebours.*
1885	Viaje a Portugal con Pereda. *Lo prohibido* (2ª parte)	Muerte de Alfonso XII. Regencia de María Cristina de Habsburgo (1885-1902).	*Clarín, La Regenta.* Pereda, *Sotileza.*

AÑO	VIDA Y OBRA DEL AUTOR	ACONTECIMIENTOS HISTÓRICOS	ACONTECIMIENTOS Y CULTURALES
1886	Diputado por Guayama, Puerto Rico. Viajes por Francia e Inglaterra. Comienza a publicarse *Fortunata y Jacinta* (1886-1887).	Nace Alfonso XIII. Abolición de la esclavitud en Cuba.	Pardo Bazán, *Los pazos de Ulloa*. Rimbaud, *Las iluminaciones*.
1887	Muere doña Dolores Galdós. Viaje con Alcalá Galiano por Alemania, Inglaterra, Holanda y Dinamarca.		Pardo Bazán, *La madre naturaleza*.
1888	*Miau*. Visita la Exposición de Barcelona. Viaje a Italia con Galiano. Visita al Papa. Muere en La Habana su hermano Sebastián.	Se crea la Unión General de Trabajadores (UGT). Se inaugura la Exposición Universal de Barcelona.	Darío, *Azul*.
1889	Elegido miembro de la Real Academia. Acude a la Exposición Universal en París. Viaje a Inglaterra. Visita Stradford. *La incógnita, Torquemada en la hoguera*.	Exposición Universal de París.	Pardo Bazán, *Insolación* y *Morriña*. Palacio Valdés, *La hermana San Sulpicio*.
1890	Las novelas *Realidad* y *Ángel Guerra*.	Ley de sufragio universal.	
1891	Nace María, la única hija de Galdós.	León XIII, encíclica, «Rerum novarum».	Wilde, *El retrato de Dorian Gray*.
1892	*Tristana*. Dramas: *La loca de la casa* y *Realidad*.	Gobierno Sagasta.	Clarín, *Doña Berta*.
1893	*Los condenados*, drama.	Atentado terrorista en el teatro del Liceo de Barcelona.	

AÑO	VIDA Y OBRA DEL AUTOR	ACONTECIMIENTOS HISTÓRICOS	ACONTECIMIENTOS Y CULTURALES
1894	*Torquemada en el Purgatorio.*		
1895	*Torquemada y San Pedro, Nazarín* y *Halma.*		Dicenta, *Juan José.*
1896	Estrena el drama *Doña Perfecta.* Pleito con su editor Miguel Cámara.		
1897	Discurso de Ingreso en la Real Academia. *Misericordia.*	Asesinato de Cánovas del Castillo.	Unamuno, *Paz en la guerra.*
1898	*Zumalacárregui, Mendizábal* y *De Oñate a La Granja.* *El abuelo.*	Guerra hispanoamericana. Pérdida de las colonias ultramarinas, Cuba, Puerto Rico, Filipinas y la isla de Guam.	Blasco Ibáñez, *La barraca.* Freud, *La interpretación de los sueños.* Zola, «J' accuse», artículo en defensa del capitán Dreyfus.
1900	*Montes de Oca, La batalla de Ayacucho.*		Costa, *Oligarquía y caciquismo.* J. R. Jiménez, *Almas de violeta* y *Ninfeas.*
1901	Éxito clamoroso de su drama anticlerical, *Electra.*		Comienza a publicarse la revista modernista *Electra.* Se inicia la época azul de Picasso.
1902	Cuarta serie de los *Episodios nacionales: Las tormentas del 48* y *Narváez.* Estreno de *Alma y vida.* Viaje a París, donde fue recibido por Isabel II.	Reinado de Alfonso XIII.	Año milagroso de la novela española: Azorín, *La voluntad;* Baroja, *Camino de perfección;* Unamuno, *Amor y pedagogía;* Valle-Inclán, *Sonatas.*
1904	*La revolución de julio* y *O'Donnell.*		

AÑO	VIDA Y OBRA DEL AUTOR	ACONTECIMIENTOS HISTÓRICOS	ACONTECIMIENTOS Y CULTURALES
1905	*Cassandra*, novela dialogada.	Huelga general en Moscú. Domingo rojo en San Petersburgo.	Azorín, *La ruta de don Quijote*, *Los pueblos*.
1907	Entra en la política. Diputado republicano a Cortes por Madrid.	Gobierno de Maura.	Machado, *Soledades, Galerías y otros poemas*.
1908	Comienza a redactar la última serie de *Episodios nacionales*, con *España sin rey*.		
1909	*El caballero encantado*.	Guerra de Melilla.	
1910			Miró, *Las cerezas del cementerio*.
1911	Operación de la vista.		Baroja, *El árbol de la ciencia*.
1912	Candidatura al Nobel. Termina los *Episodios*, *Cánovas*.		
1913	Estrena *Celia en los infiernos*.		Unamuno, *Del sentimiento trágico de la vida*.
1914	Diputado republicano por Las Palmas.	Estalla la Primera Guerra Mundial.	Ortega y Gasset, *Las meditaciones del Quijote*.
1915	Redacta su última novela: *La razón de la sinrazón*.		
1920	Fallece en Madrid el 4 de enero. Duelo nacional.		

TEXTOS COMPLEMENTARIOS

1. ARTE INTERPRETATIVO

Lo más excepcional, lo más anómalo del drama, lo que establece una diferencia profunda entre ésta y las demás formas del arte es que no puede llegar hasta el público sin la mediación de otro arte, sin la interpretación. Ésta empequeñece las obras o las agranda, las perjudica o las favorece, según la habilidad de los actores. Una obra dramática es como un cuerpo desnudo, que lucirá más o menos, según el corte o la elegancia del vestido con que se le presente. Determinados cómicos la vestirán bien; otros, mal. En un teatro la obra resultará aceptable; en otros, no; y lo que hoy es un éxito, mañana puede ser un fracaso. Verdad que la obra tiene un valor intrínseco, independiente de la vestidura que se le ponga; pero este valor intrínseco no siempre se manifiesta en la lectura tal como es, poco o mucho. Dicen que con buena interpretación no hay obra mala; pero en absoluto no podemos aceptar este aforismo de bastidores... Lo que sí puede asegurarse es que los actores eminentes tienen en su repertorio obras malísimas, con las cuales ganan aplausos, y esto descorazona. El paralelismo perfecto entre la belleza abstracta de un drama o comedia y la belleza concreta de su representación no existe, al menos en el estado actual del arte escénico. Vendrá día quizá en que el actor de más genio no pueda hacerse aplaudir en un adefesio. Pero todos los síntomas son de que ese día está aún muy lejano.

Otro fenómeno digno de observarse es que el actor, sin darse cuenta de ello, colabora en la producción dramática, la rectifica a veces, le da una vuelta, trocándola de seria en cómica y viceversa. El caso de Federico Lemaitre, en *Robert Macaire,* es muy conocido para que sea necesario repetirlo. El actor, por grande que sea su talento, no es dueño de sí. Su voz, su edad, sus maneras, su figura le dominan antes de que él consiga dominarlas, y hay otra razón para que el histrión no pueda responder de interpretar fielmente la obra que se le confía. Como es natural, el intérprete busca el aplauso, aspira al éxito antes que a la fidelidad; su talento y su práctica de la escena le ofrecen ocasiones fáciles de alcanzarlo y ocasiones difíciles. Prefiere las primeras. De aquí el amaneramiento, del cual no hay que hablar con desdén, porque el amaneramiento es condición de todo actor; sólo que los buenos son amanerados con arte y gracia, y los malos no. Precisamente los cómicos de más talla, los Romea, Valero y Arjona, en España, los Garrick y Kean, en Inglaterra, han sido personalidades que han adaptado los caracteres a su temperamento, figura y modales. Entre el *Hamlet,* de Garrick, y el que hace hoy Irving, hay grandes diferencias. El *Ricardo III,* de Kean, es una creación propiamente suya, que nadie ha podido imitar. *El mercader de Venecia* hace reír o causa terror, según el intérprete. Es común decir de un actor que *crea* tal o cual personaje. Pues si lo *crea* es que no existe o existía tan sólo como un bosquejo, cuyas líneas acentúa la encarnación escénica.

Aquí surge una cuestión algo intrincada. ¿Deben escribirse las obras sin pensar en determinados actores, esperando que la interpretación, acto inferior, se someta a la creación del dramaturgo, o deben escribirse las obras para tales o cuales cómicos, teniendo presentes, al desarrollar los caracteres, las personalidades vivas que han de expresarlos en el mundo de la realidad? Los críticos, que sólo ven estas cuestiones de una manera abstracta, recomiendan que se escriban las obras sin acordarse para nada de los actores. Esto es muy bonito para dicho, y aunque teóricamente no se puede contradecir, en la práctica resulta un disparate. Tengo para mí que las obras capitales del arte dramático han sido escritas para determinados histriones. Molière y Shakespeare sabían, desde que ideaban un drama o comedia, quién lo había de representar. Hombres muy metidos en los rincones del teatro, imposible que trazaran sus obras en abstracto, como principiantes que sueñan que han de bajar los ángeles del cielo a dar vida a sus creaciones.

Creo firmemente que ambos artes, el dramático y el impropiamente llamado *declamación,* el histrionismo, para decirlo más claro, se auxilian, se apoyan el uno en el otro, y recíprocamente se comunican el soplo de la inspiración. Tal como hoy está el teatro, con la esclavitud que impone la necesidad del éxito, con la necesidad del aplauso para que las obras vivan, el autor no puede nada sin contar con la colaboración personal del actor, como éste nada puede tampoco sin el concurso ideal del autor.

Las obras se escriben y se escribirán durante mucho tiempo para compañías determinadas, aunque así no lo admita la buena ley de crítica. Los críticos, por lo común, hablan de muchas cosas que no entienden, rinden tributo a generalidades vacías de sentido, y viven de retazos teóricos aprendidos aquí y allí y mal hilvanados. Puede que llegue un día en que, transformado el teatro por procedimientos que aún no comprendemos, sean los actores nuevos puntistas o reproductores fieles del pensamiento esculpido por el poeta. Hoy son en cierto modo sus auxiliares. El público suele ser cómplice las más de las veces de esta colaboración, alentando con sus aplausos el juego escénico con que un actor rectifica muy a conciencia la creación del dramaturgo.

Los actores, si adquieren fama y boga ante un público cualquiera durante cierto tiempo, llegan a hacer parroquia, es decir, que el que más y el que menos tiene su pequeña corte de admiradores y de devotos que le aplauden todo lo que hace. El actor, halagado de este modo, tiende siempre a lo fácil, y sin darse cuenta de ello repite el juego escénico que sin ningún esfuerzo se deriva de su temperamento, modales, voz, etc. Si de este modo obtiene el aplauso, que es lo que se busca siempre, entre aquellos trapos pintados, ¿cómo se le ha de exigir que se meta en dibujos, y haga un estudio profundo de los caracteres? Exponiéndose a no acertar y a no ser del gusto de sus parroquianos que le quieren siempre igual a sí mismo, venimos a parar a que el público es el árbitro eterno. Él nos indica cómo han de ser las obras y cómo las han de representar. Impone su gusto a autores y cómicos, y si alguna modificación beneficiosa soñáis para el porvenir, no lo intentéis sin procuraros un público nuevo, accesible a las novedades, cosa en verdad más difícil de lo que a primera vista parece.

¡El aplauso! Examinemos lo que es el aplauso, empezando por reconocer que sin esta expresión material del asenso del público la obra dramática no puede vivir. Una representación durante la cual no se produjera en la sala ese bullicio que resulta de chocar una con otra las palmas de las manos, sería la cosa más indefinida del mundo. El aplauso es la salsa de la representación escénica. Lo más extraño es que esa manifestación es el resultado de la emoción estética, y al propio tiempo la produce. Obra del aplauso es esa corriente de simpatía o entusiasmo que entre el público y la obra se establece. Suprimid esa corriente y desmayarán la obra y el público; el drama perderá su interés, y los espectadores la disposición psicológica para saborearlo y entenderlo. Es muy raro todo esto. Que se prohíban los aplausos y no hay éxito posible. Las obras más estupendas resultarían pálida sombra, y las situaciones y caracteres un juego de chicos.

Lo más extraño de todo es que la concurrencia distinguida, la que da lustre y decoro a la sala, no aplaude nunca o aplaude muy poco. Sólo en los estrenos se ve que la gente de butacas y palcos abandone su pasividad circunspecta. De modo que si no hubiera alguien encargado de producir esa atmósfera del éxito, la obra se asfixiaría. Es ley de fatalidad el aplaudir como por fórmula, y a dicha ley se debe la institución de la *claque,* de la cual muchos abominan sin comprender su importancia. Los que no conocen la realidad de las cosas, los críticos inocentes y candorosos, que es la raza de críticos que más abunda, ponen el grito en el cielo, y atribuyen a la *claque* toda clase de males. La institución será todo lo ridícula que se quiera, pero el estado actual del Teatro, la hace indispensable.

Después de todo, el respetable cuerpo de *alabarderos* no tiene más objeto que difundir en la sala ese calor, que predispone al público a su sensibilidad y aguza su entendimiento para poder comprender mejor lo que ve y oye. Dígase lo que se quiera, la *claque* no ha hecho jamás un éxito como no sea en los teatros de tercer orden.

Desempeñando su misión con prudencia, sirve para animar y tener despierto el interés del público. Para que todo sea anómalo en este condenado arte dramático, no concebimos que el público entre en una obra sin aquella forma ruidosa y a veces cargante de la aquiescencia. No concebimos tampoco la representación sin que parte de los espectadores se hallen dispuestos a manifestar su entusiasmo en cuanto haya algún motivo, siquiera sea pequeño para producirlo. ¿Llegará día en que no se aplauda, en que la corriente de concordia se establezca entre espectadores y espectáculo, sin necesidad de hacer tanto ruido? Puede que llegue ese día; pero me parece que aún está lejano. Sin embargo, antes se silbaba y ya no se silba. Un progreso puede ser precursor de otro.

Todas estas rarezas, que parecen faltas de lógica, tienen su razón de ser en la índole de la emoción teatral, que ha de ser instantánea, y que de no producirse con la rapidez de la chispa eléctrica, no admite componenda ni retoque.

Se produce porque sí, a veces cuando menos se creía. Si falla, adiós situación. ¡Y qué fenómenos tan raros se observan en esto del efecto y de las ocasiones en que se produce! Los más prácticos en las artimañas del Teatro tienen que confesar que no saben una palabra. En todo es posible la profecía, menos en estos arcanos del éxito, que son el eterno enigma del efecto.

Al imaginar y escribir un pasaje, se cuenta ciegamente con el tal efecto. Es más: se ensaya el tal pasaje o situación, y cuantos presencian la prueba, lo mismo autores expertos que aficionados y gente muy corrida en achaques de escena, convienen en que aquello ha de alborotar al público. Llega la noche del estreno, y el efecto anunciado y visto por todos no se produce, y lo más raro es que los mismos que se entusiasmaron en el ensayo reconocen que no había para qué, y participan de la frialdad general. Puedo dar fe de este extraño fenómeno. Tal o cual escena que en los ensayos me produjo emoción vivísima, en el estreno, ante la escena iluminada, entre el público bullicioso, en aquella atmósfera de la representación *de pago,* no me ha producido ninguna emoción. Y llegamos a maravillarnos de nuestra anterior ceguera, y nos sentimos de tal modo incluidos en ese nivel medio de entender y sentir, alma y razón del público, que aquel criterio individual con que juzgamos en el ensayo nos parece un disparate, y no hay ni puede haber ya para nosotros más que el criterio colectivo.

También se produce muy a menudo el fenómeno contrario. Una frase, un incidente que en los ensayos nos parecieron sin importancia, provocan risa de buena ley, quizá la emoción. El efecto salta de donde menos se piensa, y ya lo serio se convierte en cómico, con ventaja para la obra, y regocijo de los espectadores, ya lo indeterminado toma carácter y acentuación patética. Hay casos, además, en que la frialdad proviene de causas puramente eternas. La de la temperatura, cuando es extremada y ocasiona malestar entre los espectadores, destruye el encanto de las escenas más bellas. Una noticia de sensación, que circule por butacas y palcos al empezar el acto de compromiso, distrae al público, y no hay manera de hacerle entrar en la obra. Su atención se escapa como un gas que se quisiera encerrar dentro de un cesto; los actores, al ver que no se les hace maldito caso, se enfrían, se distraen también ellos, y aunque quieran se ven privados de hacer primores, y la obra, mal recitada y peor oída, cae en el vacío y en la indiferencia, como un globo a medio inflar.

Por todas estas razones y otras que aún no he dicho, el Teatro es un calvario para cuantos en él viven o pretenden vivir.

(Benito Pérez Galdós, «Arte interpretativo», en *Prosa crítica,*
edición de J.-C. Mainer, Biblioteca de Literatura Universal,
Espasa Calpe, Madrid, 2004, págs. 510-515.)

2. EL SENTIMIENTO RELIGIOSO EN ESPAÑA

[...] Esto nos lleva como por la mano a una de las cuestiones más debatidas en estos tiempos de crítica, dentro y fuera de España.

¿Es cierto o no que la exaltación del sentimiento religioso en el espíritu nacional estorbó todas las demás actividades, imposibilitando el progreso científico de la nación? Sólo con dar cuenta de los escritos españoles y extranjeros que han tratado materia tan compleja, ocuparía la mayor parte de esta epístola. Últimamente, un joven publicista castellano tan notable por su talento como por su saber ha defendido con grandísimo ingenio la negativa, aduciendo argumentos de fuerza en pro de la ciencia española y de su compatibilidad con el sentimiento religioso Según él, es error grave sostener que en los siglos XVI y XVII no florecieron en España los estudios científicos y que permanecíamos estacionados, mientras toda Europa marchaba con resuelto paso por la senda de la especulación.

Fuera del saber arábigo, rabínico, reportado por algunos extranjeros como los únicos títulos que puede presentar España para reclamar un puesto, siquiera sea pequeño, en el templo de las ciencias físico-naturales y matemáticas, tenemos insignes profesores en las distintas ramas de ellas que honran a su patria y a su siglo. En cuanto a la filosofía, madre de todas las sabidurías, aseguran los defensores de la ciencia española, que con los escritos de los teólogos y místicos nos basta para igualarnos a otras naciones. El misticismo es, pues, la verdadera filosofía española.

Si me fuera permitido dar una opinión sobre materias tan delicadas, diría que pase todo lo del misticismo como representación de un sistema filosófico puramente castellano, pero no pasa lo de que nuestros matemáticos, naturalistas y físicos del período más brillante de nuestra nacionalidad sostengan el paragón con sus grandes lumbreras de otros países, de aquellas mismas regiones precisamente que entonces no estaban sometidas por la fuerza de la espada. Concedo que produjera nuestra nación hombres notables; que no fuera absoluta nuestra esterilidad en este importante fruto del espíritu. Tuvimos, sí, matemáticos, físicos, médicos, alquimistas de mérito, notabilísimos si se quiere; pero, ¿dónde están los grandes iniciadores, los descubridores de las maravillosas leyes de la Naturaleza, los que dieron impulso colosal y dirección nueva al estudio científico?

¿Dónde está nuestro Galileo, nuestro Leibnitz, nuestro Kepler, nuestro Copérnico, nuestro Newton?

He aquí una serie de santos que faltan, ¡ay!, en nuestro cielo tan bien poblado de ilustres figuras en el orden de la poesía y del arte. Porque las eminencias científicas de por acá no son astros de primera magnitud como los Calderones, Cervantes y Teresas en el cielo del arte: son personalidades subalternas y un tanto obscuras, que no van delante del progreso científico, sino detrás, que no guían, sino que son guiados.

Únicamente en el terreno de la geografía, ciencia muy grande en aquellos siglos en que no sólo las leyes del planeta, sino muchas partes de su superficie eran desconocidas, podemos alzar la cabeza con orgullo. Y no es el progreso de la geografía científica, sino el de la geografía práctica lo que nos envanece. Entre demostrar la redondez de la tierra por medio del cálculo y atreverse a darle la vuelta por vez primera, en un barco apolillado, pasando mil necesidades y venciendo con admirable tesón obstáculos opuestos por las iras de la Naturaleza y la envidia de los hombres, no sé qué es más meritorio. Creo que lo segundo. Juan Sebastián Elcano, que realizó tan portentosa hazaña, poniendo en su escudo el globo terráqueo con la inscripción *primus me circundedisti,* es sin disputa uno de los hombres más grandes que han nacido. Aquel corazón inmenso, superior a todos los peligros, vale bien la cabeza de un Galileo.

Y aquí nos encontramos con el sentimiento religioso, impulsor de la colosal aventura. Los argumentos que se esgrimen contra él vienen a serle favorables cuando menos se piensa. Aceptamos las cosas tal como finamente nos las ofrece la Historia, sin sacarlas de quicio. No tratemos de desvirtuar los hechos, ni nos engalane-

mos con laureles que no nos pertenecen, pues los propios y ge-
nuinos, los que nadie nos puede disputar nos bastan. Si otros de-
mostraban la redondez del planeta, nosotros lo andábamos de punta
a punta, o de hemisferio en hemisferio, que es la mejor de las
demostraciones. Lo que ellos hacían con un compás y una fórmula, los nuestros lo hacían con las carabelas, echándose sobre
cuatro tablas viejas a la inmensidad desconocida y traicionera de
«mares nunca d'antes navegados». Esta cita me excusa de declarar que al ocuparme de las empresas náuticas de los pasados siglos confundo en una sola idea y en una gloria sola, lo español y
lo portugués.

Y ahora me corresponde hablar de la decadencia de un sentimiento que fue nuestra razón de ser en el mundo. El testamento
de Carlos II es el gran esquinazo de nuestra historia. Con el cambio de dinastía la originalidad de nuestra raza, que ya venía de
capa caída, sucumbió casi completamente. Calderón fue la última florescencia poderosa del genio nacional en el arte; la batalla de Rocroy dio al traste con una de nuestras más envidiables
originalidades: la de la infantería. Todo el edificio estaba ya res-
quebrajado cuando el cambio de dinastía vino a hundirlo por
completo. Da dolor echar una ojeada a nuestra literatura del siglo XVIII, en la cual no se sabe qué es más lastimoso, si el churri-
guerismo enfermizo de los poetas de raza o la insulsez anémica
de los Luzanes y Montianos, primeros iniciadores de la renovación clásica.

La revolución filosófica comienza entonces en encarnizada lucha con el principio religioso que fue nuestra alma en tiempos anteriores. Un principio, completamente exótico aquí, declara guerra sin cuartel a todos aquellos restos de nuestro poder así en el
arte como en las demás esferas de la actividad. El clasicismo y la
filosofía vienen juntos con una misma fuerza y matando las ex-
travagancias de la inspiración castiza, aspiran a arrasar el terreno
para edificar una civilización nueva. Nuestra raza, esquilmada por
las guerras, pobre, desmayada, no tiene ninguna gran energía propia que oponer a la invasión. Se defiende pasivamente, entre-

gándose a la indolencia, al sueño. Pero la filosofía y el clasicismo trabajan incansables durante un siglo, hasta que en el presente obtienen ventajas positivas. Por de pronto, el siglo XIX nos ofrece un triunfo real en la literatura. Moratín, no sólo consigue poner en ridículo a los poetas chirles que tienen por bandera un harapo informe de aquel manto esplendorosísimo de nuestra literatura del Siglo de Oro, sino que vence también con el ejemplo, haciendo obras hermosas que quedan como dechado y hacen escuela. Los filósofos y librepensadores echan en las Cortes de Cádiz las bases de un mundo, de un Estado enteramente nuevo. La monarquía tiembla entonces y la fe misma corre un temporal grave del cual ha de salir muy quebrantada. Todo anuncia la renovación social y política, y el pueblo lo comprende con seguro instinto. Abraza la causa de los principios liberales como abrazó la de la defensa nacional contra los franceses, y sabe ya lo que es Patria, lo que es Estado, lo que es Libertad. No responde sólo al nombre de Religión.

Entonces ocurre el fenómeno, que nos sorprendería si no estuviéramos acostumbrados a ver los semejantes en las páginas de la Historia.

Aquel sentimiento poderoso, que fue nuestra vida, tiene aún fuerza bastante cuando se halla en sus postrimerías para inspirar e impulsar una guerra civil y darse como bandera a multitud de hombres muy bravos sufridos y constantes: dura siete años, en los cuales la victoria fluctúa y no se sabe si triunfará la monarquía autoritaria y clerical, o la monarquía filosófica. ¡Y cuando el pleito se decide con las armas ayudadas de la diplomacia, el catolicismo batallador se recoge, pero no se da por vencido, y en la paz agita sus armas para encender más adelante otra guerra civil no menos sangrienta, cruel y dramática que la primera, guerra que ha sido uno de los episodios más curiosos de la segunda mitad del siglo XIX!

Por esto se comprende que la clase que sintetiza el sentimiento religioso o los restos de él, tiene todavía mucho poder entre nosotros. Esta clase es el clero, que aún es fuerte, aunque no domina ya en todo el campo de las conciencias, que aún es rico, aunque la desamortización le despojó de sus inmensos caudales, que aún es numeroso, aunque no se nutre con elementos de las grandes familias y recluta casi exclusivamente sus huestes en las clases más humildes. El clero tiene todavía grandísimo poder.

Todos hemos presenciado el golpe de gracia que recibió cuando la reciente revolución del 68 le quitó con la supresión de la unidad católica una de sus mejores armas. Pero sin ella se defiende bien y hace esfuerzos por recobrar su imperio. Mala sombra tuvo para él el período desde el 68 hasta el 76; que de entonces acá ha cobrado no poco valimento. Y es forzoso declarar que las propagandas filosóficas de estos últimos años no han sido estériles para el personal del catolicismo militante. El espíritu y el ardor de competencia han dado sus frutos, y bien puede decirse que el clero español y mayormente el episcopado valen mucho más que hace veinte o treinta años.

Y puesto que todo se ha de decir, diré que los estudios filosóficos no parecen oponer al principio católico en España una resistencia muy enérgica. Sea por falta de constancia o por la inseguridad de los sistemas de enseñanza, ello es que nuestros filósofos no cunden, si es permitido decirlo así. Cuando Sanz del Río importó de Alemania la filosofía *krausista,* se formó un plantel de jóvenes de mérito, que hicieron iglesia, núcleo, familia. Pero el krausismo se desacreditó pronto, no sé si por las exageraciones de sus sectarios o por falta de solidez en sus ideas. Como en esto de la filosofía hay modas casi tan repentinas y fugaces como las de los sombreros de señora, pronto vino el positivismo de Comte a decir que todo aquello de Krause era un delirio. Pasaron de moda en breves años, no sólo Krause, sino Hegel, Fichte y demás germánicos.

El experimentalismo lo invadió pronto todo, y no se habló más que de Hartmann y Darwin, y de si veníamos o no de los monos. Las teorías de la evolución barrieron el terreno, por fin Spencer se introdujo en los espíritus con su claridad y simpatía irresistibles. De todo esto resulta una inseguridad que no puede menos de ser favorable al principio católico, siempre uno y potente en la firme base de sus definiciones dogmáticas.

En resumen, que hoy la gran mayoría de los españoles no creemos ni pensamos; nos hallamos, por desgracia, en la peor de las situaciones, pues si por un lado la fe se nos va, no aparece la filosofía que nos ha de dar algo con que sustituir aquella eficaz energía. Faltan en la sociedad principios de unidad y generalización. Todo está en el aire, las creencias minadas, el culto reducido a puras prácticas de fórmula, que interesan a pocas personas. Fuerza es reconocer que en punto a estado de las consecuencias, vivimos en la peor de las épocas posibles. Y bueno es que se sepa también que España, la católica España, la hija predilecta de la Iglesia, la que tuvo por estandarte la cruz, es uno de los países más descreídos del Globo si no es que se lleva la palma en esta desconsoladora preeminencia. Cuando la revolución del 68 abrió los diques al libre pensamiento, y se permitieron los cultos reformados, se creyó que el protestantismo iba a hacer aquí muchos fervientes progresos. Tantos siglos de opresión y de catolicismo puro, habían de traer por consecuencia una reacción en sentido de la variedad y extranjera de religiones.

¡Error inmenso! El protestantismo vino a España precedido de entusiastas propagandistas ingleses cargados de Biblias. La *Sociedad bíblica* de Londres gasta anualmente considerables sumas en catequizarnos, todo sin resultado. Vienen por ahí multitud de clérigos de levita y patillas a quienes llaman *pastores,* y van estableciéndose en capillas que fueron bodegas, y predican en castellano chapurrado, y reparten limosnas, y leen Biblias y tocan el órgano, pero les hacen muy poco caso, cuando no se ríen de ellos. Se creyó en un principio que serían maltratados; pero no: les apedrean simplemente con el desdén. El pueblo español no es ni será nunca protestante. O católico o nada. Tengo la seguridad de que todos los pueblos por cuyas venas corre nuestra sangre, han de hallarse en el propio caso. O católicos o nada. Esos pobres anglicanos se desgañitan sin ganar conciencias a su rito, y entre las

gentes sencillas que los oyen cunde una observación que parece
una tontería y que quizá entrañe un sentido profundo, a saber:
que todos son lo mismo, y (diciéndolo con el debido respeto) los
mismos perros con distintos collares.

(Benito Pérez Galdós, «El sentimiento religioso en España»,
en *Prosa crítica,* edición de J.-C. Mainer, Biblioteca de Literatura
Universal, Espasa Calpe, Madrid, 2004, págs. 519-525.)

TALLER DE LECTURA

Galdós es un escritor realista clásico en lo referente a la temática y a la manera de representar el mundo en sus páginas. La novela para él debía presentar una imagen bella de la realidad circundante. Le gustaba que el lector pudiese seguir el argumento, que reconociese los lugares donde ocurría la acción. Por ello ocupó una buena parte de su tiempo paseándose por las calles de Madrid y anotando con cuidado los detalles del habla escuchados de pasada. Observaba también atentamente las costumbres de sus conciudadanos para luego trasladarlas fielmente a sus textos. De ahí el enorme valor cultural que se deriva de su lectura, pues en ellos es posible aprender mucho sobre los lugares, sus habitantes, los modos de vida, en fin, los hábitos de las personas en aquel momento histórico, el último cuarto del ochocientos.

Por otro lado, lo extraordinario del autor canario proviene de su arte de novelar. Cada una de sus narraciones muestra una característica distinta. Ningún novelista español, o incluso europeo, de su tiempo escribió novelas tan distintas desde el punto de vista formal y estilístico. Sus primeras ficciones, como *Doña Perfecta* (1876), exhiben ribetes románticos, y por ello el argumento nos lleva de suceso en suceso. No faltan tiros ni bandidos o sustos, mientras que en las novelas plenamente realistas, como *La desheredada* (1881), la vida entra de lleno en ellas, pues los acontecimientos narrados contienen mucha verdad y resultan menos espectaculares que las precedentes. Luego escribió novelas epistolares, *La incógnita* (1889), o dramáticas, parecidas a un texto teatral por ser puros diálogos, como *Realidad* (1890). *Tristana* a su vez sorprendería a la audiencia galdosiana por su extraña originalidad, una novela que está a caballo entre la narración realista propiamente dicha, en que alguien, un narrador, nos cuenta la historia novelesca, y la ficción epistolar, pues en un momento dado de la obra la narración viene hecha mediante una serie de cartas, las cruzadas entre Tristana y su novio, Horacio.

Para leer *Tristana* correctamente hay que conocer bien el desarrollo del argumento, sus personajes y la lengua que emplean, para luego sopesar estos elementos desde un punto de vista cultural, su significado. Es decir, primero vamos a considerar la elaboración literaria y, a continuación, estableceremos su significado de un modo más amplio

1. Análisis de la forma novelesca

1.1. *Argumento y personajes*

En el capítulo inicial de la obra aprendemos que la acción transcurre en Madrid, concretamente en el barrio de Chamberí, más o menos hacia 1886, durante la regencia de María Cristina. Ambos datos son muy significativos, porque los altos de Santa Engracia, el barrio de Chamberí en la zona que bordea Cuatro Caminos, marcaban entonces el final de la ciudad por esa zona, por lo que había muchos descampados y poca gente por aquellos entornos. Aparecen asimismo tres personajes: don Lope, un caballero de cincuenta y siete años que vive de sus rentas, su sirvienta Saturna, de edad indefinida, y Tristana, una joven de veintiún años de edad . Desconocemos todavía la relación existente entre don Lope y la joven protagonista.

El segundo capítulo narra las inquietudes de Tristana, sus deseos de ser una mujer independiente, con ganas de sacar los pies del plato. Don Lope es un caballero con un código del honor muy particular e ideas peculiares sobre la religión y el orden social. Usará su capital para remediar las penurias económicas de su amigo Reluz, e incluso cuando éste muere se sentirá obligado a cuidar de su viuda e hija. Tal empeño lo arruinará. El capítulo tercero narra la locura de la viuda de Reluz, su muerte, y la marcha de Tristana a vivir con don Lope, quien en breve la seducirá. En el capítulo cuatro, el lector se percatará de que Tristana cada vez siente mayor despego hacia don Lope, que comienza incluso a aborrecerle, al tiempo que el viejo seductor no quiere ni oír hablar de los desvíos de su joven amante.

— La tarea inicial consiste en analizar el *argumento,* los sucesos que se van contando en los diversos capítulos, y seguir su progresión temporal, el dónde ocurren. A la vez, identificaremos a los personajes que protagonizan la acción, determinando si son figuras de primera fila o secundarias.

— La lectura progresa siguiendo los sucesos que conforman el argumento y, a la vez, el lector percibe con claridad el carácter de *los personajes,* su evolución a lo largo de la novela. El verlos transformarse constituye uno de los aspectos del texto que permiten entender mejor la riqueza de la obra.

— Seguir la evolución de Tristana, de don Lope y de
Horacio, el novio que le sale a la joven en el séptimo
capítulo, será uno de los aspectos de la novela que
mejor dan una idea de la excelencia del autor en penetrar la psicología de sus personajes, del ser humano.

1.2. *Temas*

Ya se ha mencionado en el apartado anterior la seducción
de la joven por el hombre mayor y el subsiguiente despego.
Acto seguido surge el amor romántico que la une al pintor
Horacio, un hombre de treinta años. El amor se manifestará
primero en unas cartas de amor apasionadas, en el capítulo
octavo. Cabe también hablar de un triángulo amoroso, el
formado por los amantes más don Lope. A continuación
Horacio contará a la joven episodios de su vida, y encontra-
remos el tema del abuelo avaro, al que después dedicare-
mos un comentario especial.

— El lector puede ir definiendo los movimienrtos
anímicos y físicos de los personajes, y condensarlos
en temas, en *los temas* tratados en la novela.

1.3. *Espacio y tiempo*

Ya hemos dicho que la acción transcurre en Madrid, en
tiempos de la Restauración, cuando tras la revolución de
Septiembre vuelve España a ser gobernada por un mo-
narca de la dinastía borbónica, que constituye una etapa
política de un fuerte conservadurismo político. Las liber-

tades de épocas pasadas, en que España había vivido incluso un período republicano (1873), resultan ahora rechazadas. Todo ello juega un papel crucial en la obra. Igualmente importa para entender el alcance del cambio que efectuaría Luis Buñuel en su película *Tristana,* basada en la novela de Galdós.

> — Es importante que la lectura afiance nuestros conocimientos sobre *el espacio y el tiempo,* el dónde y el cuándo ocurren los acontecimientos.
> — El director aragónes traslada el escenario al año 1929 y a la ciudad de Toledo. Una comparación entre los dos momentos históricos y de las ciudades ilumina la razón de las diferencias localizaciones y tiempos.

1.4. *Lengua y estilo*

Otro aspecto esencial es el uso de *la lengua y el estilo del autor,* que en *Tristana* resulta característico. La inventiva verbal de Tristana en sus cartas, las dirigidas a Horacio, es absolutamente genial. El lector debe disfrutar de esta riqueza, y no olvidar que muchas de las novedades, de las expresiones, fueron usadas por una amante de Galdós, Concepción Ruth Morell, en las epístolas que le dirigía al propio autor, y que hoy conservamos al igual que las respuestas del canario.

Así pues, tenidos en cuenta todos los aspectos enumerados será posible efectuar una lectura correcta de la novela, del arte novelesco del autor canario. Sin embargo, para que la obra nos ofrezca todo lo que tiene el lector actual debe comprender el trasfondo cultural que nos ofrece.

2. EL CONTEXTO CULTURAL DE LA OBRA

2.1. *Contexto literario*

Advertimos ya desde los primeros comentarios hechos sobre don Lope que este personaje resulta pariente cercano del famoso don Juan Tenorio de José Zorrilla, lo que enseguida nos permite establecer relaciones con las obras de esa tradición, llegando incluso a *El burlador de Sevilla* (1630) y *El condenado por desconfiado* (1635), de Tirso de Molina. Sin embargo, por los comentarios del narrador galdosiano aprendemos que don Lope, a diferencia de los galanes que le precedieron en la rica tradición de la literatura donjuanesca, ha pasado ya el período impetuoso de juventud.

> — Todas cuantas referencias hallemos a la inmortal figura del seductor universal nos permitirán ir estableciendo el *contexto literario* de la obra y posiblemente llegar a la conclusión de que la figura del seductor ha sufrido un enorme desgaste, que el representarlo en el umbral de la vejez entraña una desvalorización del mito del don Juan.

Unido a ese tema podremos contemplar las relaciones del seductor con su víctima, los trucos que emplea para engañarla, la diferencia de edad, de experiencia de la vida y demás. Aquí estamos tocando el tema de la mujer en la literatura del siglo XIX. En esa época existe en España una ausencia de la mujer profesional tal y como aparecen en otras culturas europeas. De hecho, Galdós al representar a Irene, una institutriz, en *El amigo Manso,* y a Aurora, una mujer que rige una especie de casa de modas en *Fortunata y Ja-*

cinta, representó a alguna de las pocas mujeres profesionales que tenemos en la literatura de su tiempo.

También podemos observar las relaciones existentes entre la sátira que Galdós hace de don Lope y relacionarla con *El Quijote* (1605-1615), de Miguel de Cervantes. Igual que el más famoso de los novelistas españoles satirizó a los caballeros andantes, Galdós se burla en esta novela del código del honor de don Lope. Es decir que Galdós igual que Cervantes está cuestionando las convenciones sociales de su época, y también la manera en que se representan. Cervantes se burla del tipo de novelas populares en su época, las novelas de caballería, mientras Galdós parodia el código del honor vigente en ciertos sectores de clase media española del siglo XIX, y en algunos dramas, por ejemplo los de José de Echegaray.

También las referencias a Beatriz de Dante, a personajes de numerosas óperas del ochocientos, permiten a Galdós tocar el otro gran tema de la novela, el amor romántico. La exuberancia del amor de la mujer en la literatura y en la música contrasta con el cálculo del seductor, del donjuán. O sea, que el romanticismo tiene sus lados positivos y los negativos.

2.2. *Contexto socio-histórico*

Los *contextos socio-históricos* se derivan de la época en que la novela fue escrita y viene situada. Ya dijimos que comienza en 1886 y concluye cerca del momento en que fue escrita, es decir, que Galdós la piensa contemporánea con su vida. Fuera del conservadurismo social y político, propio de la Restauración, sorprende lo poco modernas, si se nos permite la expresión, que son las relaciones personales en la obra, y regresamos a la posición de la mujer en esta sociedad. Claramente, como se explica en la «Introducción», Galdós entiende que la mujer española de fines del XIX apenas puede ser una profesional. Las puertas del crecimiento personal estaban cerradas. La mujer permanecía condenada a un estatus inamovible, donde el movimiento social resulta imposible. A la mujer se la seguía asignando el papel de ángel de la guarda del hogar, la persona que cuida de que el resto de la familia viva feliz, especialmente los hombres. No olvidemos que la protagonista acabará casada con don Lope. Quizá aquí encontramos el significado de la pérdida de la pierna por Tristana, que viene a simbolizar esta posición de la mujer en la obra y muy bien enunciada por el siguiente refrán: «La mujer honrada, la pierna quebrada y en casa».

La estructura social que permite a don Lope y a Horacio vivir de sus rentas también resulta indicativa de la vida en su siglo. El trabajo, el empleo del capital en los negocios, no aparece por ningún lado. Los miembros de la clase media española llevan una vida improductiva, encerrados en sí mismos, en la vida de la familia, con casi ningún trato verdadero y sano con su entorno. Aquí podemos los lectores de hoy llevar a cabo una lectura profunda y crítica de aquel tiempo. Galdós claramente así lo entendía también.

2.3. *La vida cotidiana*

Igualmente relevante para nuestra interpretación cultural resulta *la vida cotidiana.* Don Lope pasa sus días fuera de casa, en el café, con los amigos, un círculo muy reducido, donde se barajan sin cesar las mismas ideas, mientras Saturna y Tristana cuidan de la casa y cocinan. La rutina, la repetición, marcan esta vida en que apenas hay variación ni incentivos. Triste mundo en que los paseos, es decir, el caminar sin mayores prisas, el mirar a los demás, la contemplación, actividades poco activas, desempeñan un papel central. Hay que pensar que en la época galdosiana la mayor parte de la población vivía en el campo y de la agricultura, en lugares donde el trato social resulta más intenso. Tristana y Saturna viven en Madrid aisladas, casi no hablan con nadie, sólo con los tenderos y poco más.

ACTIVIDADES DE INVESTIGACIÓN

Propongo a continuación cuatro actividades de diferente naturaleza. Las dos primeras son de investigación, del manejo de datos concretos, pero que exigen una resolución en que el lector debe expresar al final una opinión. Mientras los dos siguientes piden una investigación objetiva, factual, del tema propuesto.

1. EL PAPEL DE LA MUJER EN LA SOCIEDAD DEL SIGLO XIX

Hay un tema que siempre interesará a los lectores de esta novela: el papel desempeñado por la mujer.

— Como tema de investigación creo que sería interesante repasar qué ilusiones tiene la protagonista, como ser actriz, músico, amante y esposa, y sopesar la diferencia en posibilidades de conseguir la meta si el personaje Tristana viviera hoy en día.

2. *TRISTANA* Y EL CINE

Gracias al director de cine Luis Buñuel tenemos una versión cinematográfica de *Tristana,* obra que ha gozado de enorme popularidad y es considerada uno de sus mejores esfuerzos.

— Analizar y discutir por qué Luis Buñuel realizó algunos cambios importantes en el escenario de la película, tanto en el tiempo como en el lugar donde sucede la acción. Ya hemos mencionado antes la diferente localización de la novela (Madrid) y de la película (Toledo).

— Reflexionar y comentar sobre si la actriz que encarna a Tristana, Catherine Deneuve, se parece a la imagen que hemos formado en nuestra memoria visual.

Téngase en cuenta siempre que el objetivo del ejercicio no es determinar si es mejor la novela o la versión cinematográfica, sino en ver cómo la película expande o aumenta el significado y alcance del texto galdosiano.

3. LITERATURA EPISTOLAR

— Estudiar desde qué momento en la historia de la literatura se utilizan las cartas, la epístola, dentro de una novela.

— Ver cómo se desarrolló lo que denominamos el subgénero de la novela epistolar, en qué tradiciones literarias ha sido más importante.

— Investigar si Galdós había usado la carta como modo narrativo con anterioridad a *Tristana*.

MÚSICA

— La ópera aparece muy prominentemente en la novela. Investigar en la biografía galdosiana el interés del escritor canario por la música

— Observar qué papel jugaba la música en general en la vida cotidiana del XIX y la ópera en particular.

GLOSARIO TEMÁTICO

1. LISTA DE TEMAS TRATADOS EN LA OBRA
   (indicado por capítulos)

1.1. *Costumbres*

Primer encuentro entre Tristana y Horacio, VII.
Celos de don Lope, XI.
Beatería de Tristana, XXVIII y XXIX.
El oficio culinario de Tristana, XXIX.

1.2. *Oficios*

Don Juan, I.
Artista, IX.
Hospicianos, VII.
Mujer casada, XXI.
Criada, I.
Médico, XIX y XXII.

1.3. *Lugares*

Barrio de Chamberí, Madrid, I.
Ríos Rosas, Madrid, VII.
Glorieta de Quevedo, VII.
Droguería, VIII.
Italia, IX.
Alicante, IX.
Villajoyosa, IX.

1.4. *Espacios*

Casa de don Lope, I.
Estudio de Horacio, VIII.
Villajoyosa y Horacio, XVII.
Iglesia, XXVIII.

1.5. *Momentos culminantes*

Seducción de Tristana por don Lope, III.
Decadencia física de don Lope, VI.
Psicología del personaje, la señora de Reluz, III.
Entrega amorosa de Tristana a Horacio, XIII.
Lamento de Tristana por la falta de un oficio, XIII.
Cartas de Tristana, XIX y XXI.
El lunar en la pierna, XIX.
El bajón físico de don Lope, 2XX.
Amputación de la pierna, XXIII.
Fin del amor, XXII.
Tristana en muletas, XXVII.

1.6. *Lengua y literatura*

La lengua de los amantes, XVII, XVIII y XIX.
Referencias poéticas y literarias, I, III, XV, XVII, XVIII
y XIX.
Referencias musicales, XV.

COMENTARIO DE TEXTO

1. TEXTO: «EL ABUELO DE HORACIO»

Al perder a sus padres fue recogido por su abuelo paterno, bajo cuyo poder tiránico padeció y gimió los años que median entre la adolescencia y la edad viril. ¡Juventud!, casi casi no sabía él lo que esto significaba. Goces inocentes, travesuras, la frívola inquietud con que el niño ensaya los actos del hombre, todo esto era letra muerta para él. No ha existido fiera que a su abuelo pudiese compararse, ni cárcel más horrenda que aquella pestífera y sucia droguería en que encerrado le tuvo como unos quince años, contrariando con terquedad indocta su innata afición a la pintura, poniéndole los grillos odiosos del cálculo aritmético, y metiéndole en el magín, a guisa de tapones para contener las ideas, mil trabajos antipáticos de cuentas, facturas y demonios coronados. Hombre de temple semejante al de los más crueles tiranos de la antigüedad o del moderno imperio turco, su abuelo había sido y era el terror de toda la familia. A disgustos mató a su mujer, y los hijos varones se expatriaron por no sufrirle. Dos de las hijas se dejaron robar, y las otras se casaron de mala manera por perder de vista la casa paterna.

Pues, señor, aquel tigre cogió al pobre Horacio a los trece años, y como medida preventiva le ataba las piernas a las patas de la mesa-escritorio, para que no saliese a la tienda ni se apartara del trabajo fastidioso que le imponía. Y como le sorprendiera dibujando monigotes con la pluma, los coscorrones no tenían fin. A todo trance anhelaba despertar en su nietecillo la afición al comercio, pues todo aquello de la pintura y el arte y los pinceles, no eran más, a su juicio, que una manera muy tonta de morirse de hambre. Compañero de Horacio en estos trabajos y martirios era un dependiente de la casa, viejo, más calvo que una vejiga de manteca, flaco y de color de ocre, el cual, a la calladita, por no atreverse a contrariar al amo, de quien era como un perro fiel, dispensaba cariñosa protección al pequeñuelo, tapándole las faltas y buscando pretextos para llevarle consigo a recados y comisiones, a fin de que estirase las piernas y esparciese el ánimo. El chico era dócil, y de muy endebles recursos contra el despotismo. Resignábase a sufrir hasta lo indecible antes que poner a su tirano en el disparadero, y el demonio del hombre se disparaba por la cosa más insignificante. Sometiose la víctima, y ya no le amarraron los pies a la mesa y pudo moverse con cierta libertad en aquel tugurio antipático, pestilente y oscuro, donde había que encender el mechero de gas a las cuatro de la tarde. Adaptábase poco a poco a tan horrible molde, renunciando a ser niño, envejeciéndose a los quince años, remedando involuntariamente la actitud sufrida y los gestos mecánicos de Hermógenes, el amarillo y calvo dependiente, que, por carecer de personalidad, hasta de edad carecía. No era joven ni tampoco viejo.

En aquella espantosa vida, *pasándose* de cuerpo y alma, como las uvas puestas al sol, conservaba Horacio el fuego interior, la pasión artística, y cuando su abuelo le permitió algunas horas de libertad los domingos y le concedió el fuero de persona humana, dándole un real para sus esparcimientos, ¿qué hacía el chico? Procurarse papel y lápices y dibujar cuanto veía. Suplicio grande fue para él que habiendo en la tienda tanta pintura en tubos, pinceles, paletas y todo el material de aquel arte que adoraba, no le fuera permitido utilizarlo. Esperaba y esperaba siempre mejores tiempos, viendo rodar los monótonos días, iguales siempre a sí mismos, como iguales son los granos de arena de una clepsidra.

Sostúvole la fe en su destino, y gracias a ella soportaba tan miserable y ruin existencia.

El feroz abuelo era también avaro, de la escuela del licenciado Cabra y daba de comer a su nieto y a Hermógenes lo preciso absolutamente para vivir, sin refinamientos de cocina, que, a su parecer, sólo servían para ensuciar el estómago. No le permitía juntarse con otros chicos, pues las compañías, aunque no sean enteramente malas, sólo sirven hoy para perderse: están los muchachos tan comidos de vicios como los hombres. ¡Mujeres!... Este ramo del vivir era el que en mayores cuidados al tirano ponía, y de seguro, si llega a sorprender a su nieto en alguna debilidad de amor, aunque de las más inocentes, le rompe el espinazo. No consentía, en suma, que el chico tuviese voluntad, pues la voluntad de los demás le estorbaba a él como sus propios achaques físicos, y al sorprender en alguien síntomas de carácter, padecía como si le doliesen las muelas. Quería que Horacio fuera droguista, que cobrase afición al *género,* a la contabilidad escrupulosa, a la rectitud comercial, al manejo de la tienda; deseaba hacer de él un hombre y enriquecerle; se encargaría de casarle oportunamente, esto es, de proporcionarle una madre para los hijos que debía tener; de labrarle un hogar modesto y ordenado, de reglamentar su existencia hasta la vejez, y la existencia de sus sucesores. Para llegar a este fin, que don Felipe Díaz conceptuaba tan noble como el fin sin fin de salvar el alma, lo primero era que Horacio se curase de aquella estúpida chiquillada de querer representar los objetos por medio de una pasta que se aplica sobre tabla o tela. ¡Vaya una tontería! ¡Querer reproducir la naturaleza, cuando tenemos ahí la naturaleza misma delante de los ojos! ¿A quién se le ocurre tal disparate? ¿Qué es un cuadro? Una mentira, como las comedias, una función muda, y por muy bien pintado que un cielo esté, nunca se puede comparar con el cielo mismo. Los artistas eran, según él, unos majaderos, locos y falsificadores de las cosas, y su única utilidad consistía en el gasto que hacían en las tiendas comprando los enseres del oficio. Eran, además, viles usurpadores de la facultad divina, e insultaban a Dios queriendo remedarle, creando fantasmas o figuraciones de cosas, que sólo la acción divina puede y sabe crear, y por tal crimen, el lugar más calentito de los Infiernos debía ser para ellos. Igualmente despreciaba don Felipe a los cómicos y a los poetas; como que se preciaba de no haber leído jamás un verso, ni visto una función de teatro; y hacía gala también de no haber viajado nunca, ni en ferrocarril, ni en diligencia, ni en carromato; de no haberse ausentado de su tienda más que para ir a misa o para evacuar algún asunto urgente.

Pues bien, todo su empeño era reacuñar a su nieto con este durísimo troquel, y cuando el chico creció y fue hombre, crecieron en el viejo las ganas de estampar en él sus hábitos y sus rancias manías. Porque debe decirse que le amaba, sí, ¿a qué negarlo?, le había tomado cariño, un cariño extravagante, como todos sus afectos y su manera de ser. La voluntad de Horacio, en tanto, fuera de la siempre viva vocación de la pintura, había llegado a ponerse lacia por la falta de uso. Últimamente, a escondidas del abuelo, en un cuartucho alto de la casa, que éste le permitió disfrutar, pintaba, y hay algún indicio de que lo sospechaba el feroz viejo y hacía la vista gorda. Fue la primera debilidad de su vida, precursora quizá de acontecimientos graves. Algún cataclismo tenía que sobrevenir, y así fue, en efecto; una mañana, hallándose don Felipe en su escritorio revisando unas facturas inglesas de clorato de potasa y de sulfato de cinc, inclinó la cabeza sobre el papel y quedó muerto sin exhalar un ay. El día antes había cumplido noventa años.

(Final del capítulo VIII.)

2. COMENTARIO DE TEXTO

2.1. *Argumento*

El resumen del *argumento* resulta sencillo de contar. Horacio Díaz al quedarse huérfano de padre y madre va a vivir con su abuelo, don Felipe Díaz, que posee una droguería en

Villajoyosa (Alicante). Pasa allí su adolescencia y juventud, unos quince años, sujeto al trabajo de la tienda, pero anhelando siempre el poder dedicarse a la pintura. Sueña con ser artista, idea que trata de quitarle el abuelo. Al morir el anciano, Horacio se libera de la tiranía familiar y se dedica a satisfacer sus frustados deseos. Podemos decir que el abuelo intentó quitarle todo anhelo de perseguir un ideal, fuera el arte o el amor de las jóvenes de su edad, y al fallecer el anciano el joven se desquitará.

2.2. *Estructura*

La *estructura* de este pasaje resulta interesante, porque más que una historia puntual de la juventud de Horacio y de sus relaciones con el abuelo, nos hallamos ante una acumulación de impresiones de Horacio sobre el abuelo. Lo cual pone el acento no en los detalles sino en la opresión misma sufrida por Horacio. Es como si en todos estos años no hubiera ocurrido nada que se saliese de la tónica habitual de una relación autoritaria, donde el abuelo mandaba y el nieto obedecía, regida por una absoluta monotonía. Las alusiones a antecedentes literarios para que comprendamos el carácter del abuelo, como la mención al licenciado Cabra, un personaje de Quevedo, indican que Horacio más que forjado a partir de un modelo de carne y hueso proviene de la duplicación de un ser vulgar, de un prototipo.

2.3. *Temas*

Los *temas básicos* resultan evidentes, pero quizás uno los resume a todos: el de la educación del joven Horacio. El abuelo sigue el sistema clásico autoritario, el de obligar al joven a vivir de acuerdo con unas normas preestablecidas, sin dejar ningún resquicio a la libertad personal o a la experiencia. Podríamos denominar esta manera de educar el moldeado de la persona, opuesto al que permite al joven irse haciendo de acuerdo con las experiencias vividas. Benito Pérez Galdós representa aquí unos modos educativos que iban en contra de los preferidos por él y sus contemporáneos progresistas, quienes preferían las ideas pedagógicas de don Francisco Giner de los Ríos y la Institución Libre de Enseñanza, en cuyas doctrinas el aprender mediante el ejemplo eran centrales.

Junto con este tema principal aparecen tratados varios otros complementarios, como la avaricia del abuelo. Es un viejo en la tradición de Maese Cabra, de *El Buscón* de Quevedo, o del viejo de *El cuento de Navidad,* de Charles Dickens, donde aparecen ancianos tacaños. El nonagenario no quiere desperdiciar nada y que todo se relacione con el negocio. Tema paralelo a éste es la falta de calor humano, como evidencia que todos los parientes del abuelo han salido huyendo o muerto, lo cual deja al viejo en soledad.

Otro tema que debemos considerar es la docilidad del joven. No parece haber hecho ningún intento serio de revelarse contra la autoridad injusta del abuelo, lo cual indica que su carácter era más bien blando. Apreciación confirmada luego en sus relaciones con Tristana. Horacio es un hombre con una espina dorsal en exceso flexible, desde luego un fácil contrincante para un donjuán tan avezado como don Lope.

Este pasaje de la novela se relaciona con el contenido total de una manera curiosa. Se trata de una especie de vuelta al pasado, pues Horacio le cuenta su juventud a Tristana. Es decir, desde el presente narrativo en que Horacio tiene treinta años retorna a su juventud. El trozo sirve para explicar la necesidad de amor sentida por Horacio, la facilidad con que se enamora de la muchacha, porque por fin encuentra a alguien que lo ama. Podemos añadir que le calma la sed el cariño. Por eso sus deseos hallan un eco en Tristana, que también está falta de amor, porque ha sido engañada por don Lope.

2.4. *Conclusión*

La *conclusión* a la que permite llegar este texto resulta interesante, pues en ella Galdós no presenta a una persona muy especial, nuestro Horacio. Si lo consideramos un momento, y en vista de lo comentado, está hecho con los esterotipos que encontramos en otros escritores, como las figuras del muchacho huérfano y del avaro. Lo singular en este trozo es que Horacio cuando cuenta su vida pasada a Tristana olvida que él mismo carece de experiencia de la vida. Su ilusión mientras habitaba bajo el techo del abuelo era la de ser pintor, la de llevar los sueños y anhelos que sentía en su alma a la tela del cuadro. Curiosamente, y esto lo descubrirá el lector con posterioridad, Horacio encontrará la felicidad no tanto en su estudio de pintor, sino en la vida al aire libre. Podríamos concluir que este pasaje nos habla de los anhelos de Horacio, como dijimos, de su relación amorosa con Tristana. Sin embargo, no será hasta su regreso a Villajoyosa, cuando retome el contacto con la naturaleza, que se sentirá cómodo consigo mismo.

3. SUGERENCIAS PARA EL COMENTARIO

3.1. *Texto I: «La muerte de la señora de Reluz»*

En la hora de morir, Josefina recobró, como suele suceder, parte del seso que había perdido, y con el seso le revivió momentáneamente su ser pasado, reconociendo, cual don Quijote moribundo, los disparates de la época de su viudez y abominando de ellos. Volvió sus ojos a Dios, y aún tuvo tiempo de volverlos también a don Lope, que presente estaba, y le encomendó a su hija huérfana, poniéndola bajo su amparo, y el noble caballero aceptó el encargo con efusión, prometiendo lo que en tan solemnes casos es de rúbrica. Total: que la viuda de Reluz cerró la pestaña, mejorando con su pase a mejor vida la de las personas que acá gemían bajo el despotismo de sus mudanzas y lavatorios; que Tristana se fue a vivir con don Lope, y que éste... (hay que decirlo, por duro y lastimoso que sea) a los dos meses de llevársela aumentó con ella la lista ya larguísima de sus batallas ganadas a la inocencia.

(Final del capítulo III.)

— Muchos huérfanos en el siglo XIX eran puestos bajo la custodia de amigos o familiares. ¿Qué amparo ofrece don Lope a Tristana?
— Hay burla en el tono del narrador (seso, pestaña)?
— Falta la religión en este momento final. ¿Por qué?
— ¿Batallas ganadas a la inocencia o seducciones malvadas? ¿Por qué lo expresa así?

3.2. *Texto II: «La amputación de la pierna de Tristana»*

Quedó al fin inmóvil, la boca entreabierta, quieta la pupila... De vez en vez lanzaba un quejido como de mimo infantil, tímido esfuerzo del ser aplastado bajo la losa de aquel sueño brutal. Antes que la cloroformización fuera completa, entraron los otros dos sicarios, que así en su pensamiento los llamaba don Lope, y en cuanto creyeron bien preparada a la paciente, colocáronla en un catre con colchoneta, dispuesta para el caso, y ganando no ya minutos, sino segundos, pusieron manos en la triste obra. Don Lope trincaba los dientes, y a ratos, no pudiendo presenciar cuadro tan lastimoso, se marchaba a la habitación para volver en seguida avergonzándose de su pusilanimidad. Vio poner la venda de Esmarch, tira de goma que parece una serpiente. Empezó luego el corte por el sitio llamado de elección; y cuando tallaban el colgajo, la piel que ha de servir para formar después el muñón; cuando a los primeros tajos del diligente bisturí vio don Lope la primera sangre, su cobardía trocose en valor estoico, altanero, incapaz de flaquear; su corazón se volvió de bronce, de pergamino su cara, y presenció hasta el fin con ánimo entero la cruel operación, realizada con suma habilidad y presteza por los tres médicos. A la hora y cuarto de haber empezado a cloroformizar a la paciente, Saturna salía presurosa de la habitación con un objeto largo y estrecho envuelto en una sábana. Poco después, bien ligadas las arterias, cosida la piel del muñón, y hecha la cura antiséptica con esmero prolijo, empezó el despertar lento y triste de la señorita de Reluz, su nueva vida, después de aquel simulacro de muerte, su resurrección, dejándose un pie y dos tercios de la pierna en el seno de aquel sepulcro que a manzanas olía.

(Final del capítulo XXIII.)

— Mezcla de lenguajes en el texto. Identifique el naturalista (piel del muñón, antiséptica) y el sentimental (sicarios, cruel operación), para luego comentar la mezcla de tonos en el lenguaje galdosiano.

— La pierna cortada es de la señorita de Reluz y no de Tristana. Explique la distancia psicológica que nos producen los diferentes nombres.

— Comente el proceder de don Lope en el texto. ¿Es de padre, de amante o de marido?

— Explique la última frase del texto. ¿A qué se refiere el sepulcro que huele a manzanas?

AUSTRAL